WHY
WE CAN'T
SLEEP
-
Women's
New Midlife
Crisis

四十而惑

〔美〕艾达·卡尔霍恩——著 张林——译

新世代女性的中年危机

Ada
Calhoun

上海文化出版社

图书在版编目（CIP）数据

　　四十而惑 ： 新世代女性的中年危机 ／（美）艾达·
卡尔霍恩著；张林译 . -- 上海 ： 上海文化出版社，
2023.2（2023.8 重印）
　　ISBN 978-7-5535-2682-9

　　Ⅰ．①四… Ⅱ．①艾… ②张… Ⅲ．①纪实文学－美
国－现代 Ⅳ．① I712.55

中国国家版本馆 CIP 数据核字（2023）第 035728 号

WHY WE CAN'T SLEEP by Ada Calhoun
Copyright © 2020 by Ada Calhoun
Simplified Chinese edition copyright © 2023 United Sky (Beijing) New Media Co., Ltd.
Published by arrangement with author c/o Levine Greenberg Rostan Literary Agency through
Bardon-Chinese Media Agency
All rights reserved.

著作权合同登记号 图字：09-2022-1011 号

出 版 人：姜逸青
策　　划：联合天际·文艺生活工作室
责任编辑：顾杏娣
特约编辑：邵嘉瑜　姜文
封面设计：@broussaille 私制
美术编辑：王颖会

书　　名：四十而惑：新世代女性的中年危机
作　　者：［美］艾达·卡尔霍恩
译　　者：张林
出　　版：上海世纪出版集团　上海文化出版社
地　　址：上海市闵行区号景路 159 弄 A 座 2 楼 201101
发　　行：未读（天津）文化传媒有限公司
印　　刷：三河市冀华印务有限公司
开　　本：880×1230　1/32
印　　张：8.5
版　　次：2023 年 4 月第一版　2023 年 8 月第二次印刷
书　　号：ISBN 978-7-5535-2682-9/I.1032
定　　价：68.00 元

关注未读好书

客服咨询

献给美国的中年女性。

危机真实存在，但你并不是一个人。

推荐序

谁的中年不迷茫

我还清楚地记得中年危机来袭的那个瞬间：刚刚拔掉了一颗维护了很久但依然坏死的牙齿，舌头舔着牙床上那个火辣辣的空缺，我意识到，人变老的过程，也是一个失去的过程。从失去面部的胶原蛋白到失去感知的敏锐、身体的活力、头脑中的灵感；从失去一些情感，到失去牙齿、头发甚至器官；从失去一些幻想，到失去亲人、朋友……面对自身方方面面的缺失和对自己的不满，在惶恐不安中小心翼翼地维护着体面、尊严，所谓彪悍又脆弱的中年，大抵如此吧。

都说四十不惑，但其实只是"四十无人再言惑"而已。

人生走到半途，也许辉煌过，也许一直平庸，但无论如何，这个年纪给人的都是身体上肉眼可见的衰老、心力上日渐缩减的不足。那些智力的辉煌也许并没有因为岁月加持而达到巅峰，反而大多数人才华隐没，取而代之的是不想要也会充斥满心满脑的飞舞的鸡毛。

年轻时充满迷惑，但随时可以发泄叫喊出来——谁的青春不迷茫，这是让全人类怜爱年轻人的道理，中年人若哭丧着个脸，除了日子过得一塌糊涂，不能再证明任何事情。

中年不一定富足安稳，不会都智慧从容，也并不存在真正的与世无争，只是，年纪大了，为了体面，不再好意思说出来。所以当我看这本《四十而惑》的时候，看到作者艾达·卡尔霍恩精彩地概括了 X 一代女性在中年时的挣扎和困惑，一边赞叹，一边笑，一段一段分享给同龄的好友，还一边按捺着想哭一场的冲动。这是怎样诚实、精准的叙述啊，戳中每个 X 世代正在经历着中年危机的女性，又是多么睿智、幽默和富有同情心，让身处困境的中年女性感受到自己不再孤单。

是的，原来我并不是一个人。

X 世代是指出生于 1965—1980 年的人，并不仅仅是因为她们的年龄正值中年，艾达·卡尔霍恩提出——她们还是第一代被"拥有一切"洗脑的女性。她们反对性别歧视，渴望成功，要拥有和男人一样的事业，拥有财富和地位，超越父母一代享有更优渥的生活……这些也注定使她们面临的中年危机和她们的母亲、祖母是不同的。说实话，看到这里我像被点了哑穴，不正是这样吗？不仅我自己被这些想法洗脑，在我漫长的时尚杂志生涯中，更是在不遗余力地讲述着"Women who have it all"的观念给读者洗脑。杂志上的女性总是从容优雅地讲述着自己如何事业家庭双丰收，既取得了令人瞩目的成就，又培养出了优秀的儿女，既有令人羡慕的生活品位、艺术修养，又有完美的婚姻，但其实谁都明白，大多数女性确实"have it all"——在追求更成功的事业、更高的收入和社会地位的同时，她们身上背负的对家庭、婚姻和育儿的传统责任一点没有减轻。在现实生活中，当她们人到中年却发现处处碰壁，事与愿违，很多人经历着失业、财务危机、机会减少、家庭压力大等一连串的困惑。那些面孔和人生都被P得油光水滑的"拥有一切"的成功女性在时尚杂志上侃侃而谈，对照得我们真实四十岁的人生格外粗劣，就连脸上的皱纹都显得那么不合时宜……

"如果你在中年时感到抑郁，可能有很多种原因，但其中最不重要的就是你的'年龄'。"书里这句话格外戳中我，确实，X一代是格外压抑的一代，这一代的很多女性"压力很大"，作者通过调查大量样本，写出了她们内心真实的忧虑。以往当我被这些忧虑困扰时，会谴责自己唉声叹气，充满抱怨，但这本书却可以和我一起试着理解痛苦的根源，它不仅针对美国，这些问题其实是在全球社会、历史及经济趋势共同作用下形成的影响。社交媒体发达的今天，当我们环顾四周，总是不由得去羡慕那些看似生活处境更好的同龄人，但这本书告诉我们，其实大家都是在同一条漏水的船上。

英国作家希拉里·曼特尔说："你回望岁月，瞥见一些幽灵，那是你本可能过上的生活。你本可能成为的人，无时无刻不在你的门前徘徊。"这也许就是从小抱着"拥有一切"梦想长大的女性中年回首时的苍凉，但一辈子太久，幻想会化为泡影，我们却还真实地活着，继续好好活着。最懂得节能和自我保护的中年女人，都慢慢学会了自我医治，就像书中给出的那些答案——获得更多支持、重塑看待生活的方式、抛弃不切实际的期待，当然还有等待，中年总会结束，孩子们会长大，关系会变化，我们也会变得不再那么紧张、更加自信，不再担心自己看起来是不是一无是处。

曾焱冰

2022 年冬，北京

目录

Contents

作者的话

本书采访的大多数女性，在出现时都没有姓或完全匿名。我想让她们感到安全，开诚布公地谈论自己的婚姻、银行账户和夜间盗汗的状况。不过，我可以透露的是，因为她们都属于 X 一代[1]，相当多的人名叫珍妮、艾米或梅丽莎。[1]

除非有必要，我一般不会在书中特地强调这些女性的种族等人口特征，尽管这些特征确实反映了国家的面貌。她们中有单身者也有非单身者，有母亲也有无子女者，有黑人也有白人，有亚裔也有拉丁裔，有自由派也有保守派，有基督教福音派也有无神论者，她们几乎来自包括阿拉斯加州在内的每一个州。

我通过朋友介绍、《O 杂志》（*O Magazine*）社交媒体账号发布的征集、各领域专家以及线上留言板找到了她们，有时也会在专业会议、游乐场、候诊室、教堂、酒吧等。

---

1 参见第 209 页注释序言部分第 1 条。另外，下文中的序号［1］对应的是书末注释。——编者注

她们住在乡村、城市或郊区。有些人工作，有些人不工作，有些人曾经工作，有些人即将工作。她们是摄影师、牧师、技术主管、律师、医生、教师、电话公司经理。她们的衣服尺寸从 0 到 28+。有些人的中年过得还不错，但也有很多人在以这样或那样的方式挣扎着。还有一些人——用她们的话说——在"一切分崩离析"的边缘。

我选取人群的限制条件有两条：首先当然是年龄，其次是阶层。在这个国家里，极贫困的女性所承受的负担超出了这本书的范围，而极富裕的女性，已经有很多真人秀在展现她们的生活了。我关注的是中产阶级女性，她们在成长过程中，对机遇和成功有着合理的预期。

每一章都以一句主题引语开篇。这些话是十一位不同女性对我说的，在我看来，她们能够代表很多人。在这个两极分化的年代，发现我们在这个年龄有那么多共同点，让我感到安心，但也有些沮丧。无论政治派别、种族或宗教信仰如何，美国 X 一代的女性共享许多文化记忆——从《生命的真谛》(*The Facts of Life*) 的主题曲《世界似乎永远无法实现你的梦想》到关于"挑战者号"解体时我们在哪里的记忆。我们面临过许许多多相似的情形。

能够采访这些女性是我的荣幸，她们谈及自己的恐惧和遗憾时，往往很激动。我问一名女士能否谈谈自己的中年经历时，她哭了起来。我以为自己说错了什么话。难道是我暗示她人到中年，惹她生气了？但并不是，她是因为震惊才哭的，她一直觉得自己像个隐形人。她说："从来没有人问过我这些。"

序言

> 人到了这个年纪，步入中年，不知道自己怎样走到了这一步，但突然在脸上看到了 50 岁的模样。你回望岁月，瞥见一些幽灵，那是你本可能过上的生活。你本可能成为的人，无时无刻不在你的门前徘徊。
>
> ——希拉里·曼特尔，《气绝》（*Giving Up the Ghost*）

我认识一个女人，她拥有自己渴望的一切——深爱的伴侣、两个孩子、热爱的事业，甚至有安排日程的自由，但她还是无法摆脱深深的绝望感。她花了几个月时间，中午请保姆照顾蹒跚学步的女儿，然后利用这段时间独自去看午间电影，坐在黑暗里哭泣。

前同事告诉我，她在领英上引人注目的个人资料容易误导他人。事实上，她并没有一直工作，自从被上一家公司解雇后，多年来，她一直做着一份又一份低薪的临时工作。她没有结婚，也没有孩子，虽然这在她眼中不成问题，但她已经开始担心即将到来的 50 岁生日，因为她意识到或许永远不会拥有属于自己的房子，积蓄也远远不够支撑退休后的生活。

我的邻居有一群可爱的孩子，她在做自己喜欢的兼职工作。孩子的父亲很友善，也很努力，她不明白自己对他的愤怒从何而来。她开始想象或许离婚后更有可能获得幸福。"如果我有更多的钱，"有一天我问她过得怎么样时，她对我说，"我会选择离开。"

另一个女人告诉我，她已经开始担心自己会孤独终老。和她的已婚朋友们一样，她受过良好的教育，有不错的工作，温馨的住处，身材也保持得很好。但不知为何，她没有找到伴侣，也没有孩子。她会在半夜醒来，琢磨自己是不是应该嫁给大学时的男友，是不是应该去冻卵，是不是应该自己养一个孩子，是不是应该或多或少参加线上约会。她也怀疑能看朋友们在社交媒体上晒小孩而不把笔记本电脑扔出窗外的日子，自己还能忍多久。

一个熟人告诉我，她一直过得很难，丈夫离开后，作为单身母亲，她打了三份工。为了让家人开心，她计划了周末旅行。在漫长的一周结束后，她在晚上十点开始收拾行李，心想可以在第二天早上五点出发前睡上几个小时。她让 11 岁的儿子打包他自己的行李，他没动。她又说了一次，儿子还是没动。

"如果你不帮忙，"她说，"我就砸了你的苹果平板电脑。"

他还是没有动。

她像着了魔一样，抓起一把锤子，把平板电脑砸成了碎片。

她跟我说的时候，我想到我认识的很多父母都想过或者威胁过要砸掉平板电脑，但真这样做的，只有她一个。我笑了。

"没错，我的朋友也觉得这件事很搞笑，"她说，"但实际上，这件事又黑暗又糟糕。"她站在玻璃碎片中间，脑中出现的第一个想法是："我必须找一位优秀的治疗师……不能再拖了。"

几年前，我迈入 40 岁，开始着迷于探究和我同龄的女性，以及她们——或者说我们——在金钱、人际关系、工作和有关存在的绝望中的挣扎。

为了写这本书，找到更多可以采访的女性，我给我的朋友塔拉打了电话。她是一位成功的记者，比我大几岁，在堪萨斯城长大。她大概十年前离婚，有三个即将成年的孩子，现在和男友住在华盛顿一条安静、绿树成荫的街道上。他们最近收养了一条搜救犬。

"嘿，"我很高兴能在她繁重工作中难得的休息时间联系到她，"你知道有谁深陷中年危机，我可以和她聊聊吗？"

电话那头一片沉默。

终于，她开口道："我在想，我好像并不知道哪个女人不受中年危机的困扰。"

* * *

如今的中年女性都属于 X 一代，或是出生在 1946 年至 1964 年婴儿潮的末期。皮尤研究中心（Pew Research Center）将 X 一代的出生年份确定为 1965 年至 1980 年。[1]这一命名或反命名，因道格拉斯·柯普兰（Douglas Coupland）1991 年的小说《X 一代：速成文化的故事》

（*Generation X: Tales for an Accelerated Culture*）而广为流传。在这之前，X
一代是 20 世纪 70 年代一支出色的英国朋克乐队的名字，由比利·伊
多尔（Billy Idol）担任主唱。这支乐队的名字源于一本出版于 1964 年
的书，内容包含对英国青少年的采访，书封上写着："英国不羁年轻
人的反叛愤怒背后是什么？这本书——用他们自己的话说——是他们
对毒品、酒精、上帝、性爱、阶级、种族和极度刺激等的真实感受。"

　　"X 一代"代表一种模糊的、尚未确定的身份。随着时间推移，
这种不确定的身份本身变成了故事。没有人知道我们究竟是怎么一回
事，所以在他人眼中，我们是不可知的。有一段时间，一些专家试图
把我们称为"第十三代人"，因为我们是美国建国后的第十三代。[2]
但在 20 世纪 90 年代一些题为"谁是 X 一代"的专题报道出现后，"第
十三代人"的说法就逐渐销声匿迹了。

　　根据皮尤研究中心的说法，X 一代是"美国被忽视的'中间一
代'……像一座很矮、很直的桥，连接着两座喧闹的高峰"。[3] 我们
是时代中的简·布雷迪（Jan Brady）¹——被老一辈的婴儿潮一代（我
们的父母、叔叔阿姨）和更年轻的千禧一代（我们看着长大的孩子）
盖过了风头。一项统计数据显示，X 一代的人口数为 5500 万，相比
婴儿潮一代（7600 万）和千禧一代（6200 万），人数更少[4]，而且永
远不会成为美国人数最多的群体。不久后，当千禧一代的人数超过婴
儿潮一代，X 一代的人数还是比其中任何一代少上数百万。[5] 2019
年 1 月，哥伦比亚广播公司新闻台发布的一份关于几代人的报告，完
全忽略了 X 一代。就在同一周，在《周六夜现场》千禧一代对阵婴

1　20 世纪 90 年代美剧《脱线家族》（*The Brady Bunch*）中的角色，是布雷迪家的第二个孩子，常被忽
视。——译者注（如无特殊说明，均为译者注）

儿潮一代的游戏环节中，基南·汤普森（Keenan Thompson）[1] 说了这样的话："我是 X 一代。我只是坐在一边，看着世界硝烟弥漫。" [6]

X 一代已不知不觉步入中年，且基本不会意识到自己属于一个独特而命途多舛的群体。"X 一代的'人生黄金时段'处在一个特别分裂且危险的时期，"婴儿潮一代的市场专家费思·波普康（Faith Popcorn）这样告诉我，"他们在经济上受到沉重打击，在文化上又遭到排挤，负债累累，下有子女，上有年迈的父母。成年的严峻状态对他们打击很大。他们感到疲惫、困惑，也是完全有理由的。" [7]

作为标准的 X 一代，我出生于 1976 年。我在国际商业机器公司的电动打字机上学会了打字。电子游戏出现后，我在雅达利游戏机上玩《月球战车》（Moon Patrol），在学校的电脑上玩《神偷卡门》（Where in the World Is Carmen Sandiego?）。十几岁的时候，我在一家照相馆当冲印工，穿着工装裤，涂着露华浓黑莓口红，为校报写过极其真诚的专栏文章。我在 20 世纪 90 年代也有过一份工作，在《回旋》音乐杂志做实习生，那时涅槃乐队还会出现在封面上。（在我核实一位作者笔下的新人歌手"玛丽·J.布尔姬"的信息时，她的宣传人员告诉我："是布莱姬[2]，亲爱的。"）

是否认定自己属于 X 一代是每位女性必须做出的决定，但我相信，如果你和我一样，在里根时代长大，有过橡胶玩具球，或者知道拨号调制解调器发出的是什么声音，你就是 X 一代。

X 一代的女性往往在二十八九岁、三四十岁结婚，也可能根本不结婚；可能在三四十岁生下第一个孩子，也可能根本不要孩子。作为

1　美国演员，经常在《周六夜现场》节目中出现。
2　玛丽·布莱姬（Mary J. Blige），美国说唱女歌手。

第一批从小就听到所谓"可以拥有一切"的陈词滥调[8]的女性，我们在成年后发现，哪怕只是拥有其中一些，也无比艰难。不管 X 一代女性是否成家，事实都是如此。[9]

20 世纪 90 年代以来，最早的一批 X 一代女性开始组建家庭，我们被名为"妈咪战争"的无聊宣传活动搞得彼此对立。这场虚假的辩论掩盖了一个事实：我们的选择只是故事的其中一面——时代背景是另一面。作为 X 一代女性的我们都是实验品，实验的目的是塑造成就感更高、满足感更强且更全面的美国女性。我们中的许多人到了中年，发现这场实验基本以失败告终。

我们本以为自己既能拥有蒸蒸日上的事业，也能拥有优渥的家庭生活，比父母收入更高，取得更大的成就，但我们大多数人几乎没有尝到甜头。布鲁金斯学会（Brookings Institution）的经济学家伊莎贝尔·V. 索希尔（Isabel V. Sawhill）告诉我，在美国，一个典型的 40 岁女性，一年做全职工作能挣 3.6 万美元。除去养孩子的费用、房租、日常开销和税收，剩下的只有大约 1000 美元。[10]即便是收入高出很多的女性，也会对自己的财务状况感到不安，她们可能会感慨一周过得如此艰难，也因机会太少而感到失望。

如果我们将这些女性的抱怨斥为无病呻吟，就等于贬低了我们这一代人。社会、历史及经济的趋势共同作用，使得许多女性在中年时深陷焦虑的熔炉——我们彼此羡慕，却没有意识到我们都在同一条漏水的船上。我希望这本书能够帮助我们聆听女性的忧虑，不再把它当作抱怨，而是将其视为对那些具有误导性的、鼓吹美国梦的花言巧语的纠正——所谓的美国梦离我们很远，我们的孩子也不一定能实现。

有人可能会说，与其他国家或其他世代的女性相比，美国 X 一代的女性生活得还算轻松。婴儿潮一代和千禧一代或许会说自己面临的情况更糟。

"不，我们这一代才是第一批被灌输可以'拥有一切'的人！"一位婴儿潮一代的女性在看到这本书的介绍时说。

"拥有一切"这个概念确实出现在婴儿潮一代，但直到 X 一代降生，它才成为主流的期望。婴儿潮一代在面对堂而皇之的性别歧视和普遍存在的冒犯时勇敢前行，在不放弃自己梦想的情况下努力抚养孩子，这一切都值得赞扬。但 X 一代走入生活时，"拥有一切"并不是一种光明的新选择，而是强制性的社会要求。

"我也好像理应'拥有一切'！"一位千禧一代的女性说，"但我们的情况也一样糟！"

毫无疑问，已经成年的千禧一代背负着沉重的助学贷款，面临着前所未有的社会不平等、经济不平等，恶劣的政治两极分化，以及一个瞬息万变、很多行业动荡不定的世界。但是，他们进入职场时，所谓"无限可能"的幻觉早已受到普遍攻击，人们的期望变得更加现实。

恕我直言，虽然我们和年长一代以及年青一代都感染了"拥有一切"的病毒，但 X 一代感染的，是其中最致命的毒株。

这也意味着，尽管很遗憾，但婴儿潮一代和千禧一代可能也会在本书中找到许多共鸣。我希望年轻的千禧一代能够汲取有益的经验，而婴儿潮一代，不会因为我们没有走出多远而过于沮丧。

简单来说，选择更多并不一定意味着快乐更多或满足感更强。"从许多客观标准来看，过去 35 年里，美国女性的生活得到了改善，"十年前，X 一代步入中年时，一份综合社会调查的分析报告写道，"然而，根据我们的研究，主观幸福感的指标表明，无论是绝对数值还是相对于男性的数值，女性的幸福感都在下降。"[11]

这一研究结果经常被引用，来证明第二次女权主义浪潮有多么愚蠢——如果女人待在家里，她们会更快乐。这种看法多么简单粗暴啊。事实上，我们从来没有试过那些女权主义者的主张。没错，女性进入了职场，但家庭中的性别角色、带薪休假的法律规定以及任何能够带来转变的方面都没有明显的改善。如果制定了新的法律，但没有执行或没有资金支持，你能说这条法律是有问题的吗？

2017 年，另一项重大研究发现，对于女性来说，最大的压力来自工作和孩子，同时拥有工作和孩子的女性，受到的影响更加复杂。[12]我们承担着男性过去承担的经济责任，同时仍然背负着传统的家庭责任。当我们年过四十，母亲和祖母都已成为空巢老人，事业和抚养孩子的压力达到顶峰时，我们常常遭受这种双重打击。

美国有四分之一的中年女性在服用抗抑郁药物。[13] 1965 年至1979 年出生的女性中，近 60% 的人认为自己压力很大——这一比例比千禧一代高出 13 个百分点。[14] 1965 年至 1977 年出生的女性中，四分之三的人"对自己的财务状况感到焦虑"。[15]

有段时间，我以为只有在职场打拼的女性才会陷入这种困境。但我渐渐从工作及家庭生活各不相同的女性那里听到了同样的焦虑。我有个朋友，我从没见她因为什么事情慌乱过，但她告诉我，四十多岁的时候，她被两个孩子、全职工作、副业、婚姻以及生病的父亲搞得焦头烂额，一直担心钱的问题，不记得自己上一次睡个好觉是什么时候。听到这些，我非常震惊。

和全国各地的女性交谈时，我惊讶地发现她们谈论自己生活的方式是那么相似：

在餐厅吃早餐时，得克萨斯州一位成功的单身女性告诉我，她本以为自己在这个年龄会有丈夫和孩子。她问我："我做错了什么呢？"

怀中的孩子熟睡时，俄勒冈州一位已婚有三个孩子的母亲说，她本以为在这个年龄会有一份属于自己的事业。"我做错了什么呢？"她问道。

虽然在过去十年里，针对衰老的科学研究有所增加，但这些研究常略过中年。[16]而针对中年的研究，又通常以男性为中心。为数不多的有关中年女性的作品，也常讲述婴儿潮一代在工作中的失望或婚姻中的幻灭[17]，对衰老的身体迹象只是一笔带过，重点强调出现的颈纹。

"中年危机"[18]这个词通常被认为是由精神分析学家埃利奥特·杰奎斯（Elliott Jaques）提出的，他在 1965 年的一篇期刊文章中使用了这个词，探讨但丁、歌德、贝多芬、狄更斯等男性创作者的创造性表达，他们的作品通常会在 35 岁之后出现质量与内容上的变化。"要想克服中年危机，"他写道，"就要重新克服初期的抑郁状态，但也要对死亡有成熟的洞察力。"[19]

20 世纪 70 年代，发展心理学家丹尼尔·莱文森（Daniel Levinson）声称，在自己的研究对象中，80% 的人在中年经历了"内心与外部世界的激烈斗争"[20]。"他们生活的方方面面都遭到了质疑，"他写道，"而且他们被显现出来的问题吓坏了。"他们可能会发现自己为了一份稳定的收入放弃了大胆的梦想，牺牲了自己的价值观——从 1955 年的小说《穿灰色法兰绒套装的男人》（ *The Man in the Gray Flannel Suit* ）到 1996 年的电影《甜心先生》（ *Jerry Maguire* ），这一主题在无数流行小说和电影中反复出现。

在大众文化中，典型的男性中年危机表现为把各种事情搞砸——多数是婚姻，但也有事业、行为规范和个人声誉。男性的恐惧始于脱发，然后疯狂追忆大学生活，应对方法则是定期更换年轻女性和色彩艳丽的汽车。

关于这些男性的电影和书籍不胜枚举，有些电影甚至不是迈克尔·道格拉斯（Michael Douglas）[1] 出演的。伍迪·艾伦、《美国丽人》和《杯酒人生》混杂在一起，形成了一种电影语境，其中的女性角色——大喊大叫的妻子、沉闷无趣的阿姨、悲伤的姐姐构成了乏味的背景板，衬托着男性对激情生活的强烈渴望，而这种激情生活，以令人生疑的频率被具象化为青春期的少女。

女性的中年危机似乎更加戏剧化。根据我的观察以及许多和我交谈过的专家所言，女性的危机往往表现得比男性的危机更安静。有时，女性会尝试一些出格的举动——做一件大事、开始一项新事业，或者在后院建一个专属小屋 [2]，但更多时候，她们会将自己的痛苦隐藏在家庭责任与工作背后。

从表面上看，或许没有人会注意到有什么不对劲。她们可能会在一个人看电视的时候喝光一整瓶酒，吃大麻二酚食物减压，每天下午在学校的接送车道上哭泣，或半夜清醒地躺着，眼睛盯着天花板。至今还没有一部大片讲述的是一个女人凝视着车窗外的风景叹气的故事。

因此，我理解为什么有些人认为"危机"这个词用在高素质女性身上过于极端，她们看起来只是在经历不安、恐惧或者低潮。今年，

---

1 迈克尔·道格拉斯在 20 世纪 80 年代末 90 年代初的多部电影中扮演遭遇中年危机的男性角色，如《致命诱惑》《城市英雄》《桃色机密》等。
2 原文为"she shed"，指在后院建造一个女性专属小屋，充分展现女性屋主的个性及喜好。近年来，建造"she shed"逐渐成为潮流。

我和著名学者苏珊·克劳斯·惠特伯恩（Susan Krauss Whitbourne）一起参加座谈时，她说，没有任何科学证据表明中年时会出现可预测的崩溃，而把中年时面对的压力称为"中年危机"是"不端行为的借口"。

"如果你在中年时感到抑郁，"她说，"可能有很多种原因，但其中最不重要的就是你的'年龄'。"[21]然而，就连惠特伯恩也承认，X一代是格外压抑的一代，这一代的很多女性"压力很大"。

我理解她的观点。如果抛开她们的内心感受不谈，她们能做出结构合理的PPT，能在学年结束时为老师们送上精心制作的礼物篮，我们真的能说她们深陷"危机"吗？

我朋友的姐姐珍妮是三个孩子的母亲，最近因为联邦预算削减被解雇了，在这之前，她一直在STEM[1]教育领域工作。她说她并不觉得自己经历了中年危机，然后礼貌地补充道："还是说我婚姻破裂、破产、丧失抵押品赎回权，以及因为动脉瘤从生活了26年的西雅图搬到洛杉矶，这些都算中年危机？如果算的话，你可以采访我。"

我问我住在巴尔的摩的朋友艾米是否正经历中年危机时，她说没有。然后又说："等等，像'我这辈子到底做了什么，我究竟是谁'这样的恐慌算吗？我倒确实有这样的恐慌。"

为了写这本书，我曾与200多名女性交谈。虽然她们正在经历的事情只能用"中年危机"这样的表述，但我还是很喜欢这个词。因为它会让正在发生的事情听起来不是一件小事，我也确实这样认为。根据我的经验，X一代的女性会花很多时间告诉自己，她们的不舒服或者困惑没那么重要。她们经常跟我说，哪怕只是提起这些问题，她们

1　科学（Science）、技术（Technology）、工程（Engineering）、数学（Mathematics）的英文首字母缩写。

也会觉得不好意思。我采访过一些女性，她们很不开心，但不管自己有多压抑、多疲惫，她们都会因为"抱怨"而道歉。几乎每个人都会说自己是"幸运"的。

没错。在很多方面，我们确实很幸运。今天的美国在全球范围内，为我们提供了比我们的祖母或母亲多得多的机会。虽然很多女性努力在做的是收入最低的工作（而且要面对很多问题，不只是中年危机），但整体的工资差距正在缩小。男性越来越顾家，抵制性别歧视的呼声也越来越高。"我们不该抱怨"的理由有很多。受过良好教育的中上层阶级女性的抱怨，很容易被斥为暂时的挫折、可调节的激素失调，或所谓的"第一世界问题"。

好吧。我们暂且同意 X 一代女性不应该感到痛苦。[22]

但我们为什么会痛苦呢?

刚开始做这个项目时，我知道自己感觉很不好，但并不完全理解原因。我只知道自己经历了一个糟糕、可怕、令人郁闷、极其不愉快的 6 月。就像香蕉女郎（Bananarama）[1]1984 年红极一时的歌曲的名字一样，那是个"残酷夏日"（*Cruel Summer*）。[23]

我经常说自己很幸运，没有资格抱怨。

我和我的丈夫在一起 17 年了。我们的儿子 11 岁，被一所很棒的公立中学录取，我的继子 23 岁，正在考虑物理治疗研究生项目。

我在工作上也更顺了。刚出版了一本新书，得到了媒体（《今日秀》和《华盛顿邮报》）的一致好评，被《星》杂志评为"热门好书"。

---

1 英国 20 世纪 80 年代初出道的女子三人组合。

从表面上以及社交媒体的状态来看，我知道我的生活令人羡慕。

那我为什么还会痛苦呢？那年夏天，我每天凌晨四点醒来，被自我怀疑和焦虑折磨。我躺在那里思前想后，真正应该做的事、完全不该做的事，直到把遗憾清单过完一遍，或者刚好到了起床时间。

在我睁开眼睛之前，我甚至会看到一个数字——20000美元，是我们的信用卡债务。我在焦虑的阴影下不断徘徊。那年春天，考虑到即将有薪酬入账，我们全家一起去了科罗拉多大峡谷旅行，还把房子重新修整了一下。但本该让我们舒服地过完秋天，还清信用卡账单的三份自由工作全都泡汤了。第一份工作，我完成了自认为已经完成的项目后，被老板解雇了。第二份工作被其他人顶替了。第三份工作无疾而终。当时已经是夏天，很难再找到新的工作。我们手头的钱只够一个月花销，而且很快就没了。

做了近十年自由职业者的我开始四处求职。我2009年离开全职工作岗位时，年薪是六位数，还有全额福利。而现在，任何一份能够给我稳定薪水的工作我都愿意接受，如果有保险就更好了。我们一家人的健康保险每月1186美元，买的最便宜的"青铜计划"，每年可以减免几千美元。（再次强调，我已经很幸运了。这个国家有三分之一到一半的中年人，因为费用问题缺少必要的医疗保障。）[24]

我一直跟自己说，回归全职工作是我"最后的退路"。

好的，没问题！我想象自己对大公司这样说。**我愿意来工作！**

只是，现在我愿意后退一步了，却没有人接纳我。

在我疯狂申请工作和学校教职时，我觉得自己就像绘本《你是我妈妈吗？》（*Are You My Mother?*）里的人物。我发了几十份简历，得到了两次面试机会。一个是教师岗，六周的课程，薪资600美元。如果算上备课和批改试卷的时间，这份工作的时薪比我上大学时做办公室经理所得的还要少，但我还是去面试了。

另一个面试是一份全职工作，薪水远远不如我十五年前的水平。对我来说，在一家看起来随时会倒闭的公司工作，无异于巨大的降级。但管他呢，对吧？我知道这个行业不景气，有一份工作已经不错了。面试很顺利，回家的路上，我一直在纠结自己的希望和梦想。但我决定，哪怕是屈就，哪怕工作环境不稳定，我也会接受这份工作。

结果，我连复试的机会都没有。

我决定扩大搜选范围，尝试所有选择。

选择——步入中年的我们依然有选择，但它们好像只是理论上的。没错，我可以继续深造，拿到博士学位，但学费从哪里来？我可以转行——做治疗师，或者开磨冰机？但在人生的这个阶段，我真的愿意重新开始，和一群二十多岁的人一起打拼吗？如果我像《美食、祈祷和恋爱》中的主角那样踏上旅程，谁去学校接孩子呢？

"你一生中所做的每个决定，都有可能让你走上一条错误的道路，"英国音乐家薇芙·艾伯丁（Viv Albertine）在她的中年回忆录中写道，"过程中几个粗心的决定，可能就会浪费几年时光，但你也不能过于畏首畏尾，毫无冒险精神。找到恰当的平衡点是很难的。"[25]

"很难"是保守的说法。你怎么知道什么时候该放弃梦想？你怎么知道自己是哪种人，是即使别人告诉你别再欺骗自己也从不屈服，最终取得了成功的人，还是一个需要停止欺骗自己的傻瓜，现实一点，成熟一点？

家人们享受夏日时光时，我陷入了焦虑。我很确信自己的职业生涯结束了，我因为负债而难堪不已，始终在苦恼应该怎么做。我的思绪一片灰暗——

要是我不是自由职业者就好了。

要是我们存些现金以备不时之需就好了。

要是我的丈夫是股票日内交易员就好了。

我们竟然会来度假，真是太蠢了。

每天早晨，我在镜子里看到的都是一个异常疲惫的中年人——不再年轻，不再有活力。我 41 岁了，但在我自己看来，和 39 岁相比，我好像不是老了 2 岁，而是老了一个世纪。我的眼睛周围有了深深的皱纹，脸色发灰，手臂下的皮肤变得松弛。以前一直听说"到了中年，腰腹部就会出现赘肉"，现在我知道那些杂志在说什么了。我的腰已经变粗了，我很不喜欢。

有可能是因为虚荣心，但我也感到困惑：这是谁的身体？

对了，我的第一张乳腺 X 光照片显示"异常"。两次超声波检查，一次活体组织检查，自付费用超过1000美元，担心了好几周，结果证明，什么问题都没有。但这种感觉就像一辆即将被换掉的汽车第一次发出"咔嗒咔嗒"的声音。

还有经期！有时经期间隔两个月，有时间隔两周。有时量很少，有时量又很大，流穿卫生棉条和卫生巾，染到牛仔裤上。那种疼痛就像世界末日。我自己的情绪也很不稳定，在某种程度上似乎与钱和工作压力不成比例。我会猛摔抽屉，气得连看都不看丈夫一眼。每个月有那么一两天，我会痛哭流涕，好像有人死了一样。

我去看了妇科医生，医生说我的身体没有任何问题。她给我开了能够舒缓情绪的赛雷诺（Serenol）——一种瑞典花粉，可以在网上订购，每月 40 美元，还有能够缓解乳房疼痛的月见草油。她还建议我服用含钙和维生素 D 的复合维生素。如果这些都不起作用，她说可以试试抗抑郁药物，但我拒绝了，因为十年前我服用抗抑郁药物时，变得性欲低下，体重增加了 20 磅（约 9 公斤），而且失去了写作的欲望。

尽管我每天都吃这些营养品，试图说服自己它们有效，但好像真的没有帮助。我也尝试了书里和网上推荐的，针对那些又想节省开支又想有所改善的人提供的每一条合理建议。我会在自然中长时间散步，爬楼梯不坐电梯，多喝水，减少酒精和咖啡因的摄入，吃蔬菜，涂防晒霜，自带午餐，做平板支撑。

我每天早上醒来，洗澡，照顾小孩，看牙医，买食品杂货，听我丈夫讲述他的一天，帮邻居家的女孩申请高中学校，修眉。我读了一些书，说中年是伪装的转机。我会看 TED[1] 演讲，听一些提供建议的节目。

"所以，"我丈夫说道，听起来很担心，"你现在开始听播客了？"

做完所有应该做的事情后，我好像会感觉好一点，但还是会担心钱的问题，觉得自己的职业生涯结束了，极度疲惫。

朋友们来家里做客的时候，我会感到难得的喜悦。一天晚上，一个朋友发来信息："我想透透气。"

"要喝杯啤酒吗？"我回复她。

"要。"她说。

几分钟后，她来到我的住处，告诉我她刚刚和丈夫吵了一架，说自己作为赚钱养家的人承受了多大的压力，为了满足家人的需要，她

1　技术（Technology）、娱乐（Entertainment）、设计（Design）的英文首字母缩写，是一家私有非营利机构。

想做的事一再被耽搁。她告诉我，她的所有同事都比她年轻，而且这么多年一直自信于相貌的她，开始在谷歌上搜索"无创整形"之类的东西。

"我还没有往自己脸上打过任何东西，"她说，"我还在想，到底是不在乎好，还是花大力气美容好。"

在她看来，从长远来说，花钱让自己变年轻或许是有好处的，因为这样，她就不会在工作上因为千禧一代的竞争而被淘汰。但最重要的是，她得出的结论是她没钱去做任何事。

那年夏天，我并不知道历史因素一直在影响 X 一代女性的生活。

我们出生的时候经济并不景气，成长过程中，犯罪、虐待和离婚随处可见。我们是在"无特殊照顾"的环境下长大的，这意味着面对生活中更丑陋的一面时，我们不仅没能得到"参与奖"，受到的保护也远远少于今天的孩子。

我们开始找工作的时候，正赶上 20 世纪 90 年代初的经济衰退，紧随其后的就是一次"失业式复苏"。[26] 如果你在 X 一代末期出生，进入职场时正是 1999 年前后的股市最高峰，但随后科技泡沫开始破裂，你被卷入 2001 年的经济衰退。没错，之后经济又复苏了，2005 年前后，你尝到了轻易得到抵押贷款的甜头，但紧接着，2008 年，又是一次灭顶之灾。

如今，X 一代迈入中年，背负的债务比任何一代人都要多[27]——比婴儿潮一代高出惊人的 82%，比全国消费者的平均债务高出约 37000 美元。[28]

与其他几代人相比，我们的储蓄也更少——且相比于男性，女性的储蓄更少。与此同时，我们的生活成本却比婴儿潮一代在我们这个年龄时高得多，特别是在住房等必需品方面。[29]

　　X一代标志着日益繁荣的美国梦的终结。我们在走下坡路，工作也越来越不稳定。过去，每一代人都期望可以比自己的父母过得更好。但新的研究证实，X一代不会。

　　我们中的很多人将结婚生子的时间推至三四十岁。[30]这意味着，我们很可能会发现自己需要一边照顾年迈的父母，一边照顾年幼的孩子，还要顺便被人敦促需要加薪、需要在工作上更进一步。

　　更年期前的激素紊乱和情绪波动加剧了这种压力。可怕的是，压力会导致更强烈的激素波动症状，而这些症状反过来又会带来更多压力。

　　与此同时，我们被大量信息轰炸——灾难性的突发新闻、社交媒体上其他人精彩生活的照片、没完没了的工作——更别说还有电话、短信和邮件了。如今，高层管理人员平均每周要花72个小时来工作。[31]

　　我们的生活变得像俄罗斯方块游戏结束前的最后几秒，下落的方块堆积得越来越快。

　　更糟糕的是，在这样忙碌的年纪，我们还必须做出人生中许多艰难的决定：要不要放弃创业的念头？要不要换个行业？要不要结婚？要不要离婚？是不是不用再生孩子了？会有孩子吗？孩子该去哪里上学？要不要把患有阿尔茨海默病的父母送进养老院？如果要送，钱从哪儿来？我的梦想还会实现吗？会不会太晚了？

　　承受所有中年压力的同时还要被这些难题困扰，就像突然遇到了没被训练过该如何处理的紧急情况。你的表现不太可能达到最优。

　　在这一点上，X一代因自己的玩世不恭吃到了苦头。

1989 年，看电影《情到深处》(*Say Anything*)时，我们还年轻，浪漫的搏击英雄劳埃德·多布勒 (Lloyd Dobler)的餐桌演讲似乎很深刻，许多 X 一代的人都能逐字背诵："我不想售卖任何被购买或被加工的东西，不想购买任何被售卖或被加工的东西，不想加工任何被售卖、被购买或被加工的东西，也不想修理任何被售卖、被购买或被加工的东西。"这种观点显然没有经历过岁月的捶打。

多布勒"独特的人生哲学可爱、新颖而且疯狂，或许在 1989 年行得通"，而有一次，一位朋友对我说，"如今那家伙会坐在蒲团上，穿着人行道乐队的 T 恤玩《侠盗猎车手》"。

我出生的那一年,盖尔·希伊(Gail Sheehy)出版了超级畅销书《人生历程》(*Passages*),在人必将死去的前提下严肃审视了男性与女性的中年生活，描述了两种糟糕的、必定会出现的人生阶段，且分别打上了标签——"努力的 20 岁"和"孤独的 40 岁"。

这是对极有影响力的心理学家爱利克·埃里克森 (Erik Erikson)研究成果的一种新的诠释，埃里克森提出了社会心理发展的八个阶段。他指出，婴儿期的主题是信任与不信任之间的紧张关系，如果成功度过了这一阶段，就会收获希望这一基本品质。青春期的主题是自我同一性与角色混乱的危机。18 岁至 40 岁的主题是亲密与疏离。根据埃里克森的说法，40 岁至 65 岁是避免停滞的阶段，目标是成家立业，进入"传承期"，生养后代并对世界产生持久的影响。

根据希伊的说法,35 岁至 45 岁是"十年最后期限",在这一年龄阶段，人们觉得自己的时间所剩无几。在她看来，埃里克森关于成长阶段的论述只适用于男性："如果说男性的中年挣扎实质上是通过繁殖来摆脱停滞状态，那么我认为，女性则是通过自我宣告来摆脱依赖。"[32]

2006 年，希伊在为《人生历程》所写的新序言中承认，X 一代女性面临的是全新的状况："大致的成年期，以及其中可预测的不同阶段依然存在，但时间节点已经被拉长了至少十年，而且还在延长。什么年龄该做什么的规范变得相当灵活，标准的人生周期不复存在，于是人们开始定义自己的人生周期。"[33] 她说，这一代的女性过着"循环往复的生活，不得不一次又一次地重新开始"。

X 一代女性对自己的期望极高。我们被灌输的"拥有无限可能"的信念和严酷的现实在中年时期来了一场正面交锋——即使竭尽全力，依然可能没有伴侣、没有孩子、没有存到养老金、没有房子、没有带福利的工作——这些都让我们在最需要勇气的时候觉得自己一败涂地。我们的身体需要更长时间才能从宿醉中恢复，精神也需要更长时间才能摆脱被拒绝的阴影。我们可能会紧张兮兮地问一些问题，就像我的朋友有天晚上问我："你觉得我的生活还会好起来吗？"

"钱会不会花光不一定，"另一个女人说，"但时间肯定一秒都不剩了。"

这听起来有些悲观，但我们依然有理由怀抱希望。

最近，我告诉别人我在写这本书，对方说："那一定很沮丧吧，你要跟数百个女人谈她们有多痛苦。"

但事实上，我的感受正好相反。这份工作让我觉得自己不那么孤独，也让我更清楚地了解了自己和朋友们的生活。我终于找到了摆脱危机的方法。首先要直面真实的生活，放弃成长过程中对自己的期望，然后要找到可靠的支撑，意识到生命的这个阶段不会一直持续下去。事实上，回望我们这一代人面临的处境，就会发现我们做得比自己想象中的还要好。

1 可能性带来压力

"如果你说自己想当护士，每个人都会问：'为什么不是医生？'"

20 世纪 70 年代，凯莉还是个小女孩，那时她相信女孩想做什么都可以。凯莉的父母都是新泽西州北部郊区的蓝领，她是家里第一个读完大学的人。

凯莉和她的朋友们会玩一个名叫"玛丽·泰勒·摩尔"的游戏，灵感来自 20 世纪 70 年代的同名电视剧。她们会扮演勇敢、独立、独自在大城市生活的女性。比起假扮牛仔或公主，凯莉更喜欢"这个年轻的单身职业女性，她想征服一切"。凯莉喜欢它的主题曲《总有一天你会成功》，喜欢抛掷帽子的仪式，也喜欢玛丽在工作中找到归属感的方式。

凯莉进入学校时，1972 年颁布的《教育法第九修正案》正引发第一波浪潮，该法律规定，在联邦政府资助的教育项目及活动中，男孩和女孩必须得到同等对待。学校在资金援助、选拔、录取或体育方面的歧视，都是法律不允许的。[1] 竞争环境会更加公平，女孩们会茁壮成长，所有人都相信这一点。

凯莉的母亲没能实现的抱负，也加在了凯莉身上："我的生活里也有她的梦想。我总担心，万一她失望了怎么办？"

这种情况遍布全国各地。第一批女权主义者在 19 世纪初为争取选举权而斗争，第二批女权主义者在 20 世纪 60 年代早期争取女性权利，她们正将女儿养大，希望她们接过火炬，争取新的胜利：成为医生而不是护士，成为教授而不是小学老师，成为首席执行官而不是秘书。如果我们的祖辈在土地上劳作，我们的父辈在中层管理岗位上辛苦工作，那么我们一定要有一间大办公室——当然，还会成家，拥有漂亮的房子和自己的社交圈。我们耳边回荡着第二次女权浪潮中长大的母亲的话："女孩长大后可以做任何事——当总统也可以！"

我认识的一位女性来自中西部，她本想在当地上学，但她没能离开家乡上学的母亲坚持让女儿离开家，去其他地方读大学。为了支付去其他州上学的费用，她们家申请了第二笔抵押贷款。"整个春天，我都在想要怎么说我并不想去，在去的路上，那 13 个小时里，我也一直在想，"这位如今快 50 岁的女性回忆道，"我可怜的母亲。我们一卸下行李（她很兴奋），我就哭了。"

"当时有许多媒体都在说，"凯莉告诉我，"'你可以把培根带回家，然后煎一下……'"凯莉哼着那首著名的露华浓扣角领香水广告[2]主题曲。我们中的很多人都对这支广告——还有那句"麦奇喜欢！"[1]——记忆犹新。

1　"麦奇喜欢！"出自美国桂格公司 1972 年的早餐麦片广告。

1980 年，扣角领香水的广告用了 1962 年的热门歌曲《我是女人》（*I'm a Woman*）作为背景音乐[3]，一位金发女郎唱着她可以把培根带回家，在平底锅里煎好——永远不会让你失去男人的尊严。在一天之内（广告暗示，她身上的香水味永远不会消散），她分别穿了赚钱养家的商务套装、方便做饭的有领衬衫和裤子，以及散发魅力的鸡尾酒会礼服，性感的嘴唇微微翘起。广告语是："为 24 小时女性准备的 8 小时香水。"

广告中的女人如此成功，她在给镜头外的孩子读书讲故事时，一个男人的画外音说道："今晚我来给孩子们做饭。"她回之以脑腆而惊喜的微笑。大概在这特殊的一天，她会是个 "23 小时女性"。

和许多看过这则广告的年轻女孩一样，在凯莉眼中，这位女士从办公室到厨房再到卧室的日常行程并不是荒谬、倒退的幻象，目的是让男性给妻子买扣角领香水，而是一种完美人生的蓝图。许多年轻女孩会想，这看起来可行，我上班、回家、做晚饭，一直保持性感。就像我可以一边预修课程，一边担任排球队队长和年鉴编辑，一边用适量发胶打理刘海儿一样。

1984 年，杰拉尔丁·费拉罗（Geraldine Ferraro）竞选副总统时，凯莉热情高涨但并不感到惊讶——当然啦，女性在突破传统的边界。在她看来，女性掌管公司，以及最终掌管国家，只是时间问题。

1987 年的电影《婴儿热》（*Baby Boom*）一开始的蒙太奇镜头中，穿着垫肩服装的女性骄傲地走进了大公司的办公室。1988 年的电影《上班女郎》（*Working Girl*）中，梅兰妮·格里菲斯（Melanie Griffith）饰演的角色对哈里森·福特（Harrison Ford）说："我有做生意的头脑和迷人的身材，有什么问题吗？"[4]（他慌慌张张地说没有。）

　　凯莉和她的朋友们梦想远大，也接受了更高等的教育。她们相信，有了头脑和身材，除了征服职场，总有一天，她们也会拥有属于自己的哈里森·福特。

　　《玛丽·泰勒·摩尔秀》之后，由犀利讽刺的坎迪斯·伯根（Candice Bergen）主演的电视剧《墨菲·布朗》（Murphy Brown）成为凯莉的新理想。1992 年第四季的大结局中，布朗成为单身母亲，但依然在新闻编辑部担任要职，凯莉再一次受到了启发——女性可以同时拥有爱情与事业。你需要的是良好的工作态度、支持你的朋友，也许还有一个古怪的名叫"艾尔丁"的人，从油漆工变成了保姆，可以在你工作的时候帮你照看孩子。

　　计划总是天衣无缝。可等到凯莉长大成人，现实就给了她当头一棒。在华盛顿上大学的时候，凯莉开始意识到，曾经被灌输的理想并不像描述中的那样容易达成。梦想变成现实的一大阻碍在于，一切都需要钱。

　　大学上到一半，凯莉意识到她需要拿到硕士学位才能在心理学领域取得自己想要的成就。她的父母无法供她继续深造。她读大学已经欠了很多债，最终身无分文，不得不回家，她说自己"很害怕"。她决心找一份工作，还清债务。也许之后可以想办法拿到更高的学位，再换一份工作。

　　但她没有做到。凯莉毕业时，经济并不景气，找工作很难。长时间的寻找之后，她最终勉强接受了一个几乎没有发展前景的行政职位。一有机会换工作，她就跳去了保险行业，后来又去了人力资源领域。她的工作时间很长，成就感很低，但那是一份稳定的工作。尽管如此，读研究生的钱始终没有攒下来。

她谈了几年恋爱，28岁结了婚，31岁生下了第一个女儿，从那以后，她就没有再做过全职工作。两年后，她又生了二胎。她计划着等两个孩子都上学以后再去工作。然而，就在还差两年，也就是第二个孩子3岁的时候，家里遭遇了一场车祸，导致女儿创伤性脑损伤。护理工作很艰巨，而她的丈夫不可能待在家里。

很多女性告诉我，她们的职业生涯因为家庭责任或健康问题（不管是她们自己的还是家人的）而偏离了轨道。对我们这一代人来说，孩子被诊断为智力障碍或发育迟缓的概率增加了。2003年至2011年，被诊断为患有注意力缺陷障碍的青少年人数增加了43%。[5]自闭症谱系障碍的患病率从2000年的千分之一激增到2010年的千分之五。

即便是孩子没有这类问题的父母，也很难做到后顾无忧。一位单身母亲告诉我，她出差回来后，发现保姆没有照顾好孩子，孩子患上了严重的皮疹。从那以后，她就不想出差了，几个月后，她被公司辞退，理由是她对工作不上心。

"丹·奎尔（Dan Quayle）将墨菲·布朗描述为如今聪明、高薪的职业女性的缩影，很多女性在这一描述中看到了自己。"1992年，卡林·詹姆斯（Caryn James）发表在《纽约时报》上的文章写道，"她们想着，'墨菲·布朗就是我'，直到惊觉——'我身边怎么没有艾尔丁？'"[6]

这句话完全可以成为我们这代人贴在车尾保险杠上的贴纸："艾尔丁在哪儿？"

凯莉后来又生了一个孩子，孩子现在已经10岁了。她再也没有工作过。

"我已经有将近22年没有做过全职工作了。"凯莉说道，听起来很不好意思。现在，她的孩子都已经长大，受伤的女儿也稳定了下来，她知道可以回去工作了，也知道自己离退休还有至少 15 年或 20 年的时间。但谁会雇用她呢？她离开职场太久了，没有可用的人脉，再说她从一开始就不喜欢人力资源行业。

"我怎么回去工作？能做什么？会开心吗？"她说，"我也担心自己年龄太大了。我有一个嫂子，比我大 2 岁。她本来有工作，但后来被解雇了。真的很糟糕，她很难找到一份固定的工作。她觉得是因为年龄，所以把简历上的毕业时间删掉了。"

凯莉梦想着做一些有创意的事。她和丈夫已经写完了一部分书稿，讲述他们抚养患病孩子的故事，但他们在编辑方面并没有取得多大的进展，也没有试过让书出版。

她说自己很幸运能有机会思考这些事情，不用每天去办公室赚钱养活家人。然而在内心深处，她觉得自己的丈夫更幸运。他一整天都可以一个人待着，有休息时间，可以出去吃午饭或者做做白日梦。她觉得自己永远无法厘清情绪，因为她更日常的任务——预约医生、开车带孩子去各种地方、填表格、打扫卫生、做饭——从来没办法消停。"有些时候，"她说，"我会感到愤怒。"[7]

凯莉的大女儿十一二岁的时候，有一天在车里对凯莉说："没有冒犯的意思，但我可不想成为待在家里的全职妈妈。"

凯莉回答："我不觉得被冒犯。我希望你能做让自己开心的事。如果你想工作，想成为母亲，就去做。不想生孩子没有问题，不想结婚也可以。无论你想做什么，只要能开心就好，我只希望你健康、快乐。"

她给女儿的礼物是降低期待，但她不允许自己也这样。每一天，凯莉醒来时都觉得自己应该找份工作、写本书、提高效率。她每天都在担心，即便现在每个人都一心支持她的梦想，也已经太晚。

费城一位婴儿潮一代的心理治疗师德博拉·鲁普尼茨（Deborah Luepnitz）说："我在 X 一代的咨询者身上看到的完全是疲惫。她们因为抱怨而感到内疚。拥有母亲一代无法拥有的选择是很美好的，但选择并不会让生活更轻松。可能性会带来压力。"

我们一次又一次地听到人们说，我们可以成为自己想成为的任何人。我们有来自母亲的支持，她们坚信我们会更有成就。《教育法第九修正案》保证我们得到的课外辅导和男孩们一样好，我们也会在电视上看到同时拥有家庭和有趣事业的女性。如果我们还是不小心失败了，原因会是什么呢？能怪的人只有我们自己。

有一天，我和朋友卡罗琳·米勒一起吃了午饭，饭后，我收到她发来的邮件。卡罗琳是婴儿潮一代，1976 年成为报纸记者，由此进入新闻业，后来成为《十七岁》和《纽约》杂志的主编。她在邮件里写道："我在四十多岁时经历的浪潮——不管是经济上的繁荣，还是作为'自由'女性找到出路的喜悦——都不复存在了，这似乎很不公平。在根本没有期待的时候，超出期待要简单得多。不管你做了什么，都像是一场胜利。就好像我像你这么大的时候，所谓的'压力'还没有被发明出来。"

如果非要确定 X 一代压力出现的时间，我认为是 20 世纪 70 年代中期。对七八十年代的怀旧通常忽略了一个事实——对一个孩子来说，那段时间从很多方面来讲都是严酷的。犯罪率飙升，经济衰退，对欺凌采取"无限宽容"的政策，认为孩子们应该自己解决冲突。

一位来自新泽西州的 X 一代朋友回忆道，她高中时的辅导老师说她"家教很差"，不会有出路。另一个朋友告诉我，她的辅导老师曾在费城那所学校的餐厅里暴怒，对孩子们大吼，说他们没有一个人会有出息。

听到这样的故事，我很庆幸我们学校的管理人员大部分只是不作为。我的朋友阿西娅，曾和校长进行过一次那时看来深入的谈话。他们的对话是这样的——

"阿西娅，你为什么打那个男孩？"

"因为他欺负小埃里克·李。"

"哦，"那位校长说，"那就没问题了。为朋友挺身而出，你做得很好。出去之后，你就跟其他人说我训过你了。"

对孩子采取这种放任态度有好的一面——给了孩子自由。但也有不好的一面——没有了成年人的保护，我们更容易受到骚扰。

我上中学的时候，男生们把在走廊里扯开女生的文胸当成游戏。很多次都当着老师的面，但从没有人采取任何措施。

我们很自由，保护我们的只有大人们"陌生人很危险"的口头警告，以及走过混乱街区时从紧握的手指间伸出来的钥匙。我们是"挂钥匙的孩子"，很早就获得了独立，尽管每天午餐时，我们都会在牛奶盒上看到其他孩子的照片，旁边写着"失踪"。1979 年，6 岁的艾坦·帕茨（Etan Patz）失踪，他的照片传遍了全国，他就住在纽约离我不太远的地方。大人们告诉我们，他可能遭人绑架，被杀害了（多年后，这一结论得到了证实）。那时候，除了我们的食物，没有什么东西是裹着糖衣的。

瓦莱丽在 20 世纪 80 年代伊利诺伊州斯普林菲尔德的郊区长大，还是小女孩的时候，她喜欢骑自行车，在马路对面的玉米地和大豆田里玩耍，在稀疏的林地上爬树，对着一个有巨大木质外壳的电视机，看只有三个频道的电视，读斯蒂芬·金的书。

X一代的童年都在二手烟的环绕中度过，在餐厅里、飞机上也是如此。我们玩的时候并没有意识到自己处在多么危险的境地。瓦莱丽童年最美好的一部分记忆，是坐在皮卡货车的后斗里、不戴头盔骑自行车、不涂防晒霜躺在大太阳底下。（我认识的一位女性说，X一代的另一个称呼可能是"水宝宝[1]一代"。）

"我父母总是把我留在车里，"瓦莱丽说，"你能想象现在把一个孩子留在车里吗？商店里都会有标识，提醒你别把孩子丢下。"

瓦莱丽10岁的时候，她的父亲离开了她的母亲。在她看来，部分原因是母亲一直靠代糖和无糖汽水节食，但依然超重——这也导致了今天瓦莱丽自己与食物的抗争。

离婚在经济上摧毁了很多X一代孩子和他们的母亲。[8] 20世纪80年代，一对夫妇离婚后，孩子通常和母亲住在一起，家庭收入会急剧减少——有研究表明平均降幅达42%。[9] 尽管一些由女性主导的家庭最终恢复了元气，但很多家庭始终无法东山再起。[10]

与此同时，国家面临停滞性通货膨胀，水门事件曝光，加油站前排起长队，钢铁厂倒闭，总统吉米·卡特穿着毛衣出现在电视上，鼓励大家节衣缩食。[11]

"难以控制的离婚率、不稳定的经济、飙升的犯罪率以及放纵的单身文化，"简·M.腾格（Jean M. Twenge）在《我一代》（*Generation Me*）[12] 中写道，"让20世纪70年代的孩子过得很艰难。"离婚家庭

1　Coppertone，美国防晒霜品牌。

的孩子可能会成为父母焦虑及约会问题的倾听者——他们不会被当成孩子对待，而是被当作可以听成年人所听、看成年人所看的人。

2016 年后，俄罗斯在新闻头条中的出现让 X 一代的很多人回忆起我们童年时期激进的反苏联娱乐。在 1983 年的电影《战争游戏》（*War Games*）中，马修·布罗德里克（Matthew Broderick）饰演的黑客少年闯入军方电脑，无意中启动了一场热核战争，而他必须阻止地球陷入毁灭。同一年，一亿人收看了美国广播公司的电影《浩劫后》（*The Day After*）。电影中，苏联与美国之间的核战争导致数百万人死亡，整个社会变成一片废墟。[13] 1984 年的电影《天狐入侵》（*Red Dawn*）中，由帕特里克·斯威兹（Patrick Swayze）、查理·辛（Charlie Sheen）、莉·汤普森（Lea Thompson）和詹妮弗·格雷（Jennifer Grey）等人饰演的一小群年轻人发动了一场残酷的武装抵抗。

一位 X 一代的女性告诉我，在她还是小女孩的时候，曾写信给罗纳德·里根总统，乞求他不要发动核战争。她收到了回信，但得到的不是保证，而是一堆与她年龄不符的、关于核威胁的详细信息。

直到 1991 年，新闻节目和娱乐节目的一大主题仍然是我们会毫无征兆地陷于毁灭。1979 年宾夕法尼亚州三里岛核反应堆部分熔毁，1986 年切尔诺贝利核电站爆炸，都让人们觉得核毁灭是有可能发生的。20 世纪 80 年代的心理学研究发现，核战争的威胁会导致儿童高度焦虑。庆幸的是——如一篇期刊文章所说——我们并没有焦虑太久，因为"犬儒主义和漠不关心的情绪很快就出现了"。[14]

我们开始觉得自己所在的这颗星球充满了不确定性。

"每天晚上，"瓦莱丽告诉我，"我都会悄悄向宇宙祈祷，希望末日不要降临。有时也会出现逆反心理。"她确信宇宙会拒绝她的请求，于是会躺在黑暗里低声说："我希望世界被炸飞。"

说到电视和电影，问题不仅在于很多令人害怕的内容，也在于我们看得太多。放学一回家，我就会看电视，一直看到睡觉前。对我来说，那些年是《神探加吉特》(*Inspector Gadget*)、《价格猜猜猜》(*The Price Is Right*)、《我的这一班》(*Head of the Class*)、《百战天龙》(*MacGyver*)、《干杯酒吧》(*Cheers*)、《亲情纽带》(*Family Ties*)、《家庭问答》(*Family Feud*)、《霹雳游侠》(*Knight Rider*)、《夜间法庭》(*Night Court*)、《杰斐逊一家》(*The Jeffersons*)、《拉文与雪莉》(*Laverne and Shirley*)、《电脑娃娃》(*Small Wonder*)、《啄木鸟伍迪》(*The Woody Woodpecker Show*)和《本森》(*Benson*)构成的模糊影像，其中夹杂着《阅读彩虹》(*Reading Rainbow*)这样的文化元素。一周中最悲伤的一天是周日，电视里播放的只有足球、教堂节目和新闻。

根据 X 一代的"思维定式清单"，"父母受教育的水平越高，孩子下午四点回家后，越有可能面对空无一人的房间，留给他们的只有微波炉和 MTV"。[15] 1981 年 8 月 1 日，巴格斯乐队(Buggles)推出 MTV《录像带杀死了广播明星》(*Video Killed the Radio Star*)。由此，MTV 成为持续播放且当时初高中生必看的电视节目。我有一些朋友在远离大城市中心的地方长大，MTV 不是很普遍（据我所知，有的小镇会把 MTV 视为魔鬼，禁止播放），在那里，《MTV 现场 120 分钟》(*120 Minutes*)的录像带，就和约定放学后在哪里见面的小纸条一样被传看。

那是硬盘录像机和网飞之前的时代，我们看到的很多都是广告。2017 年的一项研究发现，X 一代中，83% 的人相信自己在电视上看到的广告，这一比例是所有代中最高的。[16] X 一代被描述为被物质主义抛弃，同时热衷于物质主义的一代，或许跟这有一定关系。20 世纪 80 年代，处于性格形成期的我们，身边围绕的都是贪婪与挥霍——雅痞们对宝马和阿玛尼的迷恋、跑车海报、电影《华尔街》（*Wall Street*）。我们可能后来会通过买二手衣物来抵抗物质主义，但在内心深处，我们被灌输了对丰盈*物质*的渴望。

我在想，我们的占有欲与其说是不良品德的显现，不如说是《发条橙》式条件反射的必然结果。每分每秒，无论周围发生了什么，我的脑海里都在循环"机灵鬼！机灵鬼！好玩有趣机灵鬼！机灵鬼！机灵鬼！男孩女孩机灵鬼"。[1][17] 我永远不会忘记巧克力嚼起来是咔嚓松脆的[2]，曼妥思在"创造新鲜"[3]，只有我才能防止森林火灾[4]。热狗肠名叫"奥斯卡"，直到我死都不会变[5]。

如果你的孩子在经济不稳定的时期长大，每周要看上千条关于 Sit N'Spin 扭扭乐、Big Wheel 儿童车、Garanimals 童装、贪吃河马玩具的广告——更不用说还有 1982 年《E.T. 外星人》中的广告植入（瑞茜花生糖），以及 1992 年《反斗智多星》中的一系列产品——你又怎么能责怪他们多年后在大卖场过道里感受到的强烈愉悦，或者把精装书、面霜、儿童睡衣一股脑扔进亚马逊购物车时漫不经心的态度呢？

我们从铺天盖地的广告、新闻和娱乐活动中得到的信息可能是奇怪的、令人困惑的，尤其涉及性和毒品的时候。

婴儿潮一代还是青少年时，经历了伍德斯托克音乐节和"英伦入侵"，但 X 一代却没有这样不必承担后果的放纵。

1　儿童玩具"机灵鬼"广告词。
2　20 世纪 80 年代雀巢经典 Crunch 巧克力广告词，原文为"Chocolate is scrunchous when it crunches"。
3　指曼妥思广告语"新鲜制造者"（fresh maker）。
4　指美国林业局推出的森林防火广告，防火护林熊（Smoky Bear）提醒各位"只有你才能防止森林火灾"。
5　指美国知名街头热狗品牌奥斯卡·迈亚（Oscar Mayer）广告词。

婴儿潮晚期出生的人可以享受畅饮许可，许多地方的饮酒限制年龄是 18 岁——小城镇可能是 14 岁，如果你和一个年纪大一些的兄弟姐妹一起出现在酒吧，友善的酒吧招待会给你一杯朗姆可乐。然而大多数 X 一代的人，从来就没有幻想过喝酒可以单纯地是一项有趣的娱乐活动。反酒后驾车母亲协会（MADD, Mothers Against Drunk Driving）成立于 1980 年。抵制药物滥用教育（DARE, Drug Abuse Resistance Education）项目于 1983 年启动。1984 年，《最低饮酒年龄法案》鼓励各州统一规定最低饮酒年龄为 21 岁。身份信息更难伪造，限制酒驾的法律更加严格。凯文·吉尔伯特（Kevin Gilbert）在 1995 年的歌曲《仁慈的上帝啊》（*Goodness Gracious*）中唱道，年轻的 X 一代"因为太小，只能遭到派对驱逐"[18]。

20 世纪 60 年代早期，避孕药问世，不以生育为目的的性行为变得不再那么可怕——直到 20 多年后，艾滋病危机改变了这一切。X 一代中年纪稍大的人知道艾滋病的时候已经是成年人了，这意味着他们的恐慌是指向过去而非未来的。对于年轻的 X 一代来说，正当我们想要积极尝试的时候，艾滋病摧毁了我们关于安全的性自由的希望。1987 年，世界卫生组织启动艾滋病防治计划。1993 年，全球出现 250 多万例艾滋病病例。90 年代早期，我们学校的性教育主要是展示性病皮疹的图片。我和朋友们都会在背包里装安全套，而且相信如果不用，就会丢掉性命。

年轻的 X 一代接受的反面性教育，来自 1991 年安妮塔·希尔（Anita Hill）指控克拉伦斯·托马斯（Clarence Thomas）性骚扰的"可乐罐"¹

1　在安妮塔·希尔的指控中，大法官克拉伦斯·托马斯向她展示了可乐罐中的毛发。

证词（还有参议员居高临下提出的，关于她是不是"一个被鄙视的女人"的问题）和《斯塔尔报告》（*The Starr Report*）。1998 年发布的《斯塔尔报告》，以露骨的细节描述了克林顿总统与莫尼卡·莱文斯基（Monica Lewinsky）之间的性行为，某些句子令人浑身一激灵——"莱文斯基女士移交了那条被证明有总统精液痕迹的裙子。"[19]很明显，虽然性没有置人于死地，却威胁到了世界上最强大国家的政治稳定。

1984 年，我看到电视上的麦当娜在《宛如处女》（*Like a Virgin*）中舞蹈旋转，了解了什么是内衣外穿，那年我 8 岁。[20]9 岁时，我通过《亲情纽带》中亚历克斯·P. 基顿（Alex P. Keaton）和爱伦·里德（Ellen Reed）的故事懂得了什么是爱情。13 岁时，看完电影《辣身舞》（*Dirty Dancing*），我确信自己也会那么幸运，在 17 岁时遇到一位 25 岁的舞蹈老师，他会教我什么是性、什么是梅伦格舞。

20 世纪 90 年代，第三次女权主义浪潮填补了某些性教育的空白。许多 X 一代的女性逐渐接受了积极的性行为，以此抵消艾滋病带给我们的焦虑。那时有《时髦女郎》（*Sassy*）杂志，唱片店和书店里也经常有复印、装订后的女性杂志。苏茜·布莱特（Susie Bright）、安妮·斯普林克（Annie Sprinkle）、贝尔·胡克斯（bell hooks）等作家、艺术家，以及暴女（Riot Grrrl）运动的成员，提供了更多有关性及其风险与承诺的有趣方式。莉兹·菲尔（Liz Phair）1993 年的重要专辑《流亡男人帮》（*Exile in Guyville*）将性爱的激情与浪漫的幻灭融合在一起，令人耳目一新。

1994 年，《时尚先生》杂志将第三次女权浪潮运动的领导者称为"Do Me"女权主义者。文章标题为"Yes"，文中写道："这是新一代女性思想者传递的信息，她们拥抱性（和男人！）……但她们真的能从美国历史的一片肮脏之地中拯救男性吗？"[21]因为很明显，女权主义的目标就是拯救濒危男性。

"女孩力量"（Girl Power）这句暴女运动的口号，被辣妹组合重新选用，用来宣告在演唱关于女性友谊的歌曲时穿超短裙和露脐上衣的权利。1993 年，《周六夜现场》嘲讽了安提阿学院的"性犯罪预防政策"——该政策在校园性暴力事件发生后制定，旨在创造一种"明确同意"的性文化。在名为"这是约会强奸吗？"的恶搞竞赛中，莎侬·多赫提（Shannen Doherty）扮演其中一位参赛者，她的姓被加上了连字符，主修"受害研究"专业，她几乎将所有场景判定为约会强奸，从而赢得了比赛。[22]

同年，我的高中文学老师给我们播放了几年前的电影《暴劫梨花》（The Accused）。电影中，朱迪·福斯特饰演的角色在台球桌上被强奸，酒吧里的其他男人则在欢呼。这一场景播放到一半，我们班上的一个女孩脸色苍白，跑出了房间。

莫特利·克鲁乐队（Mötley Crüe）的《她躺下了》（She Goes Down）、《你的滋味》（Slice of Your Pie）、《女孩女孩女孩》（Girls Girls Girls）等歌曲，明确表达了对女性的渴望。中学时，我们可能会随着毒药乐队（Poison）的《没有无刺的玫瑰》（Every Rose Has Its Thorn）慢舞，但后来我们听到了他们的其他歌曲，比如《我要行动》（I Want Action），主唱布雷特·迈克尔斯（Bret Michaels）发誓，除非女孩屈服，否则他不会放弃。如果她不愿意，他就会"带走她，强迫她"。枪炮与玫瑰乐队 1987 年推出的专辑《毁灭的欲望》（Appetite for Destruction），原本封面上有一张插图，画的是被强奸的女人和似乎强奸了她的机器人。

那些乐队成员好像对没有和自己上床的女人漠不关心，即便上了床，他们有时也显得很冷漠。在那首浪漫的民谣摇滚《耐心》（Patience）

的音乐录影带中，一张娃娃脸的艾克索一边摇摆一边唱歌，而 Slash
则躺在酒店的床上，抱着一条大蛇——在并不含蓄的年代——无视身
边一个又一个穿着紧身内衣的歌迷。[23]

X 一代的女孩在成长过程中意识到了自己的脆弱，却又被告知拥
有无限力量。不仅如此，X 一代的男孩和女孩很早就知道，无论遭受
了什么伤害，都要自己安慰自己。

1986 年 1 月 28 日，我们学校破旧的扩音器里传出一条通告。一
般来说，扩音器里的消息，要么是爱国宣誓，要么是那句神秘的通知"鹰
已着陆"——后来我们才知道，这句话的意思是老师的工资已经准备
好，可以去办公室领取了。但那天，学校办公室发的是更令人兴奋的
消息：扩音器里的女老师，用在静电干扰中依然听起来十分骄傲的声
音，告诉我们"挑战者号"终于要发射了。

我们五年级的科学老师莫里奇夫人把一台方方正正的大电视推进
了教室，我们坐在教室里，观看航天飞机发射。

那一年，X 一代中年龄最大的已经上了大学，最小的刚刚摆脱尿
布。处于竞争白热化时代中心的我们，正处在童年性格的形成期。我
刚好 10 岁。

NASA（National Aeronautics and Space Administration，美国国家航
空和航天局）想让孩子们对太空更感兴趣，因此宣传得很猛烈，围绕
发射计划安排了课程，每天都有来自老师和新闻的简报。有传言说，
我们学校有一位代课老师"有望"参与发射项目。（有理由相信，同
样的传言会出现在美国几乎每一所小学。）

那时有过将"大鸟"[1]发射进太空的讨论，但后来计划取消了。"大

1 电视节目《芝麻街》中的木偶角色。

鸟"的扮演者卡洛尔·斯平尼（Caroll Spinney）说，这可能与太空舱的紧凑空间和"大鸟"的身高超过 8 英尺（约 2.4 米）的事实有关。[24]

代替"大鸟"的是开朗、热情的教师克里斯塔·麦考利夫（Christa McAuliffe），她来自新罕布什尔州，是 NASA 太空教师计划选拔的优胜者，也是首位参与太空项目的普通人。我们无数次看到她的照片，知道她有两个孩子，其中一个和我差不多大。

发射被推迟了数次，但最后终于成真了。我们在电视屏幕上看到了肯尼迪航天中心的转播画面。[25]倒数 15 秒……倒数 10 秒……"发射！"

我们欢呼起来。有一分钟左右，我们看着"挑战者号"升上了天空。

然后，正当播音员在评论发射前的延迟时，屏幕上亮起了火光。

助推器朝两个方向分岔。在那中间，火箭本该在的地方，我们看到了一股烟，有点像挤成一团的稻草"蛇"因为一滴液体而迅速膨胀。航天飞机去哪里了？

播音员没了声音。我们盯着屏幕，等待有人解释我们看到的画面。时间嘀嗒走过。

不，说真的：航天飞机在哪里？它已经达到飞行极速了吗？

我们看着老师，看着电视，看着彼此。

25 秒过去了，播音员才开始说话。在这 25 秒里，美国数百万孩子盯着教室里的电视，渐渐开始怀疑那位友善、幸福的老师是不是在刚才的火球中丧生了，而她的孩子，是不是也和我们一起目睹了母亲的惨死。

播音员再次出现，用一种过于随意的语气说道："好像是有几个固态火箭推进器坏了，嗯……在爆炸中从航天飞机的一侧被炸飞了。"

一片长久的沉寂。另一个声音响起："飞控人员正在深入了解情况。显然出现了严重故障。"

严重故障。

那个女人——那个**母亲**，那个我们被教育要去爱、去支持的人，和其他我们熟悉的人一起被炸飞了。大人们安排我们观看，现在却用了一些诡异的词，比如"严重故障"。25秒的沉寂。之后也是一片死寂。我不记得莫里奇夫人说了什么，如果说了的话，只记得到了吃午饭的时间。

我儿子所在的纽约公立学校，每当国内发生重大新闻事件或学校枪击事件时，都会组织小组讨论。学校的辅导老师随时可以解答问题，舞蹈老师会让他们用**舞蹈**表现情绪。

X一代的母亲，也都非常在意自己孩子的情绪处理。这是我从堪萨斯城一位女性那里收到的信息，我们原本预约了采访："你好，艾达，我希望将今天的采访改期。我家的狗昨天被校车轧死了，我女儿正好在家门前看到了，很受打击。我今天把孩子从学校接回了家，哪儿也不去。我真的很想就你的书接受采访。我希望自己能在接受采访的时候保持清醒，但显然今天不行。"

20世纪七八十年代，一家人很少有"在家静一静"的时候。那时，帮助孩子理解并应对他们的恐惧、失望和悲伤，并不被视为成年人的责任。健身爱好者做的是健美操，而不是瑜伽。许多地方的老师都会打学生屁股。[26]

我最近联系了一些以前的小学同学，问他们在"挑战者号"灾难后是否有参加集会之类的活动。他们也只记得沉寂。其中一人说，教室里的电视上出现爆炸画面后，他二年级的老师开始哭，关掉了电视，用其他活动分散了全班的注意力。另一个人记得他的老师对还不知道这一消息的一年级学生说"顺便说一下，航天飞机爆炸了"，然后紧张地笑了起来。

我们这一代人被嘲笑为"直升机式育儿"[1]。我们常被人说,不让孩子面对失败,把他们裹在保护罩里,只会让他们面对生活时毫无准备。可能说得没错,但这很可能是源于1986年1月28日上午那样的创伤。

对我们中的一些人来说,那一天传达的信息变成了:**当你真心在乎某件事时就会这样**。在没有父母或官方指导的情况下,我们试图自己理解"挑战者号"灾难。几周内,这场灾难就变成了恶心笑话的素材。我记得有个孩子在操场上,把一根点燃的火柴弹向天空。

"猜那是什么?"他问道。

"不知道,是什么?"我说。

"'挑战者号'。"

这并不好笑,但至少与我们的所见有关。我们不知道该如何应对那种恐惧,所以只能假装自己不在意。这成了我们的习惯、我们的风格:用黑色幽默安抚自己。垃圾桶小孩,《疯狂杂志》《小精灵》。(直到现在,我才意识到那个孩子关于"挑战者号"的笑话中有一处特别的细节:他当时**在学校里玩火柴**。)

我们的防御机制是自发的。1974年,全国谋杀率创历史新高,且在20世纪90年代初以前不断打破纪录。[27]1977年至1992年,被证实的儿童性侵指控的数量持续稳步上升。这或许和1977年通过的《保护儿童免受性剥削法案》,以及儿童保护服务发展所带来的报道数量的增加有很大关系[28],又或许确实表明有更多的儿童遭受了侵害。几乎我认识的每一个X一代女性都有过被猥亵、被暴露狂骚扰、被

---

1 指父母放心不下,如直升机盘旋在上空一般,监控孩子的一切活动。

性侵或被强奸的经历。[29]

而说到种族问题，我们也难免会注意到自己所听与所见之间存在的脱节。1964 年，《民权法案》取代了各地的《吉姆·克劳法》[1]，因此 X 一代是在废除种族隔离制度后成长起来的。1976 年，杰拉尔德·福特（Gerald Ford）首次承认了黑人历史月（Black History Month）。但在我们周围，种族不平等现象依旧无处不在。20 世纪八九十年代，新闻里都是中央公园五罪犯[2]、罗德尼·金（Rodney King）[3]、阿马杜·迪亚洛（Amadou Diallo）[4] 之类的故事。

对 X 一代而言，我们接受的教育（种族歧视已被自由乘车者[5]打破）与我们亲眼所见的事实（社会上种族主义猖獗，学校里种族关系紧张）再次形成了鲜明的对比。父母的理想与我们面临的现实依旧存在距离。

1989 年柏林墙倒塌，1991 年苏联解体，第三次世界大战的预兆似乎在一夜之间消失了。我们婴儿潮时期出生的父母为此欢欣鼓舞（相比我们，他们更多将冷战视为文化上的试金石）。我的父亲当时在德国，他进行了一次"朝圣"之旅，凿了一小块墙带回家作为纪念。

为什么 X 一代没有因为摆脱了童年恐惧而感到高兴呢？可能是因为我们没有完全理解历史背景；可能是因为那时我们对任何所谓的好消息都会自动产生怀疑；也可能是因为，世界让我们担心了太久，以至于有人告诉我们不用再担心的时候，我们反而不知道该如何停下

1　泛指 1876 年至 1965 年，美国南部各州以及边境各州对有色人种实行种族隔离制度的法律。
2　关于 5 名黑人青少年被警方指控袭击和强奸一位在曼哈顿中央公园慢跑的白人女性，在疑点重重、取证不足的情况下，蒙冤入狱十余年的案件。
3　黑人青年罗德尼·金因驾车超速，遭到四名白人警察的狂暴殴打。
4　几内亚移民迪亚洛试图掏出钱包的动作被警察误认为在掏枪，四名警察连开数枪，迪亚洛当场毙命，后四名警察被判无罪。
5　自由乘车者指美国的民权活动家，他们乘坐跨州巴士前往种族隔离现象严重的地区，挑战当地的种族隔离制度。

来。我们没有狂欢，而是变得倍加厌世。

X 一代到了选举年龄时，被贴上了"美国历史上最远离政治的群体"的标签，我们在投票箱前的"不参与度前所未有"[30]。奎恩·拉提法（Queen Latifah）等明星倡导的"摇动选票"（Rock the Vote）活动，本意是想让 X 一代参与进来，但 1996 年，参与投票的年轻人数量跌至自 1971 年年满 18 周岁者赢得选举权以来的最低点。[31]

一些由 X 一代组成的团体，如"要么领导，要么离开"（Lead or Leave）及其姊妹组织"第三千年"（Third Millennium）在努力寻求改变。后者成立于 1993 年，致力于改变 X 一代和未来几代人的糟糕前景，在他们看来，这是婴儿潮一代摧毁地球的结果。该组织的宣言在开篇写道："我们这一代人活在巨大的国债阴影之中，就像歪心狼[1]等着头顶二十吨的铁砧降落。"[32]这一组织最出名的是 1994 年的调查，该调查显示，相信不明飞行物存在的年轻人，比相信自己退休时社会保险依然存在的年轻人的比例要高。X 一代的各种团体组织都没能聚集多少追随者，也没能发挥多大影响力。1996 年，美国国家公共广播电台的一则报道称："'要么领导，要么离开'团体已经离开。"[33]

2000 年，有些 X 一代参加了抗议活动，他们是"买下布什（或戈尔）的亿万富翁"，对两党均持怀疑态度。在那年的共和党与民主党会议上，他们打扮成富人模样，高呼"布什……戈尔……布什……戈尔，我们不在乎你为谁投票。我们已经把他们都买下了"。[34]

"从公立学校、公务员系统到繁荣的报业、运转良好的立法机构，这些一直以来作为中产阶级民主基础的组织，都走上了长期衰落的道

1　《乐一通》系列动画片中的角色，与兔八哥、哔哔鸟一起出现。

路。"乔治·帕克（George Packer）在 2013 年出版的《下沉年代》（*The Unwinding*）一书中写道。他将 1978 年，即 X 一代出生的中间年份，视为美国社会氛围的转折点。[35]

1995 年至 1997 年，医疗健康机构凯撒医疗（Kaiser Permanente）进行了有史以来规模最大的一次调查——凯撒医疗童年负面经历（ACE, Adverse Childhood Experiences）研究，研究童年时期遭受的虐待和忽视对成年生活的健康及幸福的影响。进行年度体检时，超过 17000 名受访者填写了调查问卷，问题是他们是否有过"童年负面经历"（ACEs），如身体虐待、情感忽视或家庭暴力。[36]

研究人员将受访者的 ACE 得分与医疗记录一起查看时，发现了令人震惊的事情：ACE 得分越高，成年后出现生理及心理问题，包括抑郁症及自身免疫性疾病的风险就越高。

目前为止，还没有研究对比过不同代人的童年负面经历，很难说 X 一代遭受的童年创伤更严重。[37]（坦白说，参与这样一场关于谁更被忽视、谁遭受的虐待更多的比较有些诡异。）即便如此，比较明确的一点是，我们现在出现的一些问题与过去遭受的伤害有关。

我联系了一些 ACE 专家，有些专家表示，童年遭受的压力越大，中年时出现生理及心理问题的概率越高是有一定道理的。公共卫生领域的童年创伤专家金伯利·康克尔（Kimberly Konkel）告诉我，相比其他几代人，X 一代很可能是"受到照顾最少"的一代，没有明确规则，没有社区支持或成人监管，他们只能自己照顾自己。[38]她认为，由此产生的压力与我们当下的困境有关："我们的自杀率、肝癌死亡率等，都表明这一代人有明显的问题。我们可能会发现，X 一代患有反应性依恋障碍的概率更高。"反应性依恋障碍，缩写即具有讽刺意味的 RAD（reactive attachment disorder）[1]，指由于基本照顾及情感需求无法得到满足而导致无法建立亲密关系的问题。

如今，中年女性的自杀率正在激增。[39] 对于 45 岁至 54 岁的女性来说，自杀排在常见死亡原因的第七位，在糖尿病、流感和肺炎之前，在这一年龄段的白人女性中，自杀排在常见死亡原因的第五位。[40] 同样，没有证据表明其中存在某些联系，但我发现有趣的是，相比男性，女性更有可能在童年负面经历的问卷中得到 4 分或 4 分以上。[41] 得分为 4 分或 4 分以上的人，患抑郁症的概率是得 0 分者的 4.6 倍，企图自杀的可能性是后者的 12.2 倍。[42]

在描写 X 一代精神生活的作品《孤独的一代》（A Generation Alone）中，作者威廉·马赫迪（William Mahedy）和珍妮特·贝尔纳迪（Janet Bernardi）称"孤独"是形容"X 一代情感、态度及精神空间的最佳用词……在孤独状态下，一个人的生活中只有繁杂、忙乱之事，以及太多对过去生活的痛苦回忆"。[43]

女性尤其容易陷入繁杂、忙乱之中。我们之所以如此努力工作，首先是为了钱而必须如此，其次也是因为内心无法平复的不安。

这要归咎于 20 世纪七八十年代动荡的社会背景。我们保持高度警惕，相信只要努力工作，保持足够的创造力，就可以使自己远离侵犯者、疾病和其他威胁——甚至只要有足够强大的精神，我们就可以保护整个世界。人到中年，我们不得不协调童年时期的两种主要观念：一是摘星揽月之志；二是只能靠自己。

市场营销人员也注意到了这一点。一份针对我们的卖点报告提到

1　"rad" 在美国俚语中表示极好的、精彩的。

了此类战略分析："生活并不稳定。X 一代是在离婚家庭和需要双份工作的家庭中长大的孩子，他们挂着钥匙，自己依靠自己。卖点：让他们相信你的公司很可靠，能让他们的生活更简单而不是更复杂。"[44]

或许这个时代的不安全感就是那么多 X 一代女孩痴迷于《草原小屋》(Little House on the Prairie) 的原因。一个充满爱的大家庭团结在一起，共同应对困难——这和 20 世纪 70 年代大部分人的童年生活大相径庭。

这部剧中的父亲由迈克尔·兰登 (Michael Landon) 扮演，他的声音坚忍而温柔。在我的记忆中，电视上比他更镇定、更值得信赖的人只有一个：罗杰斯先生[1]。

悲剧发生时，罗杰斯先生建议孩子们"寻求帮助"。[45] 在 1969 年参议院关于公共电视节目的听证会上，罗杰斯先生说他的节目旨在教会孩子们"情绪是可以说出来的，也是可以控制的"。[46] 他从不高高在上，他会跟我们说实话，但不会过头。他不会用笨拙、过分较真的态度讲一些条条框框的内容，就像《ABC 课后专题》(ABC Afterschool Specials) 那样——这部剧集从 1972 年播到 1997 年，带来一些做作、夸张的经典节目，比如关于性骚扰的《别碰我》和关于自杀的《绝望的出口》。

与此不同，罗杰斯先生建议在不好的事情发生时，父母需要和孩子进行明确、坦诚的沟通："孩子提到可怕的事情时，有效的做法是立马询问他们知道些什么……或许孩子们最需要从我们成年人这里听到的是他们可以和我们谈论任何事情，以及在任何害怕的时候，我们都会尽己所能保证他们的安全。"[47]

1　美国著名儿童节目《罗杰斯先生的街坊四邻》主持人，该节目播出 30 余年，影响了几代人。

那时，罗杰斯先生是我们生活中的解药，广受欢迎。我想，这是否就是今天我们依然对他着迷的原因？2018 年出版的传记《好邻居：弗雷德·罗杰斯的生活与工作》(*The Good Neighbor: The Life and Work of Fred Rogers*) 登上了《纽约时报》畅销书榜单。2018 年夏天，纪录片《与我为邻》(*Won't You Be My Neighbor?*) 大获成功。与此同时，电影《邻里美好的一天》(*A Beautiful Day in the Neighborhood*) 宣布进入前期制作，罗杰斯先生将由国宝级演员汤姆·汉克斯饰演。

小时候担心核毁灭的瓦莱丽，现在 44 岁了。她一直在尝试"寻求帮助"，重新审视自己的生活——懂得知足，认清长处。不过，她还是哭过很多次，她也不明白其中原因。她喜欢安克雷奇的街区，获得文学学士和艺术硕士学位后，她又回到了那里。最近，她收养了一条自己很喜欢的狗。[48] 她的写作事业受到资助，在一片有潜力的历史街区买了房子，还有关系很好的朋友。那为什么一切对她来说还是那么困难？

是因为过去 20 年里，她一直在和抑郁症抗争？因为放弃了早年间的创作梦想？因为临近更年期激素失调？因为照顾生病母亲的责任、工作压力，或者装修工程？因为想到 65 岁还在还助学贷款？因为被诊断患有甲状腺疾病？因为胖了？因为嫉妒社交媒体上那些有钱出去旅行、吃大餐的朋友？或者仅仅是因为年纪大了，一切都没能如她所愿？在开车上下班的路上，在阿拉斯加冬日光线昏暗的下午，她从办公室的窗户向外看的时候，这些想法在她的脑海中纠缠不休。

"我 44 岁了，"瓦莱丽说，"而我总想着，*我做过什么？我有过什么影响吗？*可以肯定的是，我没有完全做到那些小时候以为自己会做到的事。除了《秘密》（'心胜于物'的建议书），我并不认为我能在死之前做到那些。我试着接受'不是所有人都能产生巨大影响'的事实，当然，我们也不可能实现所有梦想。"

这与其说是心理问题，不如说是存在主义式的问题。"除了朋友，我基本已经放弃了还会有其他人认识我的幻想。"她说。她觉得自己仿佛隐形了，但她很少谈论这件事，因为不想看起来像个不懂感恩的人。"就因为我们是女人，所以总会被认为在抱怨。只要我们带着负面语气说任何事情，就会被说应该感激一切是多么美好，所以我们只做能做的事。染染头发，试试长眼线。试着活在当下，然后在别人看都不看你一眼的时候，无可避免地感到失望。"

她试着看到积极的一面，把父母的离婚和自己一生的经济困境视为最终给予她力量和韧性的东西。

"和当今时代的人相比，我们在成长过程中面临更多的不确定性。与此同时，我们还要照顾自己。所以我们知道哪些危险、哪些不危险。我们比今天一切都在气泡保护膜里的孩子更明白后果……如今四十多岁的女性，比1903年时四十多岁的女性生活得好很多。科技让我们的生活变得容易了许多。等我们到了四十岁，不会再像地穴守护者[1]一样。"

她听起来就像在努力说服自己年过四十也很好，然而事实是她的感觉一点都不好。

有句话我一直忘不掉。在我经常玩的扑克牌游戏中，每当七张牌

1　指1989年首播的系列恐怖剧集《魔界奇谭》中，在每集开篇讲恐怖故事的骷髅。

中出现坏牌，庄家就会在翻到这张坏牌时说一句"暂无出路"[1]。

这个用在流浪汉法规[2]中的术语出现在牌局里很愚蠢。但这正是摆在许多 X 一代女性面前的牌：焦虑、家庭责任、工作责任，以及时光飞逝的感觉。可能会有好牌出现，但面前有这么多张坏牌，或许是她们还不够好。

瓦莱丽用自己的钱买了房子，有一份能帮助到别人的工作，还是个孝顺的女儿。

凯莉也有很多值得骄傲的地方：她养大了三个孩子，其中一个还有脑损伤。她的婚姻很美满。

然而这两位在不切实际的期望中长大、遭遇了无数阻碍的女性，只看到了自己没有的东西。她们照顾了家庭但没有事业，或拥有事业但没有找到伴侣。她们没有减掉足够的体重，没有存到足够的退休金，没有对世界产生重大的影响。

把孩子养大或有一份工作，这就足够了，或者坦率地说，只要不成为连环杀手，怎么都行。然而不知为何，对这一代女性来说，"女孩无所不能"的信念变成了她们必须做到一切的指令。

一位 X 一代的女性告诉我，她曾经就读的那所精英女子大学的校训是"培养杰出女性，成就卓越人生"。从那以后，她就开始自省是否实现了承诺，人生是否足够卓越。

在一场关于脆弱的 TED 演讲中，休斯敦大学社会工作学教授布琳·布朗（Brené Brown）描述了我们还是小女孩的时候接收到的信息，以及这些信息对我们的影响："对于女性来说，羞耻感来源于事无巨

---

1 原文为"no visible means of support"。
2 该法规规定，一个人在没有明显支持手段的情况下，到处流浪、无家可归均被视为犯罪。

细、尽善尽美的规训。永远不要让其他人看到你在流汗。我不知道扣角领香水卖了多少，但我保证，它拉动了很多抗抑郁、抗焦虑药物的需求。"[49]

亚特兰大布鲁克伍德心理治疗中心的治疗师布琳·查芬（Bryn Chafin）[50]表示，不管在哪个时代，"不够好"对女性来说都是一个挑战。

"'中间的孩子'是一个极其辛酸的比喻，"查芬谈到 X 一代时说，"你会不知所措，而且得不到太多支持。"许多中年女性"一直在担心"。X 一代的担心或许源于原生家庭、社会大背景、社交媒体、政治，以及老龄化。结果就是：指摘、内疚与羞耻。

"女性感到羞愧时，"查芬引用布琳·布朗关于"羞耻盾牌"的研究时说，"她们要么反应过度，要么畏缩，要么百般责难。"那些反应过度的人可能会变成 A 型人格，她们总是焦虑，想做好所有事情，通常"会自我否定，认为自己没能把每件事做好。这就形成了恶性循环，她们会更努力地摆脱羞耻感，可是失败又带来更多羞耻感，如此循环"。

查芬会让这些女性问自己一些问题，帮助她们拥有摆脱义务束缚的自由感："你能做些什么来改变这种状态吗？你能换个角度看问题吗？你能接受现状吗？要不顺其自然？"

她鼓励女性追求的目标之一是所谓的"全然接受"——找到一种方式，接受生活的本来面貌，而不是你想象中的样子。"全然接受你的生活，"查芬说，"是最困难的事。"

2 消沉

"接下来的人生大事，我们都可以预想到。我猜，这就是
人们叫它下坡路的原因。"

"二十多岁的时候，我的生活充满了活力，"霍莉说，"每一分钟
都需要你全神贯注。现在我只想着，等等，一切都慢下来了。我的孩
子不再那么需要我了。生活不再像以前那样令人兴奋了。那种感觉——
去哪儿了呢？"她拍着大腿强调，"我需要那种感觉。"

我在田纳西州一家可以俯瞰整个纳什维尔的热闹酒吧里召集了一
小群 X 一代女性：穿着牛仔裤和夹克的霍莉，是我十几年前认识的
教育记者。她的妹妹安妮穿着匡威，涂着深色口红，刚刚从一家已经
待了十五年的创业公司中撤出资金。她们的朋友梅丽莎，穿着灰色高
领毛衣，扎着一头棕发，在田纳西州的一家教堂里工作。她们都四十
来岁，有几个孩子——当妈妈的年龄在 30 岁至 40 岁不等。

她们妆容精致，对开胃菜充满热情。三位女士站在一起，给我留

下了深刻的印象。"瞧，我们从家里出来了！"一个人得意地说，大家都笑了。一杯 11 美元的葡萄酒喝到一半，笑声止住了。霍莉说她感觉自己麻木。她一直做着同一份工作，一直和同一个男人生活在一起，她的生活只剩下责任与乏味的日常。没有外遇、没有跑车、没有毁掉生活的意外——只有简单而绝望的动作——打自己的腿。

大概一年前，梅丽莎也发现自己陷入了困境。她做了所有"正确"的事：母乳喂养，缴税，白天照顾社区里的居民，晚上照顾家人。她环顾自己的生活，心想：这就是对我的奖励吗？

她越想越多：我不想再做这份工作了。我不想再当妈妈了。我不想再当妻子了。我想去山里待着。

霍莉插话道："我记得我也听过我妈在家里说这些。她当时很烦躁，于是打开门说，'我要去墨西哥，再也不回来了！'然后摔门，开着车走了。"

"她去墨西哥了吗？"我问。

"没有。"霍莉说。

"当然没有了，"安妮说，"她只是自己去了杂货店。"

"别忘了怎么让自己开心！"我上高中时，一位年长的女士曾这样告诉我，当时我忙于学业和几份兼职工作，"如果你忘了如何玩乐，就很难再记起来了。"

当时我并没有完全理解她的话，但现在我懂了。

婴儿潮一代的母亲们步入中年时，也经历了更年期前后的激素波动。这一阶段的生活压力，以及随之而来的艰辛的生理变化，足以让任何一个人冲出家门、厉声斥责他人，或幻想着减轻责任。大多数中年人都会在某些时候觉得自己生活的乐趣被剥夺了。然而在霍莉平静的讲述中还有些别的东西，她只是想弄明白，对 X 一代女性来说，我们对一切可能性的沉迷——对把一切做好的可能性的沉迷——为何会让我们感到羞愧和孤独。在很多女性的故事中，我听到了不同版本的表述：现在这个年纪，我们应该已经解决了这些问题才对。

"我得在生活中为自己制造更多的惊喜，"一位中西部的女性告诉我，"现在我可以规划接下来的生活了，但我讨厌这样。我要嫁给谁？要生几个孩子？这些人生转折点都消失了。我已经完成了。现在，我只想着送孩子们读大学，和老公一起旅行，如果我们有钱的话。我真的也不想听起来这么冷冰冰。我热爱我的生活，但能够带来兴奋的只有希望，对吧？我还记得第一次遇见喜欢的男人时的感觉，太来电了，我再也不会有那种感觉了。"

我从不止一个女人那里听到过类似的表述。有一天，一个女人哭着告诉我："别误会，我的生活是我自己选的，只是我没想过会如此平庸。"

如果这些女人都主动选择了自己的生活，那到底发生了什么呢？为何自由做出的选择会变得如此乏味？想要工作有挑战性、经济独立以及家庭生活完满的女性，怎么还会与贝蒂·弗里丹（Betty Friedan）的《女性的奥秘》（The Feminine Mystique）产生共鸣呢？她们为何像自己的母亲一样想离家出走？又为何常常独自待在超市里，寻求情感的庇护之所呢？

在纳什维尔的酒吧里，我们的话题转向了在家里和工作上不被重视的感觉。

"这是中年危机的另一个组成部分，"梅丽莎说，"到了 45 岁，没有人会告诉你，你很棒。没有人。你的孩子不会对你说谢谢，不会认同你、感激你。公司的人也不会，他们关心的只是你的产出。"

年轻时热衷于约会的安妮插嘴道："如果你习惯了一直受到男人的关注，等你到了四十多岁，就会发现没有人再关注你。"

"我记得自己第一次当妈妈的时候，"梅丽莎说，"我心里想着，我爱我自己。我哄了孩子，我把他生出来了，我造了一个人，因为我，他才有了腿。我记得自己躺在床上抱着孩子，想着，我爱你，但我也爱我自己。我太棒了。"

而现在，这个孩子早晨去上学时，甚至不会回头看一眼正在挥手说再见的梅丽莎。他不会感谢梅丽莎帮他转班——原来班级里的老师一直对他大吼大叫，也不会感谢她帮助自己完成了罗莎·帕克斯（Rosa Parks）[1] 的作业。他不会留意装好的零食、灌满的水瓶，也不会留意床上新换的床单。他没有注意到穿不下的衣服不见了，所有的衣服都很合身。中年人麻木、隐形的最大讽刺之一在于，他们步入中年时，孩子正处于或即将进入生命中变化最大、最希望引人注目、最自我的阶段。

梅丽莎在说的时候，我想起自己那时为了赶最后期限，在电脑前工作到凌晨两点，早上六点还要送儿子去学校。我发现他在哭，因为牙仙[2] 没有出现。他刷牙的时候，我在他床后"发现"了牙仙留下的钱，但我的儿子没有买账。这个我生下来的漂亮、温柔的孩子，眯起眼睛看着我，把钱递了回来，还附了一张纸条，上面写着有拼写错误的"太晚了"。

1　美国黑人民权行动主义者。
2　在美国等西方国家，换牙的孩子会把自己掉的乳牙放在枕头下面，相信牙仙会取走牙齿，放上一枚金币。

在纳什维尔的那张桌子旁，每个人都能讲出一件看似微不足道的小事——无论她做了什么，对其他人，哪怕是爱她的人来说似乎永远不够。每个人也都能讲出一个自己觉得完全不被支持的时刻。

安妮的故事很棒。她在自己的创业公司努力工作，家里有两个小孩，丈夫马上要过 40 岁生日。她送给丈夫的礼物，是让他去犹他州滑雪。通常，她会负责家里的大部分账单和后勤工作，而她的丈夫只有一项任务——交电费。

"哎哟。"桌边的其他女人说道。

"我上班的时候，保姆打电话给我，"安妮说，"她说'嘿'。外面零下七摄氏度。她说，'嘿，有件奇怪的事。刚刚停电了'。我一猜就知道是怎么回事。我打电话给陶德，他和他的兄弟们正在该死的滑道上。他说：'噢，天哪，好的好的，马上。我现在就打电话，打电话交钱。'而实际上，断电之后就不能再通过电话交钱了，得去营业厅。所以我不得不放下手边的工作。"

对安妮来说，那一刻就意味着她的丈夫不再支持她了。她很生气，把自己变成了教官一样的角色。他滑雪回来后，她给了他一张清单，上面列着需要完成的任务。"选五个，然后去做，"她说，"要做好，按时完成。"（每次我听到有人把中年女性形容为泼妇或唠叨鬼时，就会想，在这种情况下，类似一通滑雪途中的电话到底意味着什么。）

安妮和她的丈夫接受了心理治疗，男性治疗师试图向安妮解释，她丈夫的大脑只是和她的不同。这还是《男人来自火星，女人来自金星》（ *Men Are from Mars, Women Are from Venus*，1992 年）的陈词滥调，只是换上了进化心理学的外衣："治疗师说，'陶德嘛，因为他是男人，大脑里想着我要捕猎、我要杀戮。所以他非常有目标。而你的大脑，安妮，总是躲在自己的小屋里'。"

"啊哈，你躲在小屋里，好吧。"霍莉说道。

治疗师告诉她："孩子们在哭，饭还没有准备好。外婆和你一起待在小屋里。你想着所有这些事。你希望陶德带着猎物回来。陶德唯一的工作就是捕猎和杀戮，但这对家庭有利。"

安妮说她试着接受，试着跟治疗师妥协。"用这个比喻的话，电费账单就是一头鹿？"她记得自己这样对他说，"猎人应该交电费。所以即便他是猎人，也是个不怎么样的猎人。"

对于安妮来说，治疗师的理论听起来就像："安妮，你能拥有这样的思维方式真是太幸运了！这意味着你什么都能做。"

梅丽莎也去看了心理治疗师。因为她发现自己被各种小事困扰，将其视为婚姻中重大问题的征兆。比如，"床还没铺好。我跟他说了让他铺床，他为什么不铺？他都没有爱我爱到可以铺好床的地步？"

梅丽莎的母亲迈入 40 岁时，家里空空如也，只有"老天，老天，看看是谁 40 岁了！"的派对用品。而梅丽莎 40 岁的时候怀着孕，要照顾生病的父亲和三个孩子，还要全职工作。

梅丽莎在"9·11"事件 15 周年纪念日时差点崩溃。她住在双子塔附近，曾目睹那场悲剧。她的一位朋友在事故中丧生。2016 年的那一天，她花了一整天时间反思到底发生了什么，自己看到的又是什么。她开始哭泣，根本没法停下来。

她脑中回想着那一天带来的改变，不只对国家，也对她自己："9 月 10 号，一切都与现在不同。整个世界也不是这样。我并不害怕。我还没有工作、没有丈夫、没有孩子，我还不是现在的我。"

她听从了治疗师的建议，花时间整理所有这些感受："我上了五天的强化课程。我在树林里搏击，尖叫，走迷宫，给15岁的自己写信，和我妈妈聊天。"她说她意识到这一切听起来多么"自助"，但她抛弃了自己在这个问题上的所有偏见，发现很多方法确实有所帮助。

她换了工作，戒了一段时间酒，把咖啡换成了茶。她不再期望丈夫会有所改变。"十五年来，我一直期待他带晚饭回家。"她说。现在，她已经接受了丈夫永远不会带晚饭回家的事实。

还有一件事情让她觉得自己还活着：她买了一辆新车。

没有什么是比把家用汽车换成跑车更具标志性的中年危机解决方案了。

"我把那辆面包车给换了。"梅丽莎得意地说。

"换成什么了？"我问道。

我本以为她会说法拉利、福特野马、道奇蝰蛇，或者活动顶篷式汽车。

餐桌边的每个女人都等着听那辆漂亮新车的名字。

"丰田普锐斯。"梅丽莎答道。

"不是凯迪拉克？"安妮泄气地问。

"不是。"梅丽莎说。

一阵沉默之后，安妮说出了我们都在想的事。

"不好意思，但我不得不说，"安妮说，"普锐斯可不是中年危机用车。"

"也有十年了，"梅丽莎说，"不过这可能是我买过的最好的车。"

安妮最近也在因低潮寻求帮助，她参加了很多芭蕾练习课程，还去看了几次医生。"我总感觉身体不舒服。我知道有激素方面的问题。我去见过几个医生，跟他们聊过。我的妇科医生告诉我：'哦好吧，如果你月经过多，可以考虑切除子宫。'我说：'嘿，等等，我们还没聊过其他事情。'"（她的医生并不是唯一着急做手术的人。一项研究的数据表明，美国每年有18%针对良性疾病的子宫切除手术或许是不必要的。）[1]

"后来一位专家做了合理的血液检查，终于找到了答案。第一次咨询时，他说：'医学界对四十多岁的女性没有给予足够的关注。'他六十多岁快七十岁了，做这一行已经有很长时间。他说：'一个女人四十多岁时发生的事，会决定你能活多久，以及未来40年的幸福程度。你的身体正在发生巨大的变化，你正在经历的激素变化绝不是小事，它会对健康产生很大影响。'"

安妮的检查结果出来后，医生告诉她："你的身体里没有睾酮，难怪你没有精力、提不起'性'致，总是感到疲惫、无精打采。"而激素疗法——很多中年女性会把它和高致癌风险联系在一起（第九章会探讨其原因）——使她恢复了活力和性欲。

我听过其他一些精力不足、性欲低下的女性的故事，她们在女性杂志或非专业人士的引导下，尝试性爱中的角色扮演、更性感的服装或性爱玩具（这下有了更多需要计划和购买的东西）。想在中年时试着看起来性感或表现得性感，是一件很难的事。一位女士告诉我，她40岁的时候，觉得整个世界都在对她说："把你的迷你短裙交出来，套上这个伊林·费雪麻布袋。"另一位女士告诉我，如果不这样做，就有可能被嘲笑为"装嫩的老女人"。

经历过单身时代长时间的约会后（在这期间，X一代平均拥有10位性伴侣[2]），我们或许会因为一夫一妻制的相对平静而感到沮丧。或者，我们当时错过了，现在会去弥补。

"我四十多岁的时候，和自己二十岁时没睡过的男人上了床。"一个女人告诉我。唯一的问题是她已婚。她的丈夫发现她出轨，之后很多年都不信任她。她不仅让自己的婚姻陷入危机，也被出轨对象的妻子跟踪了很多年。

我的朋友说她知道自己为什么这么做。她感到自己的性能力在减退，想再次感觉自己还活着——就像霍莉拍自己的腿一样。短期内，这种方法是有效的。我的朋友走出家门，获得了一些活力，但也需要付出代价。这是"第二十二条军规"式的中年困境：独自去超市让你觉得生无可恋，但去墨西哥，也是一场灾难。

北卡罗来纳州阿什维尔一位 42 岁的软件工程师告诉我，因为缺乏激情，她变得痛苦不堪，于是下定决心，改变一切。

"几年前，"戴安娜说，"我即将步入 40 岁。我的生活舒适、愉悦，有安全感。我的恋情长久，一切都很好。但也会感到不满、空虚、孤独。然后发生了一些事情，我的几个朋友意外去世了。我不知道这是否引发了我的思考，我完全无意识。现在回想起来，那就像是某种触发机制。我开始意识到我对一切感到恐惧。我一直在自己说的话里听到'恐惧'这个词。"

戴安娜选择"和一个非常好的人分手，结束了一段美好的恋爱关系。伤害了对方后，陷入了另一段更令人不安的恋爱，因为在其中能体验到前所未有的激情"。她开始骑摩托车，学钢管舞，在每一种新爱好中结交了新的朋友。

所以管用吗？她不再情绪低落了吗？

"我并不觉得这是正确的选择，"她说，"或者'好'的选择，甚至'有益'的选择，但我觉得这一切都是有必要的。分手还是会让我难受，我会后悔、会怀疑自己做出的决定，这些都让我困扰。但钢管舞、摩托车，生活里的其他事物，我都很感激。我放下了太多的恐惧，这些恐惧一直让我没法过上享受、充满激情的生活。不放下我就根本无法改变。"

纳什维尔酒吧外狂风大作，夜幕降临。屋里播放着碧昂丝的《爱在第一位》(*Love on Top*) 和希雅（Sia）的《廉价娱乐》(*Cheap Thrills*)，音乐声越来越大。一位年轻女子走了进来，坐在我们附近的桌子旁。她穿着一条颜色鲜亮的紧身短裙，踩着一双非常高的高跟鞋。她摇晃着身体调情时，你很难不盯着她看。她整个人光彩闪耀。

"你们永远都不会再有**那种**感觉了。"安妮用手势指着那个女孩，对我们说道。

"我也不**想**有那种感觉。"霍莉说。

"我在那个年纪的时候，"安妮说，"住在纽约。体重大概也就一百斤吧，我会买各种狂野的衣服，觉得自己活在《欲望都市》里。"她从那部剧中得到的启示是：女人可以做爱，而且什么都不代表，只是在找乐子。而如今，她说："有时候我开着车，把孩子送到学校，会想起当时的一些事情，然后会想，**哦**。"

"觉得不好意思？"霍莉问道。

安妮耸了耸肩，只是想起而已。"然后继续开我的车。"

"只是速度快了一点。"霍莉说。

我们说话的时候，不时看看那个年轻女子，她越来越醉，声音越来越大，也越来越兴奋。她变成了房间的焦点，所有活动都围着她转。她现在摇晃着、闭着眼睛，满是生机、满是活力、满是未来，眼里并没有角落桌子旁注视着她的四个老女人。

我想起 1902 年《生活》(*Life*)杂志上有关死亡警示的视觉幻象画作《一切皆虚空》(*All Is Vanity*)。一位年轻女子凝视着化妆镜，从另一个角度看，整个图像构成一个骷髅。那就是我们的桌子，我心想，它提示着我们短裙不再合身时，喝完五杯伏特加苏打水，第二天无法状态满分时会发生的事。

我们这一桌人婉拒了第三杯酒。我们穿上外套，相拥告别，离开了酒吧。在我们身后，那位年轻女子的夜晚刚刚开始。

3 照料酷刑架

> "就好像如果我起床之后做了一件事，那么其他事就都做
> 不了了。因为根本不可能做完所有的事。不管我那天做了什么，
> 我都是一个失败者。"

有天早上，我送儿子上学时，听到一个女人很抱歉地说："妈妈真的没有手。"

我对儿子扬了扬眉毛。没有手？

我看了一眼，看到了那个女人。她看起来非常疲惫，手里拎着好几个手提袋、一个装满小火车的塑料容器、一个吸管杯，还牵着小儿子的手。

我意识到我手里也拿满了东西：我的笔记本电脑和书、我的运动服，还有儿子放学后的书包。

婴儿潮一代和最年长的 X 一代是最早被描述为"三明治"一代的人，他们需要同时照顾孩子、年迈的父母，可能还有祖父母。[1]但

要说到照顾家人，年轻 X 一代身上的压力格外大，连"三明治"的比喻都显得太过平淡。我更想把它比喻成身体被绑在酷刑架上，手腕和脚腕在相反的两端，两个方向的拉力不断增强。

我们这代人推迟了育儿的时间，这意味着我们中的许多人在四十多岁的时候，要么是在努力要孩子，要么孩子还很小，而恰好此时，我们的父母很可能也需要帮助。[2]

我们必须照顾的人变多了，而尴尬的是，社会同时鼓动我们要照顾得**更精心**。

在《孩子的到来如何改变你的生活》（*All Joy and No Fun*）一书中，珍妮弗·辛尼（Jennifer Senior）解释了"孩子如何从我们的员工变成了我们的老板"。[3]过去，人们习惯性地依靠孩子承担家里或农场里的大部分杂事，拿取杂货。而如今，父母更有可能把孩子的需求和愿望视为头等大事，自己的和配偶的则退居第二位。

"精细化育儿的新模式在很大程度上是美国中上层白人群体的产物，"克莱尔·凯恩·米勒（Claire Cain Miller）2018 年发表在《纽约时报》上的文章写道，"然而研究人员表示，不管父母能否实现，这种期望已经渗透到了社会的各个角落。"[4]

从我们这一代人的童年开始，父母花在满足孩子基本需求上的时间急剧增多。皮尤研究中心的数据显示[5]，1965 年，妈妈们每周花在带薪工作上的时间是 9 小时，照顾孩子的时间是 10 小时。2016 年，妈妈们花在带薪工作上的时间是 25 小时，照顾孩子的时间是 14 小时。总得有所牺牲，通常来说是女性的闲暇时间或睡眠时间。即便如此，在有全职工作的母亲中，43% 的人仍然抱怨陪伴孩子的时间太少。

与此同时，社会给予父母的支持变少。与过去相比，没有孩子的朋友和邻居提供的帮助更少了，尽管相对来说，他们的人数增加了许多。2016 年，这一群体照顾孩子的比例降至 3.7%（2004 年为 4.5%）。[6]根据研究，从近 30 岁到约 55 岁的男性与女性的纵向数据显示，工作有益于我们的心理健康，*除非家里有小孩*。等孩子大一些之后，工作带来的心理益处又会恢复。但在孩子还小的阶段，妈妈们会很痛苦。同样的情况下，为人父的男性则没有此类影响。[7]

达拉斯的克丽丝特尔·埃文斯·赫斯特（Chrystal Evans Hurst）45 岁，她是《她一直都在》（*She's Still There*）的作者，也是五个孩子的妈妈。我问她是否有某一个瞬间可以概括她的中年生活。她说最近有一天早晨，她觉得自己无力起床，因为一旦下了床，就得面对任务清单。于是她躺在床上，无法动弹。

X 一代女性的清单很多：购物清单、杂务清单、截止日期清单、学校申请清单、节日卡片清单。有些写在纸上，有些写在智能手机、便利贴或白板上，但也会循环出现在这些女性的脑海里。

如果我们这一代人几十年来一直被告知我们有如此多的自由、如此多的选择、如此多的机会，那么有孩子的女性就会面临这样的问题：如果我们还有其他人要照顾，那么在中年时，我们能有多大的自由去实现梦想？尤其在我们关于良好育儿的观念中，包含了比我们的母亲和祖母更多的脑力付出和更高的成本。我们又如何期望自己在成为优秀且高度投入的父母的同时，还要成为优秀且高度投入的员工呢？

随着生活成本提升，X 一代的生活每况愈下，然而我们努力工作，是为了让孩子拥有我们没有的优势。根据美国农业部"抚养孩子费用"的报告，考虑到通货膨胀，一个年收入超过 107400 美元的家庭，将一个 2015 年出生的孩子养到 17 岁需要花费 454770 美元。[8]有一天，我的一个朋友说："我的成长环境很恶劣，我的芭比娃娃的衣服都是用剩下的布头做的，而我女儿上的是沉浸式法语学校。"

我们可以把父母身上的部分压力归因于客观上竞争更激烈的教育环境。我上学时只申请了一所高中，考 SAT[1] 时还在宿醉，可还是拿到了奖学金。而现在，我的一些朋友都没办法把孩子送进家对面的公立小学，因为有太多父母想为孩子争取那里的名额。我认识的一些年轻人，哪怕 GPA（grade point average，各科成绩平均积分点）有 4.0，简历上列了很多社团、体育活动和志愿服务经历，依然为大学录取而烦恼。《华尔街日报》2019 年的一篇文章称，2018 年，除一所常春藤盟校外，其他学校的录取率均没有达到 10%。[9]

但也有新的主观方面的考虑。有一次，当我被追问要不要再生一个孩子时，我回答说我们养不起。这个答案很荒谬。我知道有人可以用更少的钱成功养大更多的孩子，但我的回答依然是真实的，因为有太多非必需品对我来说是必不可少的：读书、露营、参加课外活动、旅行，还有最重要的，我自己照顾孩子的自由度。

2015 年的盖洛普民意测验显示，超过 56% 的职场妈妈更愿意待在家里。[10] 这是一个巨大的数字，但任何在家里带过孩子的人，包括 39% 的反对者，都不应对此感到震惊。

我们要不要在家里带孩子通常只是学术层面的问题。现在很少有家庭能靠一份收入过活，也很少有雇主会给员工很长的假期。

我生完孩子后，并没有考虑我想做什么，因为我没有真正的选择。我生活在一个高消费的城市，需要养家糊口，而且也的确想在工作上

---

1 Scholastic Aptitude Test，美国学业能力倾向测验，高中生升入大学必须通过的测验。

有所作为。我很清楚地知道，我的老板很慷慨，给了我六周的产假，每周还可以在家办公一两天，还有在公司洗手间里吸奶的自由。

我很幸运。相比我认识的其他女性，我在生完孩子后得到了更多的福利。回去上班后，我花大价钱买了淡蓝色的美德乐吸奶器通勤包，看起来像外出过夜的行李，所以每次我拿着它去员工洗手间时，我的副手就会开玩笑说："又要去乡下过周末了？"

总的来说，我们父母那一代并没有承受完全等同的压力。如果我们的母亲有工作，她们也通常会从事可以打卡上下班的工作，而不会每天早上七点到半夜都随时待命。

那时人们对父母关注度的期望也更低。20 世纪 70 年代，如果一位母亲不得不工作或外出，把学龄儿童独自留在家里看电视，也没什么可愧疚的。

一位 X 一代的女性告诉我，她出生在婴儿潮时期的母亲去她家里时感到很困惑。"你为什么要陪他们玩？"她的母亲问她，"我们从来没有陪你玩过。"

这是 X 一代父母和他们的长辈之间的常见对话。

说到育儿，X 一代或许做了太多。我这样说不仅仅是因为最近在脸书上看到的一则 X 一代的帖子："幼儿游戏建议：扮演考古学家！给她一支干的画笔，躺在沙发上。告诉她你是恐龙化石，她在挖掘你的时候必须温柔、细心。"

1975 年，婴儿潮一代成为父母，玛格丽特·凯莉（Marguerite Kelly）和伊莱娅·帕森斯（Elia Parsons）出版了大受欢迎的《为母年鉴》（*The Mother's Almanac*）一书，试图"淡化那种认为只有成为专家才能养育孩子的想法"。

X 一代接收到的则是相反的信息。现在流行的很多育儿书，鼓励新手妈妈母乳喂养至少一年，而不是进行睡眠训练——这两种选择都会导致母亲睡眠不足。在强烈主观压力的驱使下，我们要给予孩子我们从未拥有过的东西，我们是完美的消费者——婴儿秋千、金宝贝课程、200 美元的幼儿木质平衡自行车，无论我们能否负担得起。

还没有孩子的千禧一代可能会觉得这类论辩令人困惑：到底谁是对的，是放手不管的婴儿潮一代，还是亲力亲为的 X 一代？他们或许有机会了解 X 一代的父母如何对自己的童年矫枉过正，并从中吸取教训，选择一条明智的折中道路。我衷心希望他们能记住我们有多疲惫，并且发誓永远都不会亲手给自己的孩子准备食物。

现在下结论还为时过早，但看起来，千禧一代似乎会将钟摆拨回，选择一种更轻松的育儿方式。2013 年的一项市场研究发现，大多数千禧一代的父母看到了自由玩耍的价值，认为自己不再是"直升机父母"，而是"无人机父母"——保持足够近的距离，需要的时候会一冲而下，其他时候则在云端徜徉。[11] 皮尤研究中心的数据显示，在接受调查的千禧一代母亲中，超过半数的人认为自己做得很好。[12]

或许他们在养孩子的同时，伴侣关系也会更好。2017 年，心理学家伊莱·J. 芬克尔（Eli J. Finkel）在他出版的《非成即败的婚姻》（*The All-or-Nothing Marriage*）一书中指出，研究表明，与 1975 年相比，如今夫妻的二人时间少了许多——约会之夜变少了，见朋友的次数也变少了，但共同养育孩子的时间却几乎是 1975 年的 3 倍。[13] 也许这就是为什么 X 一代的父母会经常抱怨，说中年婚姻生活就像和以前的约会对象一起经营日托所。[14]

甚至一些提倡降低育儿标准的人，说的话也有一些武断。在《生命科学》(*Live Science*)杂志上，一篇名为《超级妈妈为何需要冷静》的文章就是一个例子。[15]文章的引言写道："试图拥有一切并不利于你的心理健康。"根据我的经验，就女性的心理健康而言，只有一件事比试图成为超级英雄更糟糕，那就是被告知需要"冷静"——尤其是任何尝试冷静的努力，带来的都只是更迅速的反弹。

我在纽约遇到的一位律师生下第一个孩子时，她传统的非洲母亲告诉她，她和孩子需要在家里待三个月。而只过了几周，她就近乎抓狂，于是给医生打电话征求意见。医生说："你可以带她出去，只是不要让她和太多人接触，而且一定要洗手。"

正好她家附近开了新的商场，这位律师就带着孩子去了。

"简直是灾难，"她说，"我难得外出一次：'去塔吉特百货公司吧！'到了之后，我女儿就开始尖叫。不是哭，是嚎，好像出了什么大事。我们当时在美容区，一群人开始缠着我问：'你的孩子多大啦？''为什么这么小就把她带出来了？'"

"我走到收银台，拿出信用卡，一切都乱了套。于是我开始哭，真实地哭。我的女儿在尖叫，我也在尖叫，东西掉了一地……有个人说：'我懂你的感受，没关系的。这是你的钱包。你女儿很好，恭喜你有了宝宝。'"

这个人，是这位新手妈妈那天遇到的唯一让她觉得不是在评判自己的人。"就好像你理应知道自己该做什么，"她说，"他们不会帮忙，只会围着你、盯着你、担心你的孩子。如果不是他们指出你的失误，你根本就不会存在。"

我们的母亲，大多没有经历过这种程度的审视。我妈妈跟我认识的大多数母亲相比，已经算做饭做得勤的了，但我们还是经常吃斯旺森饿鬼炸鸡电视餐，把恩滕曼巧克力甜甜圈当早饭。

20 世纪七八十年代的食物，根本算不上食物。2018 年出版的《20 世纪 70 年代晚餐派对》（*70s Dinner Party*）一书的作者安娜·帕拉伊（Anna Pallai）告诉我，那时一道高级的沙拉，通常是"加了酸橙明胶和大量蛋黄酱的蔬菜"。[16] 在帕拉伊看来，20 世纪 70 年代最具代表性的派对大餐是什么呢？"三明治。一条面包横着切开，里面夹各种食材，比如三文鱼、奶酪、鸡蛋、鸡肉。整个三明治再裹上一层绿色或黄色的奶油芝士和蛋黄酱，也许还装饰着可食用的小花"。

听起来很可怕。

"没错，"她说，"确实很可怕。"

和许多 X 一代一样，我坐在车里时并不会系安全带，大人去商店时，会把我留在后座上，我也会在飞驰的皮卡后厢里蹦来蹦去。我和堂弟经常在叔叔婶婶的沃尔沃车后厢玩耍。汽车以每小时 60 英里（约 97 公里）的速度行驶时，我们会把后排座位放下来，爬进后厢，再把座位拉起来。属于我们的后厢！

如果把今天的社会规范加在我们之前的任何一代父母身上，世界上的儿童保护机构可能就远不够用了。父母忽视孩子的报告大概可以堆到月球上。我们之前的父母都是这样。和我们一样，婴儿潮时期出生的人，小时候也是被放养的。但区别在于，我们更有可能成长在离异家庭中，不认识的邻居中，以及犯罪率高的地方。

今天，我们的街道比以往任何时候都安全，但我仍然不会让我 12 岁的儿子像我小时候那样独自出门，这并不理性。像"自由放养儿童运动"的莉诺·斯科纳兹（Lenore Skenazy）那样宣扬让孩子独立是完全正确的，我们应该给予孩子更多自由。而为什么不这样做，我也有一套理论：X 一代像直升机一样盘旋在我们孩子的上空，因为我们对父母不在身边时发生或可能发生的事太过熟悉。那种内心深处本能的不安全感很难用理性说服。

不过，如果在过去五年里，每次我赶截止日期时都把儿子打发出门，告诉他天黑之前再回来，我能多做多少工作呢？我无法想象。

"我小时候没人管我，"喜剧演员约翰·木兰尼（John Mulaney）在 Netflix 的脱口秀特别节目中说道，"我们可以做自己想做的任何事，也没人关心孩子。在我的成长过程中，孩子还不那么特别。"[17]

很多我年轻时看起来很正常的事情，现在看起来都很奇怪。我儿子小的时候，《芝麻街》发行了 20 世纪 70 年代剧集的 DVD，上面贴着警告标签："早期《芝麻街》剧集针对成年人，学龄前儿童不宜。"[18]

我笑了笑。然后看了 DVD，孩子们在人行道左侧的弹簧床垫上蹦来蹦去，跑过建筑工地，不戴头盔，几乎无人监管，在肮脏的街区闲逛。我想起自己的童年，一阵怀旧，又对我儿子置身于另一个世界感到恐慌。

X 一代的母亲通常不会让自己的孩子在弹簧床垫上跳。孩子们更有可能出现在放着纸杯蛋糕的桌子旁，有雕刻南瓜装饰的车站里，做面部彩绘的摊位前。我儿子所在的小学在用 Sign Up Genius（报名吧，天才）这样的调度网站。我的脑海里总有讽刺的声音："没错，报名吧，天才。你绝对应该在周六早上花 4 个小时监督春季游园会的沙艺活动，而不是休息或者打扫房间，天才。"

进入这种系统之后，你可以尝试离开，但学校这个大家庭会把你拉回来，就像黑手党一样。

发件人：安吉拉

收件人：格拉谢拉、黛比、卡维塔、劳拉、贾丝明及其余 35 人

主题：虱子

　　各位好。就是想说一声，艾薇长了头虱……此刻我需要的……嗯，我记得我们去年发过小贴士……李施德林、潘婷、茶树精油？是什么来着？？？我得让你们知道，周末可以好好检查一下。孩子们还在学校里玩"美发沙龙"——也先别玩了！周一我会通知学校的。

发件人：贾丝明

　　听到这个消息很难过！李施德林／漱口水可以让它们变干，大量护发素／蛋黄酱可以闷死它们。用哪种方法都行，再套上塑料袋或者浴帽，待几个小时。然后用带细齿的专门对付虱子和虱卵的篦子梳一梳。

　　预防的话……可以把发胶涂在头发上。有些孩子觉得每天都涂头发太硬，也不舒服。（不管！总比一直发痒舒服吧？）

发件人：希德

　　嘿，各位。我每周只给孩子洗一次头发，每天送他们上学之前，会在他们头发上抹精油（椰子、依兰、迷迭香和茴芹混合而成），所以我的孩子们总是头发油油的。这能有效防止再次染上头虱。祝好运。剃成光头可能也管用。

这些邮件只是几十封回复中的一部分，而这些回复又只是学校邮

件文件夹里的一部分。其他邮件还包括：节日礼品篮、科学探索博物馆、美妙周三、给坎普斯老师的节日礼物、家庭肖像日志愿活动、丢失的玩具、肠道病毒、专注力、操场活动、夏令营、照顾孩子小帮手、国际之夜、封锁校园演习、书展、筹款委员会、烘焙义卖。

每一封邮件都抄送给了 20 至 40 位妈妈。她们都有工作，有一位是老师，有一位是活动策划，还有一位是餐厅老板。她们没有那么多空闲时间。然而，我注意到爸爸们很少被抄送。我曾试着把我老公纳入这个系统之中——当然，只是为了他能分享我们的快乐，但不知为什么，他的名字从来不会出现在列表上。

有一年，我参加家长会，家长教师委员会的妈妈们正想为年度筹款活动准备一些拍卖物品。我通常会建议她们提供一次和马特先生在佛蒙特州共度浪漫周末的机会，但这一建议又被拒绝了，于是我想到了一张"越狱卡"，竞拍成功者在整个学年里都不会收到任何与学校事务有关的邮件。

但没有人觉得有趣。

很好。如果有不属于那个群体的女性拿家长会的妈妈们开玩笑，我一定誓死捍卫她们。因为事实上，尤其在公立学校，资金如何筹集、志愿者如何争论、老师如何收到礼品卡和带着学校音乐剧演员签名的超大贺卡，所有事情都是这样决定的。

不了解的人根本不知道背后的付出。同样，任何稍有了解的人都会告诉你，这些事让人筋疲力尽。每年，我们都要花大量时间看这些邮件，然后为此支付大笔金钱——让孩子带着午餐去博物馆、为班级贡献财物、准备神秘的圣诞礼物、因为校长的礼物冲安吉拉大发脾气。这是所有女性都深有同感却又不起眼的"精神负担"，节日礼物、购物清单、旅行计划，所有这些"小事"，都会吞噬你的大脑。[19]

有关时间使用的调查显示，尽管 X 一代男性相比他们的父亲，已经承担了更多家务，但还是不足以分担女性承担的大量工作。阿莉·霍克希尔德（Arlie Hochschild）1989 年出版的《职场妈妈不下班》（*The Second Shift*）仍然有其现实意义——职业女性下班回家后，又站上了家庭主妇的工作岗位。

皮尤研究中心的数据显示，2016 年，爸爸们每周花在育儿上的时间为 8 小时。这一数字是 1965 年父亲们与孩子共度时间的 3 倍多。根据美国劳工统计局的数据，孩子在 6 岁以下的职业女性，平均每个工作日仍要花 1.1 个小时照顾孩子。[20] 皮尤的数据还显示，如今男性每周做家务的时间从 4 个小时增加到了 10 个小时，但仍不足以缩小差距。[21]

皮尤研究中心最近针对父母均为上班族的家庭的研究显示，在爸爸们看来，他们分担了一半家务，在照顾孩子方面，也承担了一半责任。[22] 妈妈们并不同意这样的说法，据《纽约时报》报道，"她们的说法得到了大量研究的证实"。[23] 另一份报告显示，孩子出生后，女性的总工作时间——包括有偿工作时间、照顾孩子及做家务的时间——每周增加了 21 个小时，男性的工作时间增加了 12.5 个小时。

有一种观点仍然存在——即使赚得少、干得少，男性也是一家之主。事实上，美国人口统计局 2018 年的一份报告显示，如果异性恋夫妻中女方的收入更高，那么男女双方都倾向于谎报收入，甚至对人口普查员也是如此。女性会少报 1.5% 的收入，男性则会夸大 2.9%。注意到这一点的研究人员称其为"男性男性化和女性女性化"。[24]

造成这一现象的部分原因或许在于，女性从事了以前男性从事的工作，而男性则没有从事女性的工作。"许多男性从事的工作已经消失或正在迅速消失，"在《纽约时报》的一篇文章中，布鲁金斯学会的高级研究员伊莎贝尔·索希尔（Isabel Sawhill）和理查德·V.里夫斯（Richard V. Reeves）写道，"一个家庭需要负责任的父母双方共同承担照顾孩子的任务。虽然痛苦，但男性需要适应现代经济和家庭生活的需求。"[25]

与此相反，性别角色的转变引发了强烈反对。"挣得比丈夫多的女人"索希尔告诉我："实际上会做更多家务，以弥补自己收入更高的事实以及由此带来的心理波动。"

虽然女性总说希望男性花更多时间照顾孩子、做更多家务，但真的找到这样的人，她们也会失望，就像网友"养家糊口者"在给情感咨询播客《亲爱的甜心》（Dear Sugars）的留言中所说："我想要传统的生活方式和能提供这一切的丈夫，而我讨厌自己想要这些。我为自己的想法感到羞愧。"[26]

对平等夫妻关系的幻想——双方承担等量工作，收入均等，每人每周做三顿半的饭——通常会被现实击败，在夫妻二人都工作的情况下，照顾孩子是一件极其折磨人的事。大多数时候，两个人都会觉得自己的价值被低估了。

另一个需要照顾的对象是 X 一代年迈的父母。虽然目前，男性在照顾老人和孩子方面承担得越来越多，但负担最重的还是中年女性（平均年龄为 49 岁）。[27]

我们中的许多人需要照顾年迈且离婚的父母，这往往会加剧紧张感，同时意味着打扫任务和需要装满食物的冰箱都变成了双份。[28]不仅如此，我们出生在生育低谷时期，很少有兄弟姐妹，所以能依靠的后备力量也更少。2010 年，能够照顾老人的晚辈与 80 岁以上老人的比例是 7∶1。到 2030 年，这一比例预计为 4∶1，到 2050 年则会降为 3∶1。[29]

照顾老人的代价是巨大的，尤其对女性来说。大都会保险公司 2011 年的一项研究表明，如果女性提早离开职场去照顾父母，她所损失的工资和社保福利平均为 32.4 万美元。[30] 60% 照顾父母的人不得不在工作上有所改变，比如选择带薪休假或无薪休假。[31] 他们每年花在护理方面的成本约折合为 7000 美元，对于女性来说，这相当于她们平均收入的 21%。[32]

美国退休人员协会的家庭和护理专家艾米·高尔（Amy Goyer）告诉我，她自己就经历过这样的情况。在大约十年的时间里，她一边做着全职工作，一边照顾生病的父母和姐姐。她说她认为，在理想情况下，女性会在四五十岁实现自我，找到真正的人生使命，但如今，"女性太忙了，甚至没空去想这些"。[33]

相比 X 一代，照顾老人的责任对千禧一代和 Z 一代的影响更大。随着癌症治疗的进展，患有慢性病或痴呆症的人寿命会更长，没有探亲假和能够分担压力的医疗保险，这些中年人身上的担子会更重。

对于年轻女性来说，还是有积极趋势的：尽管晚育和父母长寿的现象有增无减，但在照顾家人方面，性别差距正在逐步缩小。X 一代没能赶上好时候，但年青一代的男性似乎承担了更多作为父亲、丈夫和儿子的责任。美国退休人员协会最近的一份报告显示，美国千禧一代的男性，承担了 47% 的照顾工作。[34]

我曾在迈阿密参加一个职业会议，在第一天晚上的派对上，我和三个女人聊了起来。第一个女人是我在等车准备参加派对时遇到的。她刚打完电话，看上去很不安。

"你还好吗？"我问道。

"嗯，不好。"她说。她的丈夫建议她来参加这次会议，说她应该离开孩子们，休息一个晚上。但仅仅过了几个小时，他就连哄带骗地把孩子们扔给了她的公公婆婆。她想让孩子们回家，由丈夫照顾。要不要改签航班早点回去？她打开了手机里的航空公司 App。

接下来上车的女人也皱着眉头。她 5 岁大的女儿刚刚在视频聊天时大哭，告诉她她应该回家，向自己道歉，原话是："你为什么不在家啊啊啊啊？？？"

第三位女士，正准备在大会上发言时，收到了一条含混不清的短信，说她的孩子在操场上出了意外。她熬了一个小时，然后打电话回家，发现根本不是什么紧急大事。

派对上，我们穿着酒会礼服，踩着高跟鞋。一个轮廓分明的男作家走了过来，我们问他要在会议上介绍什么书，他说自己用塑料瓶做了一个筏子，划着它横渡了太平洋。

我既惊叹又嫉妒，被吸引但又感到怨恨。这个家伙看起来不像是有孩子会在视频聊天时对他哭闹的人。他应该也不会考虑着重新订机票，把孩子从岳父那里接回来。他只是在享受温暖的迈阿密之夜。他成家了吗？很多女性作家会在作者简介里提到自己的配偶和孩子，男性作家却很少这样做。

女服务生端着一盘酒走了过来。男作家漫不经心地拿了一杯。我们几个女人很快喝下了自己的酒，就像马拉松选手灌下了佳得乐运动饮料。

在美国，中年女性照顾家庭的需求很少得到支持。虽然有联邦法案——自 1993 年开始实施的《家庭与医疗休假法案》（FMLA, Family and Medical Leave Act）规定，在公共机构或拥有 50 名及以上员工的私营公司中，符合条件的员工出于健康问题、怀孕、生育或其他照顾家庭的需求，可以无薪休假 12 周且不被解雇，美国的公司却大多忽视在职父母的需求，40% 的人根本没有得到该法案的保障。[35]

在其他几乎所有发达国家，女性都能得到政府的帮扶。众所周知，英国的产假包括 6 周支付 90% 工资的产假，以及之后按产假固定标准支付的 34 周的产假。即便在土耳其、韩国、墨西哥、印度尼西亚、印度和沙特阿拉伯，女性也能得到至少 70 天，且支付一半工资的产假。[36]

美国心理协会的统计显示，美国人普遍存在对医疗保险的焦虑。不管收入情况如何，约 66% 的成年人表示会因为医疗保险的费用而感到压力。[37]

"如今的不平等现象是过去一个世纪以来最严重的，这一点已成为共识，"艾米丽·库克（Emily Cooke）在评论阿莉莎·夸特（Alissa Quart）的《夹缝生存：不堪重负的中产家庭》（*Squeezed: Why Our Families Can't Afford America*）一书时写道[38]，"除了最富有的人，其他阶层的人充其量只是停滞不前。"她在评论的最后写道，她和她的伴侣最近都失业了，根本不可能再要一个孩子。

我儿子蹒跚学步的时候，他在游乐场最好的朋友是一个叫作艾拉的小女孩。我和艾拉来自瑞典的妈妈经常和他们在一起，聊着孩子们的午休时间、零食和外出活动，以及恰好孩子们撞到滑梯上时突然弹出来的工作邮件。

乔安娜之前在美国生活了几年，但后来她和她来自佛罗里达州的丈夫陷入了困境。他们工作很辛苦，却收效甚微。所以他们决定搬到瑞典。我和丈夫在他们出售的旧货里买了一辆自行车和一个梳妆台作为纪念。

离开多年后，乔安娜和艾拉最近回美国探望。我问她搬家后的生活怎么样。乔安娜说回到欧洲的第一个月完全是惊喜。虽然把复杂、广袤的美国和一个相对来说较小但基本同质的国家进行比较不算公平，但或许也能说明些什么。

"我们回到瑞典后，"她说，"过了两个星期，艾拉才去幼儿园。幼儿园离我们住的地方特别近，还是漂亮的小红房子，都是免费，还提供午餐——到现在，她都还在说午餐很美味。"

我问乔安娜，把孩子送进一所免费的、高质量的学校，每天可以吃免费的、高质量的食物，对她来说意味着什么。

"我又可以思考了，"乔安娜说，"这种感觉太棒了。我发现回去后，可以重新获得生活的平衡。"

2018 年，我受邀在一次创意写作会上讲关于回忆录的课程。在大厅里讲小说课程的是作家李敏金，她最近因《柏青哥》（*Pachinko*）一书而广受好评。授课的讲师需要在午餐时间做一些简短的演讲，我去听了她的。她说多年来，很少有人支持她的写作。几乎没有人相信她，她也没赚到钱。整个世界似乎都想让她放弃，让她专注于房子和家庭，而不再想着成为出书作家。

有一次，她花了 2000 美元参加作家写作中心的活动，她其实负担不起这笔钱，只是为了得到这个机会。晚上，她因为想念自己年幼的儿子而哭泣。有一天，她听到一位同行作家说，有些家庭主妇没拿到奖金，不得不花钱参加活动，真是让人尴尬。[39]

"我意识到，"李敏金说，"她说的就是我。"

如今，李敏金鼓励大家继续做自己觉得必须要做的事，而不是照顾别人。

"我相信，你的朋友生病时，你会带着食物去探望，"李敏金说，"你的母亲需要去看医生时，你也会带她去，哪怕她的语气不怎么好。学校里的护士打电话时，即便你有很多工作要做，也会立马赶去接孩子。你已经知道要怎么做了：在别人有困难的时候提供爱，因为爱是超能力。那么对自己也是如此，去爱自己。"

在提问环节，观众席里的一位中年女性举起了手。"但为了写作不顾家庭，我会感到内疚，"她说，"我会一直想着他们的需求。"

李敏金看着那位女士说道："那你的需求呢？"

没有人回答。

4 不稳定的工作

> "我本该处在事业的黄金阶段，但我不仅觉得自己没有事
> 业，甚至连工作都没有。"

"我都没有哪一份工作是我自己精心挑选、认真经营的。"41 岁的洛里说道。她在匹兹堡长大，现在是北卡罗来纳州夏洛特市的一名合同分析师。"我只是四处游荡，直到找到了现在的工作。工作还不错，大公司，很安全、很稳定。但有时候，我也会突然警觉，通常是在冗长的电话会议期间。我脑中突然有个声音开始大喊：你在干什么？这一切毫无意义、无聊至极！你为什么不去做自己喜欢的事？说说你喜欢什么！奶酪？好啊，很好。去弄些山羊，做点奶酪，然后在卡车上卖。可以起个机灵点儿的名字。然后，在电话会议剩下的时间里，我就一直在想奶酪卡车的名字：嗯，用轮子的双关语[1]？比如'车轮奶酪'？"[1]

---

1 成块的奶酪也被称为"奶酪轮"（cheese wheel）。

那为何不更进一步，就叫"车轮奶酪女士"？

"我有些朋友这些年来一直告诉我，'辞掉工作吧，去做面包或者奶酪'，"她说，"我从来都没有这样的选择，现在更不行。我有孩子，得保障孩子的安全和健康。这些东西排在你自己的喜好前面。如果真有不好的事情发生该怎么办？或者我们失业了呢？"

她不寒而栗。

整体工资差距在逐步缩小，2017年，男性工资差距为18%。[2] 但如果看看中年女性，就会发现工资差距在增大。[3] 美国经济协会前会长、该领域的权威专家克劳迪娅·戈尔丁（Claudia Goldin）指出，受过大学教育的女性到40岁时，每赚73美分，则男性会赚1美元。获得MBA学位后，女性能赚92美分，但10年后就会变成57美分。[4]

美国女性政策研究所（IWPR，Institute for Women's Policy Research）2018年发布的一项报告得出了更可怕的消息：他们发现，在过去15年中，如果将女性全职工作的假期计算在内，男性与女性的工资差距会扩大至51%，这一数字远大于20%，即通常以一年为单位的数据统计结果。[5] 报告表明，只离开工作岗位一年的女性的收入，也比那些15年中一直全职工作的女性少39%。

尽管存在普遍的收入差距，如今仍有近四分之一的女性，收入高于自己的丈夫。[6] 不过在高薪行业中，这一比例仍然偏低。[7] 薪酬研究公司PayScale在2018年的报告中称，"在职业生涯中期，男性担任高管职位的可能性比女性高70%"。在职业生涯后期，这一比例飙升至142%。[8] 然而今天，很多X一代女性都处于职业生涯的中后期。[9]

仅有3%的风险投资选择了女性运营的公司。[10] 截至2019年，标准普尔500指数公司的首席执行官中，只有4.8%是女性。[11] 事实上，你可能听过，在大公司的老板中，女性的人数甚至还不如叫"约翰"的男性多。[12]

在美国，37%的管理岗位上都是 X 一代，而全球范围内，这一数字则达到了 51%。[13]但正当 X 一代进入管理岗位时，这些岗位也在渐渐消失。美国国家经济研究局的数据显示，在过去 20 年里，美国公司的等级结构更加扁平化，中层管理人员的级别有所下降。[14]似乎每天都有报道称有公司采用大胆的新计划，通过"精简"来削减成本、增加年收益——让更少的人做更多的工作。[15]

"尽管 X 一代在工作中的影响力和责任感与日俱增，他们却是晋升机会最少、提拔速度最慢的人，"咨询公司 DDI 发布的《2018 年全球领导力预测》[16]指出，X 一代领导者被"大大忽视"，却"常常被期望承担更繁重的工作"。结果就是：自暴自弃。2019 年美国大都会保险公司的一项调查发现，X 一代员工"对待工作目标的热情低于其他几代人"。[17]

后萧条时代的一个亮点是，虽然很多行业都动荡不安，但是STEM 领域的工作岗位却在激增。[18]然而，2011 年，STEM 岗位中的女性仅占 26%。这一比率在有色人种的女性中甚至更低：在 STEM 行业的工作者中，无论男女，只有 6% 的黑人。由 Leanin.org 和麦肯锡公司发布的《2018 年职场女性报告》显示，过去 4 年以来，美国公司在均衡员工性别方面几乎没有任何进展。[19]20 世纪 90 年代以来，在计算机行业工作的女性比例一直在下降。[20]

我询问了经济与政策研究中心的联席主任艾琳·阿佩尔鲍姆（Eileen Appelbaum），关于 X 一代女性缺乏工作稳定感的恐惧究竟是基于现实还是妄想，她说："这并不是心理问题。"[21]用阿佩尔鲍姆的话说，过去 30 年里，"公司结构经历了重大转变……很多企业将原来内部消化或由子公司完成的任务外包了出去"。[22]

对于那些希望在中年时进入管理层的人来说，不断变化的经济形势带来的似乎只有坏处：境外生产、工会权力丧失、监管放松、生产自动化。[23]

经济大衰退之后，中老年女性面临的长期失业问题最为严重。新闻头条证实了我们最坏的猜测。《哈佛商业评论》：老年女性被迫退出职场。[24] 美国公共电视网新闻一小时：为何 50 岁以上的女性找不到工作？[25]《纽约时报》：中年女性的工作成就悄然溜走。[26]

就在我写下这些文字的时候，失业率又创下了新低。[27] 但年龄歧视是真实存在的：最近，《纽约时报》与 Pro Publica 网站联合发起的一项调查显示，达到一定年龄后，脸书用户的页面上就不会出现招聘广告了，网站会针对更年轻的潜在员工群体投放广告。威瑞森电信公司招聘财务规划和分析部门的新员工时，将广告投放给了 25 至 36 岁的人。[28] 超出年龄的人根本不会看到广告。

最近针对媒体公司 Meredith 的诉讼，凸显了电视新闻业中男性与女性的年龄差异。在 5 年时间里，公司淘汰了 7 名平均年龄 46.8 岁的女主播，取而代之的是平均年龄 38.1 岁的更年轻女主播。与此同时，男性主播的平均年龄仍比女性主播大 10 岁。[29]

美国多位知名首席执行官都是三四十岁——如果成为首席执行官是你的梦想，你会感觉自己的机会正在迅速流失。不仅如此，很不幸，如果你所在公司的管理岗位上都是三十多岁的人，而你已经年过四十却依然没有进入管理层，你还能期待什么呢？

我们期望自己走得更远、更快——即便进入劳动力市场时正处于历史性的劣势。"裁员"这个不祥词语成为美国日常用语的年份刚好处于 X 一代出生的时段：1976 年。[30]

"如果二十多岁的人在接下来 10 年里都在就业市场苦苦挣扎，他们是否应该被贴上迷茫和困惑的标签？" 1997 年，玛戈·霍恩布洛尔（Margot Hornblower）在《时代》杂志上写道[31]，"他们在美国经历了经济学家所说的巨大转型之后长大。1973 年，能源价格首次飙升，工人的工资却停滞不前。1979 年至 1995 年，由于公司裁员，约 4300 万人失业。新出现的工作薪水更低、福利也更少。"

如今，中年 X 一代女性发现自己需要同时和年轻及年长的员工竞争。2011 年，工作生活政策中心将 X 一代称为"错误时间出现在错误地点"的一代："既要承受负担不起退休生活的婴儿潮一代带来的阴影，又要面临跳跃式前进的千禧一代带来的威胁。"[32]

X 一代记者安·斯特津格（Ann Sterzinger）在 Medium 网站写道，在她进入职场后，规则就变了："在 5 年的时间里，我们眼看着记者的标准年龄从比我们大 10 岁变成了比我们小 10 岁。"[33]

X 一代经常看到自己的老板在包括社交媒体在内的各种招聘平台上招聘千禧一代。[34]加利福尼亚州的一位女性告诉我，在他们公司，更年轻的员工会被派去负责她梦寐以求的社交媒体业务[35]："就好像因为我 52 岁了，所以并不了解社交媒体。但其实我懂得很多，因为我得教我的孩子们。"

为了克服困境，X 一代女性会读谢丽尔·桑德伯格（Sheryl Sandberg）的《向前一步》（*Lean In*）或米卡·布热津斯基（Mika Brzezinski）的《认识自我价值》（*Knowing Your Value*），也会成群结队地参加职场课程和研讨会。2018年，我参加了纽约的一场Catalyst研讨会，会议在曼哈顿市中心的希尔顿酒店举办，包括一系列研讨会、讲座和小组讨论，旨在激励女性并为职业女性提供支持。Catalyst是专注女性和职场研究的倡导组织。很多打扮得体的四十多岁女性参加了会议，她们穿着职业裤装，发言者用职场术语称赞她们是"有意图的变革者"时，她们频频点头。

在华尔街打拼了30年的摩根士丹利公司副总裁、总经理、高级客户顾问卡拉·哈里斯（Carla Harris），在会议上发表了主题演讲。她穿着闪亮的银色外套和黑裤子，留着短发，佩戴的珠宝引人注目，陈述了关于强大领导力智慧的"卡拉珍珠"。在宴会厅粉色和金色的顶灯下，她讲述了自己如何在工作中建立良好的人际关系。在随后的提问环节，一位女性观众问到如何克服"冒充者综合征"的问题——总觉得自己是个冒牌货，能力不如周围其他人，总有一天会被拆穿。

美国最大的人力资源公司之一——任仕达北美区的首席执行官丽贝卡·亨德森（Rebecca Henderson）告诉我，深陷冒充者综合征的X一代女性，常常"低估美国公司在招聘女性、确保男女平等方面的努力。这些女性拥有的权力比她们自己认为的大得多"。

亨德森举了个很多人听过的例子："一位受过大学教育的45岁失业女性，看到招聘岗位描述时会想，'嗯，我好像只达到了要求的70%，还是别投简历了'。而看到同一个岗位描述的男性心想，'太好了，我能达到50%的要求，我要投简历！'这种情况每天都在发生。"[36]

哈里斯对"冒充者综合征"的一直存在感到沮丧，因为它也会困扰男性："30年前我从哈佛商学院毕业的时候，每个人都在谈这件事。"婴儿潮一代的哈里斯[37]告诉听众要相信自己。她说，当你的老板告诉你，你值得这份工作、这次晋升，或一次像这样的会议时，"**相信他们的判断。不要一直待在山谷，山顶上空间广阔。**"

就在同一天，一次分组会议上，我遇到了一位来自得克萨斯州、性格开朗的金发女士，她出生在 X 一代末期。她告诉我，她和丈夫在同一家大公司工作。17 个月前，他们的儿子出生，她陷入了产后抑郁，且在产假期间错过了晋升机会。但她最终回到了职场，做了会议发言者鼓励她做的事，然后成功了。"我花了一年时间，"她自豪地说，"但我做到了。我现在是团队领导。"

我向她表示祝贺，也问她和丈夫如何分出精力照顾孩子。

她的脸垮了下来，我突然发现她看起来有多累。她说孩子在"非常贵的日托所"，真的很贵。她和丈夫早上 6 点半起床，但日托所并不会那么早开门，所以他们不得不再雇一个也很贵的保姆，来扛过这段时间。他们要到下午 6 点才下班。

仅靠一份收入，他们无法负担休斯敦昂贵的房子，所以还好两人都有工作。他们勉强想出了办法——花一大笔钱，但每周很少见到孩子。她为自己的工作骄傲，为孩子骄傲，但也因为同时拥有工作和孩子所带来的金钱与情感矛盾而困惑。一些"拥有一切"的女性，可能每个工作日看到醒着的孩子的时间只有 90 分钟，甚至更少。

和许多 X 一代女性一样，她也会把每件事"做对做好"。好成绩、好工作、好的职业道德。这些东西把她带到了曼哈顿市中心的会议室，满是激情地记录了她如何登上山顶——她一直听人说，山顶的广阔空间都是为像她这样的人准备的。

1950 年，已婚且孩子在 6 岁以下的女性中，只有 12% 的人有工作。[38] 此后这一比例急剧增长，1990 年以来稳定在 76% 左右。[39] 现在的问题是，如何在工作的同时兼顾所有，或兼顾大部分？

克劳迪娅·戈尔丁发现，一开始女性的收入与男性大致相当，但当她们开始兼顾家庭时，收入差异就会出现。她写道，[40] 解决这种不平等的方法"并不（一定）需要政府干预，也不需要让男性承担更多家庭责任（尽管这没有坏处），但劳动力市场必须改变，特别是通过改变工作结构和薪酬结构来增强时间灵活性"。

戈尔丁预测，如果公司"没有对长时间工作及在特定时间工作的个人进行不成比例的额外奖励"，男性与女性的薪资差距将"大幅缩小"，甚至消失。成立专门的组织帮助女性是个不错的想法，不仅由我们来培养赞助人、导师、顾问，还要争取女性在谈判中的一席之地。

我几乎每个在美国企业工作的朋友，都有自己应对骚扰、傲慢态度、年终总结及难相处的同事的方法。其中一位是有三个孩子的离婚母亲，她在主动要求工作或加薪时，会在脑中反复默念自己孩子的名字，以此作为心理准备，克服害羞心理和对正面交锋的抗拒。她说如果一切由着她的性子，她就会避免这样的对话，但她的孩子需要收入，所以她会强迫自己走进办公室，争取权益。争取成功时，她会有胜利的感觉。在她看来，如果没成功，她不仅会让自己的孩子失望，也会让所有女性失望。

只要你足够相信自己并且努力工作，就能走上人生巅峰——把这种说法内化后，我们会在逻辑上得出另一个结论：如果没有登上顶峰，那一定是你自己出了问题。

2018 年，在《哈佛商业评论》的一篇研究总结[41]中，行为科学家表示，他们"担心《向前一步》的核心观点，即强调个人行动是解决性别不平等的方式，可能会让人们认为女性在延续甚至导致性别不平等方面发挥了更大的作用"。文章写道，我们越是谈论女性应该去做什么，她们就越容易因为没做到而受指责。

事实上，你可以读一百本书，一年参加十次研讨会，隔两三天就请赞助商去咖啡馆，向他们请教，但说到底，除非你是老板，不然你无法决定自己的工作、薪资，也无法决定工作环境能不能好一点、灵活一点。

活跃在各个领域的埃伦·鲍（Ellen Pao），在她的《重启》（Reset）一书中写道，她曾试图采纳《向前一步》的建议，为自己争取话语权。当时她在一架私人飞机上，和一些有权势的人在一起。她大胆加入了他们的谈话，却发现他们聊的不是生意，而是色情明星。[42]由此她得出结论："没人邀请你，而你又明显寡不敌众时，参与其中往往适得其反。"

米歇尔·奥巴马在2018年的新书推介会上说得更直白，她面对一群纽约读者说道："人们总说'你能拥有一切'，不是的，不会全部同时拥有。这就是个谎言。向前一步并不够，这种狗屁方法不一定一直管用。"[43]

苏珊·希拉在《纽约时报》的一篇文章中写道，研究表明，"那些果敢、有野心的女性很难让人觉得可爱，而且人们更倾向于认为，她们缺乏某种无形的、难以定义的领导力"[44]。

Catalyst公司一项题为"女性领导的双重困境：做与不做都不讨好"[45]的研究表明，"提到领导者就想到男性"的思维模式依然普遍存在。在职场中，女性往往被认为要么太被动，要么太咄咄逼人；要么太有野心，要么不够有野心；要么太轻浮，要么太令人不快。除此之外，女性还有长期忍受性骚扰、年龄歧视、怀孕歧视以及不能掌权的困扰。[46]

我认识的一位社工很喜欢自己所在的养老院。作为员工，她勤劳、敬业，认为自己在退休之前的差不多10年时间里，会一直待在养老院。然而，在毫无预兆的情况下，她工作的养老院被一家大企业收购了。很快，老板们就开始做一些让员工泄气的事情，比如降薪、缩减和病人坐在一起的时间、提供不舒服的工作制服。"我很喜欢我的工作，"在她女儿的大学毕业派对上，她这样告诉我，当时我们站在草坪上，下着小雨，"但现在工作变得很难。"

在对X一代女性职业道路的分析中，智威汤逊广告公司将这些事实归结为一句广告语："永远不要妄想成功。"[47]

罗格斯大学伦理型领导力研究所负责人、《职场生活》(*The Working Life*)一书[48]的作者乔安妮·B. 丘拉(Joanne B. Ciulla)告诉我，现代生活的一大讽刺是人们倾向于认为自己的工作比其他任何事情都重要——在没有工作保障的情况下，这种倾向是很成问题的。

"在这个时代，生活里应该充满各种有意义的活动，"她说，"然而很多人发现自己不仅身陷长时间的工作，还要背负债务，承受压力，忍受孤独和破碎的家庭。"[49]

在做了43年教授的丘拉看来，X一代女性面对这些状况时是很震惊的，因为她们有"一种所有问题已经得到解决的错觉"。

"以前听学生们聊起他们的观点时，我很惊讶，"丘拉说，"他们对这个世界上的性别问题抱有非常不切实际的期望。他们会说，'我们不需要女权主义者了，性别不平等的问题已经解决了，女权主义让人反感'。他们觉得女权主义者才是疯老太婆。"

到了中年，我们发现性别不平等仍然存在，而且无法视而不见。

"我们现在遭报应了。"我说的是我们 X 一代，年轻时曾排斥婴儿潮一代的女权主义者。

"也没办法，"丘拉似乎真心为我们感到遗憾，"但后果有点惨烈。女人到了 50 岁没有工作，生活会很难。如果你是教授，年纪大一点也没问题，但很多工作都不想要年纪大的女人。统计数据证明，她们很难找到工作，工资也更低。而且很多人都是单身母亲。"

就没有希望了吗？

"有一件事充满希望，"丘拉说，"超过 56% 的高校毕业生是女性。最终，女性会迎头赶上，因为她们资历更高。"

很多专家告诉我，公司必须打造公平的企业文化，必须有衡量绩效的指标，而不能仅凭直觉判断某个人不错（如此一来，就会雇用太多人）。如果鼓励多元也是衡量高管的标准，和销售业绩放在一起考量，情况可能很快就会发生变化。[50]

一位致力于美国企业多元化和权利平等的律师告诉我，经常有人向她咨询公司应该如何改善女性和其他边缘群体境况的问题。她能给的建议很多。但她告诉我，对于那些真正想实现平等的公司，她最真诚的建议是——虽然很少如此直接地表达："应该把这些鬼东西全部摧毁，然后重新开始。"

虽然令人沮丧，但职场生活可能天然就无法与真正的生活兼容。为了避开现代职场的问题，或许女性应该通过创业或所谓的零工经济来实现自谋职业。

根据自由职业者联盟创始人萨拉·霍洛维茨（Sara Horowitz）的说法，大多数自由职业者都是女性。在她看来，这是因为"传统的工作结构并不适合女性……我们生活的各个阶段都与男性主导的职场格格不入。三十多岁时，很多女性开始组建家庭，并努力平衡工作与生活的时间。到了四十岁，我们经常在加薪和晋升上遇到无形的天花板。然后不幸的是，等到了五六十岁，我们又会被完全忽视"。[51]

我们很难找到准确的零工经济数据。[52]合同工是一个多元的群体，包括临时工、音乐家、顾问，等等。但保守的研究数据显示，目前全职的自由职业者比例为11%。[53]一些专家预测，21世纪20年代，会有一半的劳动力人口是自由职业者。[54]

制定自己的时间表，为自己工作，"做自己喜欢的事情"，听起来都很完美——尤其是你在办公室的小隔间里这样畅想的时候。你成为自己的老板，前途无量。

去年，我受邀出席会议，听取企业代表的宣讲，并就他们想在媒体上宣传的项目提出建议。在那里待几个小时，我就能得到250美元，而且我相信我能有所帮助。从20世纪90年代初开始，我就断断续续在杂志社工作，我有信心提一些建议，告诉他们什么该做，什么不该做。

我不知道的是，那时的很多人有志成为人生导师。我从她们那里听到的故事都很可怕：有一位告诉我，她在同一年里经历了8次家人离世、5次流产。有一位说她的孩子被拐走了。还有些人熬过了家暴或癌症。这些经历让她们想要改变自己的生活，帮助其他人，所以她们成了激励人心的演讲者。她们追随自己的激情，但我并不清楚这些激情如何变现。

康奈尔大学传播学系助理教授布鲁克·艾琳·达菲（Brooke Erin Duffy），将这种追求自己所爱工作的豪情壮志称为"情怀工作"："情怀工作是一种（大部分）没有报酬的独立工作模式，它由备受尊崇的理想推动，即靠自己喜欢的工作赚钱。"[55]但问题是，做自己喜欢的工作往往赚不到钱。

"独立工作和自由职业者的兴起，带来了很多关于创业的有趣故事，比如'妈妈企业家''年轻女老板'。"达菲告诉我，"在人们眼中，独立工作自主、平等，能让我们摆脱传统职场的局限……但独立工作也有很多让人意想不到的要求。你一个人管理一家公司，作为自己的老板，需要承受所有的压力、不确定性和焦虑。"[56]就像我在那次会议上遇到的那些人一样，很多女性离开企业成为零工经济从业者后，发现自己的工作强度是原来的两倍，工资却只有原来的四分之一。

对那些喜欢坐办公室、享受着体面的医疗保险，或者认为忙碌的日子已经过去的人来说，自主创业感觉像降职，而且会让全职工作的不确定性变得更高。不过，自由职业至少有一个好处，那就是不用再担心失去免费福利或补贴福利，因为所有费用都由你自己承担。

我已经做了十年自由职业者，我从个人经历中了解到这些。有些年手头宽裕，有些年收入微薄，没办法提前计划。我经常疲于奔波，每年都在作家、代笔人、杂志自由撰稿人、教师之间来回转换。每份工作都有可能是最后一份。工作和家庭生活之间没有明确的界限，一直工作，又一直分心。我羡慕那些有像样办公桌而不是摆满玩具的餐桌的同行，也羡慕那些有同事而不用跟星巴克里的陌生人一起工作的人。

我的朋友塔拉给我打电话时，正收拾行李，准备去迈阿密报道飓风新闻。那天我在去学校接儿子的路上告诉她，早上我又丢了一份零工。我很爱我的工作，但我必须经常面对各种情况——没得到自认为合适的工作机会，开工时间一直延后最后不了了之，或进展看似顺利的项目被叫停。

"你当初选择进公司真是太明智了,"我跟朋友这么说,她现在在靠谱的公司,有真正的名片,还能享受 401k 退休计划,"放弃自由职业,收获稳定生活。"

她大笑起来。"你没听到我刚才说什么吗?"她说,"我的老板让我去佛罗里达州的飓风里送死。"

我好几个月都没跟洛里联系,就是那位来自北卡罗来纳州,梦想拥有一辆奶酪卡车的合同分析师。于是我给她打了电话。

"我被解雇了,"洛里说,"正在找工作,也在想是不是应该做点儿别的。但这不现实,毕竟我也没有钱弄奶酪卡车之类的。"

"失业以来,我一直在一家公司面试,我去面过好几轮,但就在上周,我们双方都觉得不太合适,因为这份工作需要每周工作六七十个小时。"这样一来,她几乎没有时间陪自己 3 岁的儿子了。

谈到儿子,她说:"很多人都觉得,既然我待在家里,也会把儿子留在家里。但我并不能这样,因为幼儿园不是能随意进出的地方。所以即使失业,我们还要负担他的幼儿园学费。"

如果把他从幼儿园接回家,一旦洛里找到工作,孩子再想进幼儿园,就得排在入学候补名单的末尾。所以她其实是在支付她并不需要的儿童看护费用。为了支付这笔钱,她和丈夫开始挪用退休金账户中的存款。

"我完全没想到自己的经济状况会这么不稳定。"当我问及中年生活和想象中的有何不同时,洛里这样告诉我,"我那时觉得或许我们只靠一份薪水就可以生活,我可以追寻梦想,我们可以一年休两次假,去好一点的地方，那种坐飞机才能去的地方。"

为了实现这些目标，她竭尽所能，选择了稳妥的专业，拿到了很好的学位，嫁给了有专业工作的丈夫。她 38 岁时才结婚，经济上很宽裕。他们一度想搬去更大的城市，但最终还是留了下来，因为生活在夏洛特的性价比更高。但如今，他们不仅不能休假，而且在她看来，他们也负担不起再生一个孩子的费用，哪怕她一直很想要。

"我很感激自己拥有的一切，但我没想到自己 40 岁的时候，生活还会这么难，"她说着停顿了一下，"我们做的很多都是正确的，你知道吗？我和我丈夫，真的很多都是正确的。"

5　金钱恐慌

"钱很奇怪，大部分的压力都是因为钱，但任何人都不允许谈论它。"

X一代女性对钱有一种根深蒂固的、近乎幻觉的恐慌。可怕的是，这种恐慌源于经验，而且往往很复杂，因为我们觉得不应该出现钱的问题。我们是有史以来受过最好教育的一代，也是美国近代历史上第一批经济状况不如父母的成年人。

对我们中的许多人来说，美国梦已经不能再梦。过去30年里，1%最富有的人和其他人的差距不断扩大，20世纪90年代，我们进入就业市场时，贫富差距已经极为明显。[1]

"常年不变的工资、不断减少的工作机会和不断贬值的房子，为X一代和Y一代描绘了截然不同的未来，"城市研究所的报告写道，"如今的政治讨论，往往将议题集中在保护美国老年人和婴儿潮一代的财产与福利上，这类讨论往往忽略了对年青一代的关注，他们的财产或长期收益可能损失得更多……哪怕相对年轻，他们（X一代和Y一代）可能也无法收回失去的阵地。"[2]

"自从进入职场、开始存钱以来，X一代就经历了过山车一样的金融市场，"泛美退休研究中心的负责人凯瑟琳·柯林森（Catherine Collinson）写道，"X一代在20世纪90年代末的虚假繁荣中尝到了甜头，但紧接着就是互联网泡沫破裂和'9·11'事件后的市场低迷。2007年，经济复苏，股市向好，但随即在2008年陷入自'大萧条'以来最严重的经济衰退。很多人丢了工作，还有一些人没了家。"[3]

哈佛大学劳伊·切蒂（Raj Chetty）发起的机会平等项目的研究成果——名为《消逝的美国梦》(The Fading American Dream) 的重要报告——指出，在美国阶层结构中向上攀升已经越来越不可能，中产阶级家庭的机会降幅最大。在1940年出生的美国男性中，95%的人会比他们的父亲赚得多，而1980年出生的美国男性中，只有41%的人可以做到。[4]

X一代女性的情况更糟。

"这种趋势仍然存在。"切蒂团队中的研究员罗伯特·弗吕格（Robert Fluegge）说，"如果你看看一个女性的家庭收入——她和伴侣的收入，或者如果没有伴侣，只她一个人的收入——就会发现数字一样。"[5]我们的父母加在一起，有90%的机会比他们的父母赚得多，而我们和我们的伴侣一起，比父母赚得多的可能性只有50%。

如果将女性的个人收入和她父亲的收入进行对比呢？就会发现问题所在。

"大量女性已经进入劳动力市场，"弗吕格说，"越来越多的女性从事白领工作，她们受过更好的教育。你可能会觉得这种（向下的）

趋势不会（在她们身上）存续，但事实的确如此。对比同一时期女儿和父亲的收入就会发现，在 1940 年出生的女儿中，40% 到 45% 的人收入会超过父亲。而对 20 世纪 80 年代出生的女性来说，这一比率降到了 25% 左右。"

四分之一。我们的收入超过父亲的概率。是这样吗？

弗昌格说："没错，女儿比父亲赚得多的可能性要小很多。尽管女性经历了一些变化，与职场的互动方式也发生了改变，但女性的机会仍在变少。这一点相当明确。"

他进一步谈道："无论在经济层面还是其他更广泛的层面上，这都是我们这个时代决定性的问题之一。经济上的不平等及其造成的影响是真实而强烈的，我们需要更好地理解与解决它们。对我来说，这项研究的重要结论在于，过去 40 年中不平等的变化，对人们的生活和他们对美国梦的理解产生了非常非常重大的影响。"

由女权主义婴儿潮一代的母亲养大的 X 一代女性，可能会因为经济上的失败而感到格外羞愧。在我的成长过程中，母亲经常告诉我："永远要自己挣钱。"这是不错的建议。她不希望我依靠男人。对她来说，金钱意味着自由和权力，她希望我尽可能多地同时拥有这两样东西。然而，这个建议有个始料未及的副作用：我一直努力工作，但当我赚不到足够多的钱时，就会感到恐惧。我会认为危及的不仅是自己的信用评分和家庭预算，还有女权主义事业和我的自由。我不仅觉得失败，还觉得失败是早已注定的。

"我把自己的中年危机称为'贝蒂'，"纽约布鲁克林一位 43 岁的电影制作人说，"贝蒂嫌弃我单身又没钱，而没钱会影响生活的方方面面。"

它有害于我们的情感健康，会让我们丧失自信，丧失对可能性的认知。

我有一个朋友，在 40 岁出头的时候生下了自己唯一的孩子。她儿子两岁的时候，她开始怀疑是不是出了什么问题。四十多岁的大部分时间里，让孩子接受治疗消耗了她大量的精力和金钱。"这是一条孤单的、不寻常的道路，"她告诉我，"我努力追赶着特殊教育的列车，但就要追不上了。他的'情况'很耗时，而且很贵，我感觉自己错过了他生命里的好几年。我有些崩溃，但还是努力调整。现在，他有最好的医生、医护人员，还有照顾他的人。我成功了，但也付出了代价。"最近，她找了一份房地产经纪人的新工作，正在努力站稳脚跟。"压力很大，"她说，"我还教瑜伽课！有时候我想甩开一切，无所顾忌，去森林里生活。但——又是钱的问题。"

我们父母那一代四十多岁的时候，可以期待拥有房子和存款。而我们四十多岁的时候，还像 25 岁时一样手忙脚乱。凯业必达（CareerBuilder）2017 年的一项全国调查显示，78% 的美国员工都是月光族，近四分之三的人背负着债务。[6]

造成这种现象的原因有很多，但我总想提一下 X 一代糟糕得近乎荒唐的时机。正如记者丽萨·钱伯伦（Lisa Chamberlain）在她关于 X 一代的作品《懒汉经济学》（*Slackonomics*）中所写："我们即将成为中产阶级一员时，出现了'中产阶级大挤压'。"[7]

在《何时：完美时机的科学秘密》（*When: The Scientific Secrets of Perfect Timing*）一书中，丹尼尔·H. 平克（Daniel H. Pink）讨论了针对斯坦福 MBA 的研究，该研究表明这些学生毕业时的股市状况如何影响了他们的职业道路。[8] 出现牛市时，股价不断上涨，前景一片光明，这些学生更有可能进入华尔街工作。而熊市时，股价暴跌，很多毕业生转而选择非营利机构或咨询机构。

很多 X 一代毕业时，都面临就业市场疲软的情况。当时的新闻标题包括 "一职难求：毕业遭遇经济衰退——特别报道：学位与成堆简历给 91 届毕业生带来的工作机会寥寥无几"[9] "92 届毕业生面临严峻就业市场"[10] "93 届毕业生找工作绝不是轻而易举的事"[11]。在亚历山大·艾布拉姆斯（Alexander Abrams）和大卫·利普斯基（David Lipsky）的《大器晚成》（Late Bloomers）一书中，有对毕业当年就业市场的总结："1980 年一般；1981 年疲软；1982 年糟糕；1983 年恶劣；1984 年疲软；1985 年一般；1986 年良好；1987 年良好；1988 年良好；1989 年疲软；1990 年恶劣；1991 年再次糟糕；1992 年更加糟糕；1993 年再次恶劣。"[12]

经济政策研究所的报告显示，年轻大学毕业生的平均时薪在 20 世纪 90 年代中期降至新低。[13] 随着时间推移，毕业时面临良好经济状况的人与毕业时面临疲软经济状况的人的工资差异可能达到 20%。[14]

20 世纪 90 年代，美国经济走向繁荣，但对 X 一代来说并非如此。考虑到通货膨胀，虽然 1981 年至 2001 年，美国 GDP 增长了 91%，但 X 一代经受了 1987 年市场崩溃、1991—1992 年经济放缓及互联网泡沫破裂引发的经济衰退的沉重打击。6 个月之后又发生了 "9·11" 恐怖袭击事件。[15] 据美国劳工统计局的数据，2001 年 3 月至 2002 年 3 月，美国有 270 多万个工作岗位消失，而那时，正是很多年轻的 X 一代试图站稳脚跟的时候。[16]

"X 一代经历了一段相当艰难的时期。"高盛研究中心的雨果·斯

科特 - 高尔（Hugo Scott-Gall）说道。他还指出，2001 年和 2008 年的经济低靡[17]是"令人痛心且极其重要的事件，它们改变了人们对储蓄和投资的态度"。在很多情况下，人们对两者均敬而远之。超过一半的 X 一代计划工作到 65 岁之后，或根本不打算退休。[18]

已经有储蓄的幸运儿们，通常等不到退休就会把钱取出来。哪怕有负面的税收影响和提前提取的罚款，我们这一代人中，依然有 45%的人从退休账户中取了钱。[19]全国范围内，四十多岁的人——尤其是女性——并没有为舒适的退休生活存下足够的钱。[20]

"我的退休账户里有一百万美元，"一位 49 岁的生物科技主管告诉我，"但我仍然很焦虑。我的孩子为了上学不得不申请助学贷款。网上还有退休金计算器。所有的信息都在告诉我：'女士，你最好存些钱，因为没有人会为你未来的财务状况负责！'我这辈子都很节俭。从 10 岁起就一直在拼命工作，兼职照顾孩子。但我仍然因为钱而倍感压力。"

一位经营遛狗服务事业的 45 岁女性告诉我："我的退休账户和存款一共有五六十万美元。我没有孩子，离过婚，有自己的小生意。我觉得等我到了 70 岁，只能活在大街上的纸箱里。好像无论多少钱都不够。我知道，就我这个年纪来说，我拥有的可能比我的朋友们多很多，但我还是每天都在担心。"

在有如此多积蓄的人里，这两位女性算是异类，但她们都相信，再多的存款也无法提供真正的安全感。听她们谈自己的财务状况时，我一直想到 D.H. 劳伦斯 1926 年的短篇小说《骑木马的优胜者》，很多人高中时都学过这篇文章，里面有位痴迷金钱的母亲，"一句从未有人说出口的话在整栋房子里回响：一定要有更多钱！一定要有更多钱！即使没有人说出口，孩子们也一直能听到"[21]。

哪怕我们正处于 1854 年以来持续时间第二长的经济扩张期且很快会有所"调整"，也于事无补。[22]市场随时可能崩盘的提示无处不在。[23]就在写下这些文字的时候，我收到了一封新闻邮件，标题是"下一次经济衰退的原因会是什么？三大可能性速览"。[24]

2009 年，我被解雇了，之后的几年里，作为一个自由职业者，我的收入达到了将近六位数。随后有一年，我本来期望拿到同样的收入，但运气不佳，收入只有 3.6 万美元。我丈夫那一年也收入很少。我们还有一个孩子，怎么办呢？我取出了个人退休金账户里的钱。虽然不多，但似乎足以让我们在找到工作前渡过难关。我们用了几年时间才摆脱这一困境。

中产阶级的中年生活实在昂贵。美国劳工部"代际消费习惯"的图表[25]显示，X 一代每个家庭在住房、衣物、外出就餐、在家做饭及"其他所有支出"上的花费都更多，只在娱乐这一项上比婴儿潮一代少一点点。我们花了很多钱，尤其是在孩子身上。

近一半的 X 一代每月都有信用卡欠款。[26]2009 年颁布的《信用卡业务相关责任和信息披露法案》限制信用卡公司为 21 岁以下的人提供服务——在大学校园里搭设帐篷推销信用卡，并提供免费开卡赠品——而未被限制的很多 X 一代，大学毕业时就背负着消费债务。[27]

市场观察（MarketWatch）网站 2019 年一项题为"X 一代财务崩溃的所有方式"的研究显示，与千禧一代和婴儿潮一代相比，X 一代的整体财务状况最为糟糕。[28]根据信用报告公司益博睿（Experian）的数据，我们的平均信用卡债务（7750 美元）、抵押贷款债务（231774

美元）和非抵押贷款债务（30334 美元）均为最高。[29]我们这一代人的 FICO 信用[1] 平均分远低于代表优秀的 655 分。[30]

皮尤研究中心的数据显示，X 一代在 2007 年至 2010 年，损失了近一半的财富。[31]尽管有所恢复[32]，但高额债务依然存在，脆弱感依然挥之不去。芝加哥大学全国民意调查中心的综合社会调查显示，相比其他年龄群体，45 岁至 54 岁的人更有可能对自己的财务状况感到"相当满意"，但即将步入这一年龄的 X 一代却不是如此。我们发现，在本该是我们收入最高的年份，却并没有实现高收入。2017 年，美国国家经济研究局发布的一份工作报告称，"终生收入停滞的趋势不太可能逆转"[33]。

同年，《纽约时报》的一篇文章将 X 一代早期出生的人称为"满腹牢骚的一代"，因为他们在进入所谓的繁荣时期后，却只觉得"自己的生活没有想象中好"。[34]

不出所料，网友们愤怒地评论道："满腹牢骚？！！"

一位来自里士满、自称安妮塔的留言者解释道，X 一代并不是一群因为没有成为百万富翁而满腹牢骚的人："我们这一代人并不开心，因为我们都要工作到死。"

媒体往往将 X 一代的中年焦虑最小化。这类文章中，我最喜欢的标题是"中年溺水？试试游泳吧"[35]。就是字面含义，文中的女士说她摆脱中年危机的方法就是每周游三次泳。

2005 年前后，抵押贷款像糖果一样被发放。年轻的 X 一代刚刚进入他们首次购房的黄金时期，而拥有房子的年长一些的 X 一代则

---

1 美国个人消费信用评估公司（Fair Isaac Corporation）开发的信用体系，广泛用于个人信用评级。

开始考虑更换更好的房子。那些被美国梦拒之门外的人终于可以考虑购买或拥有他们一直想要的房子了。

但紧跟着就是次贷危机。失业率从 2007 年 12 月的 5% 升至 2009 年 10 月的 10%。[36]一夜之间,大城市的房价跌了 10% 至 30% 以上。[37]

哈佛大学的一份报告称,X 一代"在房地产泡沫破裂中遭受的打击最大"。我们的住房拥有率"比其他任何年龄群体的降幅都要大"。[38]

我采访过的一位 48 岁的康涅狄格州女性。2005 年,她和丈夫以 85 万美元的价格买了一栋大房子,这栋房子在房地产危机中贬值极为严重。她和丈夫离婚时,两人以 71.5 万美元的价格卖掉了房子,损失了差价,也搭进去了全部积蓄。离婚后,两人又在一起住了几年,因为他们负担不起分开住的费用。

2000 年至 2005 年,以及 2013 年开始,房价的增长速度超过了工资的增长速度[39]——经通货膨胀因素调整,房价增长恢复为 1970 年至 2000 年上涨 80% 的趋势。[40]

我新泽西一个 42 岁的朋友告诉我:"我非常害怕。我们没买过房子,现在还有两个孩子,想买东西简直天方夜谭——只发生在童话故事里!不敢向前,心里想着,'我的天哪,退休怎么办?''我们还能拥有什么吗?''怎么供孩子们上大学?'真的,真的很可怕。"

《华尔街日报》报道,"一项对联邦数据的分析显示,房地产泡沫破裂对 X 一代造成的影响比其他任何年龄群体都要大,这表明 X 一代的住房拥有率在未来几年仍将保持在较低的水平"[41]。

2000 年以来,全国的租房成本都在上涨,找便宜住房的人越来越多[42],而整个国家都没有便宜的房子。[43]

"降低开销"是个好方法,但搬到一个便宜的地方或便宜的州,除了租卡车之外，还要付出其他成本。即便你不太负担得起住的地方的房租，在高薪工作的通勤距离内，可能也没有更好的选择。[44]

在我们有生之年，富裕地区和贫困地区之间的经济差距呈指数级增长。"21 世纪 00 年代中期，如果在居住地的选择上出了差错，现在很有可能就会陷入困境，"丽萨·钱伯伦说，"如果留在旧金山，情况可能好一些。离开道奇[1]去内布拉斯加，也差不多。在克利夫兰，攒不下什么钱。千禧一代还有机会重来，但如果你在一个机会很少的地方扎了根、成了家，就很难再离开这个地方，进入更高薪的职场。"[45]

除此之外，还有助学贷款的债务，这对于一个家庭的几代人来说，可能都是无法承受的。X 一代毕业时负债累累，而且这种情况越来越糟。[46]我认识的一些人，在即将花钱供孩子上学时，才还完自己的助学贷款。如今，四年制公立大学的年平均费用，是美国女性年收入中位数的 81%。[47]在偿还助学贷款方面，我们的孩子面临的情况或许比我们更糟糕。如今，30 岁出头的千禧一代的平均收入比 1966 年至 1980 年出生的我们在同样年龄的收入低 4%。[48]

《纽约时报》的编辑 M.H. 米勒（M. H. Miller）是千禧一代，2008年经济大衰退后毕业，最近，他写了一篇文章，讲述为了上纽约大学，他背负了难以承受的巨额债务，也让他和他的父母陷入了困境。"过去十年里，我花了很多时间消解债务带来的罪恶感，"他写道，"这是谁的错呢？是深爱我的父母吗？他们鼓励我进入一所无法负担学费的学校？还是银行呢？它们本来就不应该把钱借给那些显然无力偿还的人，却又不断利用像我们这样的家庭的希望，一旦希望消失，又更加

---

1 美国堪萨斯州城市。

迅速地再次利用我们。又或者是我自己的错，我没有意识到花 20 万美元上学是个错误，为了拿到学位，我一直在写弗吉尼亚·伍尔夫的阅读笔记。"[49]

另一项会让一个家庭花掉所有积蓄的开销就是医疗——即便有医疗保险。中年是二型糖尿病等疾病的高发阶段。[50]美国国立卫生研究院的数据表明，颞下颌关节等慢性疼痛疾病在女性中更常见，中年女性中风的概率也比中年男性高。[51]我们三十多岁时患乳腺癌的风险为 1/227，四十多岁时为 1/68，五十多岁时就会变成 1/42。[52]

我认识的一位女性，在她女儿还不会走路时就被确诊了乳腺癌。接下来的几年里，她相继接受了活组织检查、乳房肿瘤切除术、双乳切除术、乳房假体植入手术以及乳头手术。在她关于中年的记忆中，印象最深的画面是躺在康复室里，"里面全是脖子上插着气管的女性在呻吟"。

美国自身免疫相关疾病协会主席兼执行理事弗吉尼亚·T. 拉德（Virginia T. Ladd）告诉我，大约 75% 的自身免疫性疾病患者为女性，且自身免疫性疾病总体呈上升趋势。这类疾病，尤其是桥本甲状腺炎等甲状腺疾病的发病原因仍然是谜。"很可能和环境有关，因为基因的变化不会那么快，"拉德告诉我，"我们向环境中输入了太多东西，包括抗生素的过度使用，这可能会明显改变我们的内脏和微生物组。也可能受到三五十年来世界变化的影响。"[53]

据美国社会保障局的说法，社保信托基金预计将于 2034 年耗尽。[54]事实确实如此，而且我们中的很多人将达到退休年龄。约四分之三的 X 一代认为，等他们退休时并不会得到全部的社保福利。[55]哪怕储备金耗尽，也不意味着社保支票的消失。[56]但可能意味着人们只能得到期望的四分之三，且女性会是削减社保的最大受害者。[57]

"很有可能，等你到法定退休年龄的时候，社会保障依然存在，"《纽约时报》财经专栏的作家罗恩·利伯（Ron Lieber）写道，"但它可能无法提供足够多的税后资金，满足你退休后的一切开销。而且，可能在轮到你领取之前，有些规则就会改变。"[58]他给出的退休金储蓄指南有一张相当受欢迎的复利图表，阐述了如果你从 22 岁而不是 32 岁起，每年存 5000 美元，等退休时，就会多出约 50 万美元的存款。如果你 42 岁还没有开始存钱，可能就不会有收益了。好了，我不想知道。

有一种经济上的积极病态：有朝一日，等 X 一代继承了父母的财产时，可能就会拥有偿付能力。据美国全国广播公司财经频道报道，未来几十年，美国历史上人数最多、最富有的婴儿潮一代，将给他们的 X 一代和千禧一代后代留下 30 万亿美元的资产。[59]

"X 一代距离他们的黄金时代只有一步之遥，"2018 年，布莱克保德公司（Blackbaud Institute）的一份报告写道，"无论千禧一代有何种魅力，X 一代都将成为慈善事业的重要角色……慈善事业进入'X 时代'，可能只需要十年时间。"[60]

当然，遗产的数目取决于很多因素，比如婴儿潮一代花在自己身上的长期养老费用。仅养老院的一间单人房，平均费用就是每月 7698 美元。[61]

有人认为，不管我们是否有钱，X 一代有改变游戏规则的潜力，从而让世界变得更好。十年前，作家杰夫·戈蒂耶（Jeff Gordinier）在《X 一代拯救世界》（X Saves the World）一书中指出，X 一代的谨慎态度正是社会需要的。《华尔街日报》的马修·亨尼西（Matthew Hennessey）在 2018 年出版的一本书以及里奇·科恩（Rich Cohen）2017 年发表在

《名利场》杂志上的一篇文章，也提出过类似的观点。

　　根据科恩的说法，X一代是"最后一批接受传统教育的美国人，最后一批懂得折报纸、开玩笑、听下流故事而不失去理智的美国人"。他说我们身上所谓的愤世嫉俗和恐惧就是理智："我们无法忍受婴儿潮一代的乌托邦言论，和无法忍受千禧一代的乌托邦言论一样。我们知道大多数人坏到了骨子里，也知道有些人很好，而且会持续下去。"[62]

　　"和千禧一代不同，我们记得互联网入侵并几乎征服一切之前的生活是什么样子，"马修·亨尼西写道，"那段记忆里存有我们集体救赎的希望，存有重获新生的种子，它们可以抵御我们周围的腐朽、衰败、侵蚀和崩塌。"[63]

　　然而，如果没有心理层面的彻底改变，X一代的女性或许永远不可能拯救世界，甚至不会拥有经济上的安全感——哪怕她们继承了大笔财富。当我回想我们父母一辈过去几十年的生活，试图将思绪放在阻止社会的腐朽和衰败上时，我感到无能为力。我会想：这一切听起来都很贵。

6 决策疲劳

"我一直很期待 40 岁，觉得等到了 40 岁就会成为真正的女人。但我现在已经 40 岁零两个月了，我只想说：'天哪，这也太糟糕了！'"

我和我的朋友妮基塔是十年前在纽约的一个公园里认识的，那时我们三十多岁，都是新手妈妈，我们的儿子也因此成了朋友。她身材很好，留着长长的棕色直发，我得知她小时候是模特时，一点也不惊讶。那时她十几岁，是来自太平洋西北部伐木社区的波姬·小丝（Brooke Shields）。二十多岁时，她放弃了模特的工作，成为舞者，后来又做过瑜伽教练。三十多岁时，她成为助产师。有时她出现在公园里，看起来很累但也很放松，因为她整晚都在陪同孕妇生产。后来她又独自生了一个孩子，是个女孩。

最开始带孩子的那几年里，我们会帮对方买咖啡，照看彼此的孩子。我们坐在操场旁边的长椅上，匆匆吃一盒小麦薄片饼干，阻止孩子们打架，拿着融化的蛋卷冰激凌，摆弄着他们小小的身体，穿上连体衣、脱掉连体衣，然后仿佛突然一下，我们手里拿着的就变成了4岁孩子的泳裤，然后又一眨眼，变成了M号滑雪裤。我们一直聊天，聊孩子们的学校、晚饭做什么，还有——等等，宝宝刚才往嘴里塞什么了？

后来孩子大了一些，我们的任务圆满结束，正当妮基塔想重回学校时，她又一次怀孕了。小儿子出生后不久，她就发现在城里生活不太可能了。育儿成本太高，而且在地铁里推婴儿车也不再是什么令人愉快的挑战。她把纽约的房子租了出去，举家搬回了西北部，不过去的是俄勒冈州的波特兰，比她小时候住的地方更城市化一些。他们买了一栋房子，重新装修了一下。她的大儿子上初中，女儿上小学，最小的孩子还在学走路。她的丈夫是堪萨斯州人，帮忙管理家庭农场，最近还加入了当地漫画作家成立的组织。孩子们过得很开心。不过，去年秋天我们通电话时，我在妮基塔的声音里听到了一种以前没有的怒气。

"我没有什么可抱怨的，"她说，"但也会痛苦。在此之前，我不知道什么是真正的抑郁，不想起床，不想和任何人说话，不想洗澡。这种感觉很黑暗。"

有一天，她10岁的女儿发现了一张妮基塔年轻时候的照片，说："那是你吗？你以前好漂亮啊！"妮基塔说最近她还被人误认为是孩子的祖母。

她很迷茫，觉得自己已经和生活脱节了。她的生活里全是责任、家务、杂事，没有连贯的故事。她不知道这样的生活有什么意义。

"我想这才是真正让人难过的地方，"她说，"我一直在想'有谁在乎呢'，当然，我说的不是孩子。但我们花在房子上的所有时间、金钱、精力，我们一起建造的东西，一起创造的复杂综合体，对我而言却没有真正的归属感。"

我采访过的中年女性，时常反省自己的人生选择。

"我有时会想，要是我从耶鲁毕业后在高盛集团工作就好了，"一位49岁的高管告诉我，"我现在应该已经退休了，或者至少不害怕退休。有时我会生气自己嫁给了一个没有存款、负债累累的人，但又觉得有个爱我的人更幸福。我猜是吧。最担心什么？应该是老了以后没钱。我很怕会这样。我花了很多时间，希望能更加坦然地面对自己的选择和现在拥有的生活。"

妮基塔告诉我，她在考虑重新工作，但也在犹豫："一想到要从头开始，没有任何经验和积累，我就会感到恐惧。我一直告诉自己'其他人也是这样过来的'。"即便如此，她仍然困于日常琐事，无法决定前行的方向。她似乎并不完全相信自己。

"既然你现在的生活就是因为之前的所有选择，"另一个女人告诉我，"那你怎么能确定自己现在做的选择是正确的呢？"

成年生活始终在向我们施加压力，迫使我们做出决定：买哪种汽车保险、送孩子去哪儿上学、和谁结婚、做什么工作、要不要转行。X一代女性内心深处相信宿命论，正如我的一位朋友所说："你有这么多选择！随便挑一个都是最难的，没有哪个能避开痛苦和煎熬！"难怪中年女性不想太快做选择，只想在中间状态多停留一会儿。

就我个人而言，早在20世纪90年代，我在做决定、确立恋爱关系上就表现得很拧巴，不怎么有条理。我不愿意承诺、不愿意参与，尤其是涉及人生大事的时候。

1993 年，我读高中，我最要好的一个朋友要高中毕业了，他没去参加毕业舞会，而是来我家玩。我们整晚都在看恐怖片录像带——《魔女嘉莉》（*Carrie*）、《舞会惊魂 4》（*Prom Night 4*）、《高中大屠杀》（*Massacre at Central High*）。

第二年，我和一个男生一起参加了毕业舞会，那时我们刚开始发生关系，但我一直没说过他是我男朋友——谁需要这种标签呢？（即使他确实就是我男朋友。）我在二手商店里买了一条很粉的裙子，拙劣地模仿着我们以为的毕业舞会的样子，为了追求效果，还把我的高跟鞋、他的腰带，甚至他的袜子都染成了粉色。

拒绝承诺、拒绝明确的方向，一直是 X 一代的标志。1990 年，《时代》杂志关于 X 一代的专题报道《谨慎如一》写道："如今年轻人的显著特征是他们回避风险、痛苦和急速的变化。"[1] 文章写到一位 22 岁的年轻人（如果他还活着，现在已经 50 岁了），他说自己并不想要一段认真的感情，因为"对我来说，不受伤才是头等大事"。

20 世纪 90 年代并不流行关心他人。我们这一代人的性感明星是凯特·摩丝（Kate Moss）那样有瘾君子般病态外形的人。真诚也引起了人们深深的怀疑。20 世纪 80 年代末，我曾自豪于自己是校篮球队的队长之一，但几年后，我就不再参加任何运动了。我的午餐就是咖啡、香烟，顶多还有一个橘子。

我们这一代很少有全民英雄。1992 年，达纳·卡维（Dana Carvey）主持的 MTV 音乐录影带大奖证明了牢牢占据舞台的仍然是婴儿潮一代，表演的明星包括埃里克·克莱普顿（Eric Clapton）、威豹乐队（Def Leppard）和艾尔顿·约翰（Elton John）。当晚的大赢家是凭借《此时此刻》（*Right Now*）获奖的范·海伦乐队（Van Halen），乐队成员都出生在 20 世纪 40 年代和 50 年代。

套用 The Replacements 乐队《年轻浑蛋》(Bastards of Young) 中的歌词来说，X 一代"无从命名"。我们的很多流行文化，比如《早餐俱乐部》(The Breakfast Club, 1985 年)、《希德姐妹帮》(Heathers, 1988 年)、《我有话要说》(Pump Up the Volume, 1990 年)、《我的青春期》(My So-Called Life, 1994—1995 年)、《双峰》(Twin Peaks, 1990—1991 年)，都反映了一种存在主义式的、不知意义何在的矛盾心理。

《飞越比弗利》(Beverly Hills, 90210) 将背景设定在阳光明媚的加利福尼亚州，给人一种逃避现实的感觉。在我十几岁看过的电影中，我唯一能想起来的真正有趣的一部是 1995 年的《独领风骚》(Clueless)。电影中的热情、对钱的态度、对错误的非神经质反应（驾驶考试时蹭到旁边停着的车时说："糟糕！我要留张字条吗？"）对我来说比外国电影更有陌生趣味，但它仍然无法抵消我们所承受的巨大绝望。

小时候，我房间的墙上贴着一张瑞凡·菲尼克斯（River Phoenix）的海报。在我看来，他是全世界最帅的男人，尤其是在 1988 年的电影《不设限通缉》(Running on Empty) 中。不过在我高中毕业前，他就死于吸毒过量。而 X 一代神圣歌曲《少年心气》(Smells Like Teen Spirit) 的演唱者科特·柯本（Kurt Cobain）也在 1994 年 4 月去世，正好是我和舞伴把所有东西染成粉色的时候。（这首歌以"少年心气"牌除臭剂的名字命名，本身颇具讽刺意味，再合适不过地嘲弄了一代人的精神圣歌。）

莫利·林沃德（Molly Ringwald）在《十六支蜡烛》(Sixteen Candles, 1984 年) 中饰演的萨曼莎一角，是 X 一代女孩的终极偶像。她的生日被家人忘记，内裤被拿到男厕所展示。不被性骚扰时，她反而无聊得要死。但她最终想通了。

林沃德最近在《纽约客》的一篇文章中回顾了与导演约翰·休斯（John Hughes）合作的电影。她回忆起《十七岁》杂志对两人进行的采访，约翰·休斯在采访中表示，他的电影着力为 X 一代青少年的焦虑正名，而这往往被大文化背景忽略了。

休斯表示，"我们这一代人不可能不被重视，因为我们在阻止一些东西、打破一些东西。我们人数众多，足以改变世界。我们是婴儿潮一代，一切随我们而动。但现在，（X 一代）青少年人数减少，也不像我们以前那样受到重视"[2]。

千禧一代也绝不会被忽视，他们接收到的似乎是更乐观的信息。对于年轻的千禧一代来说，最重要的木偶永远是阳光开朗的艾摩[1]。而我们的则是嘴巴因焦虑而变形的科密特、十四年来一直被指责幻想史纳菲的"大鸟"，还有反社会的奥斯卡。

或许千禧一代的乐观是因为他们还年轻。但我们即使在年轻的时候，也显得很老成。年青一代的境况或许比不上 X 一代，某些方面甚至更糟，但他们的心态很好。毕竟，他们小时候就经历了"9·11"事件。我想知道千禧一代能否从我们的挣扎、我们对未来的冷嘲热讽中获益。他们是否会降低对自己的期望？一切是否会变得不同？

"我们总是处在过渡阶段，"费城的婚姻及家庭心理治疗师伊丽莎白·厄恩肖（Elizabeth Earnshaw）表示，"人到中年，你可能想有所改变，但会被钱困住。即将步入成年的 16 岁，你可以做自己想做的任何事情（除非家境贫困），钱不是问题，也有可能你根本不在乎钱。

1　艾摩与下文的科密特、史纳菲、"大鸟"及奥斯卡均是《芝麻街》中的人物。

20 多岁的时候，你也没那么在乎。但等到了 40 岁，你想重回学校、接受生育治疗或者做其他事情的时候，会发现每件事情都需要钱。"[3]

她看到 X 一代女性在迷茫中打转，不知道该做什么，只能怀念曾经简单的时光。

"她们或许不会去买敞篷车，"厄恩肖说道，"但有可能悄悄买包或者出轨。她们和别人调情，幻想着如果没有孩子、如果住在迈阿密或者重返校园会怎样。她们常常想回归之前的生活，那时，一切让她们有压力的事情都还没有出现。如果结婚生子之前，你上大学时每周都要和闺密出去玩，喝酒、打扮，那么现在每周可能会和朋友去音乐会、旅行、收集什么东西或像以前一样运动。我就认识一些人，她们会在卧室的窗户外吸烟，和 16 岁时一样。"

"我感觉我在处理一些逝去的梦想，"39 岁的艾琳说，她最近放弃了在加利福尼亚做演员的梦想，和丈夫、孩子一起搬回了堪萨斯城的家，"我原来想着'我要离开这里，离开中西部！我要去好莱坞！'但现在，我又回来了。"

她开车走过的还是十几岁时走的那条路，只是她看起来老了一些，车后座多了儿童安全座椅。电台里放的还是一样的音乐，只不过 Gin Blossoms 乐队的歌只会在怀旧频道中出现。

在 2018 年出版的《幸福曲线》(*The Happiness Curve*) 一书中，乔纳森·劳赫（Jonathan Rauch）介绍了 U 形曲线研究，即在世界各地，人们的幸福感均会在中年时降低，大猩猩也是如此。[4] U 形曲线理论一直受到学术界的挑战[5]，但经济学家安德鲁·奥斯瓦尔德（Andrew Oswald）和大卫·布兰奇弗劳尔（David Blanchflower）的研究表明，在美国，女性的幸福度在 40 岁左右降至最低，男性则在 50 岁左右[6]（这或许是女性的中年危机很少被讨论的另一个原因：男性开始烦躁不安时，女性似乎完全不受影响，因为她们已经过了那个阶段）。

劳赫指出，即便你的生活中没有消极的转折点——重病、亲近之人离世或能够诱发更极端 V 形曲线的成瘾危机——中年生活也与幸福背道而驰。曲线并不意味着"中年时不可能幸福"，劳赫写道，"只是难度更高……幸福曲线就像一股逆流，你在中年时逆流而上，但这并不意味着你不能与之对抗"。[7]

斯坦福大学的心理学家劳拉·卡斯滕森（Laura Carstensen）在研究和 TED 演讲中都谈到，人类寿命的延长是好事，因为随着年龄增大，压力、焦虑和愤怒都会减少。这就是所谓的"衰老悖论"，因为从理论上讲，衰老要面临的困难更多，首先健康水平和精力水平都会下降，但人在生命的最后阶段，往往比在四十多岁时幸福。[8]

即便如此，人们过去观察到的 U 形曲线，也并不一定适用于未来。或许我们是历史上第一个"无曲线"世代呢？沿对角线直冲到图表右下角。对我们来说，中年的标志更加复杂。X 一代的成年生活并没有明确的时间节点。

前几天在图书馆，我看了一部名叫《中年危机？》（*Midlife Crisis?*）的教育影片。

影片中有各种中年人阅读小册子、玩纸牌、在大自然中散步的画面，影片认为，中年男性很容易陷入抑郁，也很难开口谈论自己的生活。在深入介绍了聚焦男性的书籍《人生四十才开始》（*Life Begins at 40*）、《人生四季》（*The Seasons of a Man's Life*）和《中年危机中的男性》（*Men in Midlife Crisis*）后，字幕里简短地提到了女性："平均来看，在女性 35 岁这一年，最小的孩子被送进学校，出轨风险开始出现。女性重新进入职场，离婚女性再婚，有些女性选择'逃跑'，生育机会开始变小。"[9]

这部影片制作于 2000 年，现在还能看到。35 岁左右的女性，有可能孩子在上学，也有可能正准备第一次怀孕。几乎可以肯定，她从十几岁开始就在为此做准备了。而且，她还有可能面临一大堆义务，也可能要开始面临即将到来的绝经期。不过，有一点是肯定的，"逃跑"这个选项相当诱人，尤其是对那些伴侣也在经历中年危机的女性来说。

有一天妮基塔外出办事，手机响了，是亚马逊的信息："感谢您选择亚马逊购物。您已订购《不止两人：多角关系实用指南》(More Than Two: A Practical Guide to Ethical Polyamory)。发货后，我们将发送确认信息。"

妮基塔看着手机。她的邮箱绑定的是亚马逊家庭账户，但她并没有买这本书，所以一定是她丈夫买的。"他之前跟我说过他对多角关系很感兴趣，"她说，"但看到那本书的订单，还是让我有一种灵魂出窍的感觉。"

这是典型的属于 X 一代的时刻。家里的女人不仅要决定晚饭吃什么，出租屋里买哪种水槽，现在还要决定她的丈夫是否可以乱搞。

对不想欺骗妻子的男人来说，这样做或许是有理由的。他爱自己的妻子，只有在她明确同意的情况下，他才会去找其他女人。而妮基塔拒绝了他的请求。"我不想让你觉得没关系，"她说，"最重要的是，我没必要安抚你的愧疚。"

X 一代把一切都摆在了明面上，包括婚姻恋爱关系中的传统界限。讨论了几个月开放式婚姻后，妮基塔开始怀念起丈夫在出差途中搞外遇的时候了。至少那时，妻子们宁愿看电视，也不想在一夫一妻的问题上哭哭啼啼。

"有些时候，我能把一切做得很好，不是吗？"北加州的妮可说道，她是一对 6 岁双胞胎的妈妈，"我在孩子的学校里做志愿者、兼职、打扫房间、遛狗，做很多很多事情。但有些时候，做完几件事我就会想'我要去看会儿杂志'，我懒得擦地板，也会把东西忘在柜子上，就是这样。"

"上周末，我丈夫看了看家里，问了句'你整天都在干吗呀？'我怅然若失。这话很不礼貌，让我非常伤心。我感觉自己要精神崩溃了，走进房间大哭起来。

"我们冷静了一下，后来聊了聊，他向我道歉。我跟他说，'我从你那儿听到的都是"你没做该做的事情，你不行"'。我不行。我无法入睡，脑子里一遍又一遍地想。"

如果 X 一代女性被一种莫名的感觉困扰，觉得一切都很糟糕而且不会再变好，那么她们也许正处于 U 形曲线中。可能是围绝经期抑郁，可能是暂时的情境压力，可能是源自童年感受（另一只鞋子即将掉下来），也有可能是要做决定带来的压力。

一位女士告诉我，她觉得好像生活中的每件事情都悬而未决。过去一年的时间里，她和交往了三年的男友一直在接受情感咨询，决定要不要分手。与此同时，她还在思考如何发展自己的房地产摄影事业，而且坦白说，她也在等自己的宠物走到生命尽头。

"我 28 岁那年开始养猫，"她说，"其中一只 2007 年被诊断出患有糖尿病，另一只最近刚被诊断出甲亢和肾病。我觉得自己在养猫方面颇有心得，我不想失去它们，但或许是时候了……嗯。"

有孩子的女性一旦开始更认真地忙工作，压力就会变大。一位公司老板告诉我，在她看来，阻碍女性事业发展的首要因素就是身为母亲的愧疚感。

Retro Report 出品的一部名为《妈咪战争》（*The Mommy Wars*）[10] 的短纪录片击碎了延续整个 20 世纪 90 年代的荒诞迷思，即母亲工作时，把年幼的孩子送进日托所或交由其他人照顾会对孩子造成伤害。这种迷思导致了一场旨在让女性愧疚的洗脑运动。纪录片中最令人不寒而栗的部分，是日间脱口秀节目和夜间新闻节目的片段，这些节目让职业女性和全职妈妈形成对立，然后主播或主持人（通常是男性）严肃地转向镜头问，女人应该选择工作还是孩子。

男性同样会被问"选择事业还是生活"的问题吗？尽管研究表明，父亲的关注也是影响孩子情绪健康的关键因素之一。更何况，2000 年的职场妈妈与孩子互动的时间和 1975 年的全职妈妈一样多。

社会学家艾米·辛（Amy Hsin）在纪录片中指出，就孩子的成长而言，与母亲互动的时间只是九牛一毛，其他众多影响因素还包括父母的受教育水平、学校的质量，以及社区的安全程度。而这些要求都是有工作的女性更容易达成的。

"妈咪战争"的喧嚣确实让人明白了一个事实：几乎每个美国人都希望得到更多支持。这并不是什么新鲜事。1971 年，朱迪·赛弗斯·布雷迪（Judy Syfers Brady）写下了那篇著名的文章《我想要一个妻子》："我希望有一个妻子，她能让房间保持整洁，能在我身后帮忙收拾。"[11]

经济学家希瑟·布希（Heather Boushey）在《寻找时间》（*Finding Time*）[12] 一书中写道，女性进入职场后，美国就不再有"沉默的伴侣"——传统的美国妻子："她处理大大小小所有日常紧急情况，好让工人丈夫不分心，百分之百地专注工作。小约翰尼在操场上和人打架了？美国妻子马上就会去学校交涉。贝亚阿姨摔断了髋骨？美国妻子可以花一下午时间帮她买东西、做晚饭。老板要来家里吃饭？美国妻子已经把炖肉放进了烤箱。"

换作是我，我也不想失去我的美国妻子。她会给我做饭、清洗浴缸、做好预约、限制我儿子盯着屏幕的时间，每周还会顺路去养老院看望我 101 岁的祖母。我能完成很多工作，同时家里一尘不染，每晚我都能睡 8 小时——不，也许是 9 小时。

当然，你也可以花钱享受这些，但问题是你赚的钱够不够。我儿子还很小的时候，有一次我去看舞台剧，整场表演我都在流眼泪，不是因为表演太过悲伤，也不是因为我想孩子，而是因为表演很糟糕，我为了看它，还要每小时花 17 美元请保姆照顾孩子，外加外卖和打车的费用，这让人心痛。

这种"花钱解决问题"的方法也很尴尬，因为它表明，为了解决富裕或中产阶级女性的问题，需要的是贫穷女性的付出：美甲师、外卖送餐员、夜班护士、网约车司机、按摩师。这些都包含无形劳动。

大约十年前，很多人说受过良好教育的女性为了陪伴孩子离开了工作岗位，专家们就母亲工作与否的价值展开了辩论。紧接着，希瑟·布希指出，实际上并没有数据表明越来越多有孩子的女性主动选择离开劳动力市场。她说："过去四年里，女性劳动力比例下降的主要原因是劳动力市场疲软。"[13]

换句话说，与其说她们"主动退出"，不如说是"被迫放弃"。你可以问"想吃鱼还是想吃鸡"，但鸡在山顶上，而此刻在下雨，鱼就在你面前，在帐篷底下，这种选择还有什么意义吗？真的能说这些女性主动放弃鸡肉而选择了鱼肉？能说她们一定天生喜欢吃鱼吗？

很多关于 X 一代的作品都表现了我们身上的刻板特质，如"肤浅、容易分心、没有寄托、难以捉摸、以自我为中心、难以专注、可怜可悲"[14]，或"如小猫走路一般谨慎、小心翼翼、无精打采、顾虑重重、多疑"[15]，或如《新闻周刊》1993 年的文章标题——"满腹牢骚的一代：怯懦的伪焦虑制造者"。[16]

如乐评人卡尔·威尔逊（Carl Wilson）所说[17]，X 一代"特有的病态和嘲讽"在电影中得以永垂不朽，《都市浪人》（*Slacker*，1990 年）、《单身一族》（*Singles*，1992 年）等都是如此。以及伊桑·霍克（Ethan Hawke）在《四个毕业生》（*Reality Bites*，1994 年）中演绎的歌曲《我一无所有》（*I'm Nuthin*），和他对薇诺娜·瑞德（Winona Ryder）说的台词——为了让自己开心，他们只需要香烟、咖啡和交谈。这样的人物反映了一代人的倦怠和嘲讽——一种难掩内心深处脆弱感的姿态。[18]

虚构的 X 一代男性角色将冷漠变成了性感。"这是一种崭新、帅气、属于 X 一代的男性气概。"我的一个朋友说道。他们不屈服、不安于稳定，也不会做任何不想做的事，他们是自由的。"我们这一代的很多女性真的会跟这样的人约会、结婚，"我朋友说，"20 岁时这样很可爱，但 40 岁还这样，就很让人恼火了。"[19]

我另一个朋友说，当她得知自己二十多岁时喜欢的人并没有所谓新型男性气概时，她感到很沮丧。整个 20 世纪 90 年代，他们都只是在嗑药。[20]

1986 年，约翰·休斯经典之作《春天不是读书天》（*Ferris Bueller's Day Off*）的主人公，在高中最后一年休了九天病假，因为"生活过得太快了，如果不偶尔停下来看看，会错过很多"。他并不想在教室里浪费时间，他渴望冒险。

菲利斯的做事方式，包括他对各种"主义"的漠视，对少年时代的我而言非常有吸引力。而作为有梦想、对一些"主义"充满热情的成年女性，我不再喜欢那些觉得责任和权威可笑的人。你能想象自己和菲利斯·布勒一起抚养孩子吗？

如果嫁给 1983 年最卖座的电影《乖仔也疯狂》（*Risky Business*）中汤姆·克鲁斯那样的人，就更糟糕了。"在同时期电影中，"吉尼亚·贝拉凡特（Ginia Bellafante）写道，"《乖仔也疯狂》将平庸男性的特权是建立在对女性劣势的剥削上的这一观点，表现得最为彻底。"[21] 和那个时代的许多电影一样，这部电影告诉我们，行为恶劣或懒惰成性的男人却能因此获得财富、平步青云。

中西部一位 41 岁的女性告诉我，她嫁给了一个酷似艾迪·维达（Eddie Vedder）的人。"我不开玩笑，"她说，"他太被动了，仿佛我的花瓶丈夫。他是个音乐家，真的很懒散，有点梦想家的感觉，成年生活对他来说绝对是艰难的事。所有决定他都听我的，不知道是怎么回事，是因为他害怕做出错误决定所以一拖再拖，还是想让妻子变成妈妈？我不知道。"

《纽约时报》的一篇文章提到了关于决策疲劳的研究，该研究表明，"过多选择往往会让我们在真正做决定后不但得不到满足感，反而更加不满足"[22]。"我们总觉得自己可以做得更好。"选择在哪里生活、在哪里工作、钱怎么花已经够让人头疼的了，在最疲惫的时候做如此高风险的选择，就像在超级碗比赛期间试图在体育酒吧说点悄悄话一样。

不久前，我又见到了我的朋友妮基塔。她看起来更轻松了，我问起她的婚姻时，她说情况有所好转。在她丈夫首先提出开放婚姻的问题几个月后，她就不再给宝宝喂奶了，觉得自己至少可以在不生气的情况下坦诚聊聊。但这时候，她丈夫已经对开放婚姻不感兴趣了。"'你已经想通了？'她问他，'你让我考虑了好几个月，现在你却不在乎了。'这只是某个阶段的事？"

这就是问题的关键。向我回忆起这段对话时，她叹了口气。

她的婚姻有了答案，其他一些事也有了着落。大儿子换了一所更好的学校，小儿子很快就要上幼儿园了。新家已经基本装修好了，把纽约的房子租出去让她有了足够多的钱，不需要工作了。即便如此，她还是想做更多事情，只是不确定该做些什么。

"我这一生中，每次做出重大改变都是因为有那么一瞬间我豁然开朗：啊哈！这就是我应该做的！"她说，"在我看来，会发生的事终会发生。我希望如此。"

7 单身无子

"上天不会告诉你，你永远都不会有伴侣或孩子。"

"我本以为自己在这个年纪会结婚生子。"我的朋友，《眩晕》（*Blackout*）的作者萨拉·赫波拉说道，当时我们正在达拉斯的一家餐厅里吃早餐。

二十多岁的时候，我和萨拉一起在《奥斯汀纪事报》（*Austin Chronicle*）工作。[1] 我们一起去看过很多乐队演出，喝过很多酒，好像喝酒才是我们的工作，我们也见证过对方的糟糕生活。但那时我们很开心。有一次，受小众轮滑音乐电影《仙乐都》（*Xanadu*）的启发，我们一起去滑了轮滑，即使摔了一千次，依然觉得自己天赋异禀。

她告诉我："我看到身边已婚朋友的痛苦，即便如此，我还是忍不住去想，比起自己的痛苦，我更羡慕她们的痛苦。她们会说，'我只想出门，随便找个男人上床'，我心想，'为什么啊？我只想回家，和老公一起看电影。我想让孩子们凌晨四点把我吵醒'。"

她描述的内容听起来就像一部完美的 X 一代电影《疯狂星期五》的翻拍版,一个有孩子的已婚女人和一个有浪漫约会、工作很酷的单身女人互换了人生。

"越来越多的女性独自生活,"萨拉说,"在我看来,很多人倾向于描述她们的胜利。但我并没有胜利的感觉,我也不想成为什么带有劝诫意味的反面教材。这两种都不是事实。"

很长一段时间里,她对孩子的渴望是很抽象的:"要不要孩子的决定很模糊、很缥缈。"然后到了 40 岁:"想要孩子的愿望变得非常强烈。41 岁时,我开始和另一个州的一个男人约会。过程中有很多危险信号,表明那段关系不会成为我想要的样子,但我都选择视而不见。我需要那段关系,因为我觉得那是我最后的机会。分手时,我 42 岁。今年早些时候,我诊断出子宫肌瘤,可能要做子宫切除手术。"她还没有放弃寻找伴侣,说不定可以一起领养孩子,但一直困扰她的问题是:这位伴侣在哪儿呢?

我遇到的一位治疗师用一个特别惨烈的词形容萨拉描述的那种感觉:"不确定的缺失。"

"想到四十多岁的女人时,"加州佩珀代因大学布恩家庭中心的执行负责人凯莉·马克斯韦尔·哈尔(Kelly Maxwell Haer)说,"很少有人会觉得自己依然单身。单身带来的不确定的缺失意味着你的理想伴侣只是精神层面上的,而现实生活中并不存在。"

X 一代女性不断被告知,为了得到自己想要的,她们应该——或早应该——尝试不同的方法。然而,不管你设想过多少次或如何试图在生活里变出伴侣、孩子、钱或成功,有时就是不能得偿所愿,而这并不一定是因为你不够努力。

那么，怎么知道还有没有希望呢？

"不确定的缺失是一种特殊的缺失，很难定义，而且没有终点，"哈尔博士表示，"单身导致的不确定的缺失尤其难以处理。可能 5 分钟后就找到了那个人，也可能永远找不到。你不会从上天那儿收到一封邮件，告诉你你会孤独终老。于是希望还在，但带着这种无法实现的希望生活是很难的。这不同于死亡的终结，你知道这个人已经死了，一切都结束了，最终你会摆脱悲伤继续生活。但人类不擅长应对不确定性。"

1950 年，约 22% 的美国成年人是单身。如今这一数字增加了一倍多，这是美国人口结构在过去一个世纪里发生的最重大的变化之一。2016 年，美国有 5980 万户家庭是单身家庭——占总数的 47.6%。[2] 近四成婴儿由未婚女性生育。[3]

盖洛普报告显示，截至 2013 年，16% 的 X 一代从未结过婚。相比之下，婴儿潮一代只有 10%，而我们的祖父母一代只有 4%。[4] 美国终身未婚的人所占比例不断创历史新高，这样的新闻标题一个接一个，宣告着单身一族的崛起。[5] 这一趋势在千禧一代中似乎还在延续。[6]

即便是已婚的 X 一代也推迟了结婚的时间。正是我们这一代人，让美国人的结婚年龄也达到了新高。1890 年至 1980 年，女性初婚年龄的中位数保持在 20 岁至 22 岁，男性为 22 岁至 26 岁。而 2018 年，女性初婚年龄的中位数上升至 28 岁，男性则上升至近 30 岁。[7]

我们也见证了国家婚姻研究项目（National Marriage Project）所称的巨大转折：自 1989 年以来，女性初为人母的年龄中位数一直低于初次结婚的年龄中位数。在美国贫困女性群体中，这种情况已经持续了几十年，但在拥有高中文凭或大学文凭的中产阶级女性中，这一趋势也"在近期迅速出现"。[8]

好消息也有很多。[9]

30 岁或 30 岁以后才结婚且受过大学教育的女性收入更高。[10] 晚婚也会降低离婚率。[11] 因单身带来的耻辱感减少，女性可以更好地规划自己的道路。她们不再像之前几代人那样依赖男性。在 1974 年《平等信用机会法案》实施之前，女性甚至很难用自己的名字办一张信用卡。而如今，相比单身男性，单身女性更有可能买一套属于自己的房子。[12]

《单身社会》（*Going Solo*）的作者、社会学家艾里克·克里南伯格（Eric Klinenberg）表示，美国单身人数的增加有利于城市复兴，部分原因在于相比已婚人士，单身人士更有可能外出、参与社交活动。他还发现了其他好处。"当今时代，"克里南伯格接受《史密森尼学会杂志》（*Smithsonian*）的采访时说，"独居能够实现一种充电式的独处状态，这种独处能使人更有效率，在终日的嘈杂和数字城市生活的强烈刺激下，家可以是一片绿洲。"[13]

不过另一方面，中年女性有可能已经准备好结婚了，却找不到自己满意的人。

"我是健身操教练嘛，"一位华盛顿的朋友说，"我还得自己装车，每周都需要。我得把所有设备零件、我的音箱还有其他各种东西都放到车里。我心里想着：难道我一辈子都要自己做这些？永远不会有男人来帮我吗？"

她在找男友这件事上费了好大的劲。她平时会去教堂，所以想找一个也去教堂的男人。她受过良好的教育，有事业心，想找一个有成就的人。她还希望对方和自己年龄相仿，会修理房子里的一切。在她看来，她现在已经认识了华盛顿所有会去教堂、有工具箱、有工作的单身异性恋男性。她觉得自己的选择远比其他人想象中有限。

朋友的沮丧是有数据支持的。记者乔恩·比尔格(Jon Birger)在《约会经济学》(Date-onomics)一书中引用的一项调查显示，全国范围内都存在"男性赤字"现象——至少在受过大学教育的人群中是如此。[14]在我居住的纽约市，女性比男性多 40 万。[15]皮尤研究中心的研究表明，大多数女性非常看重自己的约会对象是否有工作，但有工作的未婚男性和未婚女性的比例仅为 65∶100，如果只计算离婚、分居和丧偶的男性，这一比例还会降至可怕的 47∶100。[16]

这对于相对来说受过良好教育的 X 一代女性来说，并不是一个好消息。[17]相当多的男性表示希望对方的受教育水平和自己差不多，但实际上，他们往往会回避那些学历、收入比自己高的女性。《个性与社会心理学通报》(Personality and Social Psychology Bulletin)上发表的一项研究显示，在没有见过面的情况下，男性更有可能对那些在测试中比自己表现好的女性有好感。然而，在面对面的交流中，吸引他们的却更有可能是那些测试成绩不如自己的女性。[18]

我这位教健身操的朋友经常听到别人说，因为可选的对象少，运气可能也会变得比较好。对她来说，这就像是在告诉她该安定下来了，四十多岁的单身女性经常听到这样的建议。女性杂志和自以为是的已婚朋友会指责她们太过挑剔、太过独立或某些方面太过。她们还经常被人说一定是自己不够上心。

即便是内心最强大的人，也会因为中年时的约会而感到挫败。

浪漫喜剧和童话故事让我们充满了不切实际的幻想，Tinder 也让我们相信，只要寻找的时间足够长，我们总能找到属于自己的灵魂伴侣。然而结果却是一场风暴，只有失望、沮丧和目的性很明确的交往。

"线上约会软件引发所有人下意识的评判和挑剔，"我的一个朋友这样说道，"头大的男人向左滑，没有工作的男人向左滑——谁知道你在现实生活中会不会喜欢这样的人呢？"

中年人的生活远比二十多岁时复杂。我的一个单身朋友因为母亲去世一度很脆弱，但之后几次愉快的约会让她振奋了起来。只是，和那个男人出去玩了几次之后，她才知道他并没有和自己的妻子离婚——甚至还和她住在一起。

另一个四十多岁的朋友说，最近分手后，她不再尝试线上约会："我宁愿在 Etsy 上看看中古茶几，也不想看那些男人。"

然而，多次约会或约会很顺利也会带来压力。一位离婚、有两个孩子的妈妈告诉我，自从几年前离婚后，她就没有约会过，也不想约会。但现在年龄越来越大，家里的其他女性开始替她着急。"我母亲和她那一代的人总说'女人不需要男人，就像鱼不需要自行车一样'，但现在，她们突然间变成了《傲慢与偏见》里的班纳特太太：'哦！他会是个好对象的！'"

被称为"普林斯顿妈妈"的苏珊·佩滕（Susan Patton）在 2014 年出版了一本名为《明智婚姻》（*Marry Smart*）的书，鼓励女性在大学时抢先抓住合适的男性，以免成为高学历的"老姑娘"。"又是一年情人节，又是一个点了一人份寿司，看《唐顿庄园》重播的晚上。"她在《华尔街日报》的一篇评论文章中写道，"姑娘们，打扮打扮吧。"[19]

但如果你听了这些书里的建议，尽了最大努力，依然在中年时孤身一人呢？在电视节目《镜花水月》(*UnREAL*)中，单身女性赛琳娜说自己所有的朋友都结婚了，并补充道："奇怪的是，我也没做错什么事。我做的事情和她们一模一样。朋友说我太挑剔，没有男人是完美的，但事实上，就是没有人选我。"[20]

最早一批 X 一代进入生育年龄后，女性便一直被催促，说她们结婚生子的机会每分每秒都在变少。大学毕业后，就像石头一样落下悬崖。1986 年 6 月，《新闻周刊》(*Newsweek*)的封面专题报道称，由于晚婚，中年女性注定要成为"老姑娘"。报道称，受过大学教育的40 岁白人女性结婚的可能性甚至小于被恐怖分子杀害——该报道基于1985 年一项名为"美国婚姻模式"的保守人口研究[21]，其中并没有提到关于恐怖袭击的事。摘要中有一个很简单的结论："受教育程度是决定初次结婚时间的最重要关联因素。"所以，别催了。

2002 年，经济学家西尔维亚·安·休利特 (Sylvia Ann Hewlett)在言辞激进的《创造生命》(*Creating a Life*)一书中宣称，年收入 5 万美元或 5 万美元以上的女性中，40% 的人在 45 岁时没有孩子，生育率在 27 岁后就开始下降。[22]杂志也跟着煽风点火，出现了《婴儿恐慌》这样的封面报道，里面写道："曾经那么令人向往的独立——至少对我们这些经常使用这个词的人来说——如今不再有吸引力了。"[23]

蒂娜·菲 (Tina Fey)在《周六夜现场》的周末更新里对此大肆评论："西尔维亚是对的。我 27 岁的时候就该生孩子了，那时我住在芝加哥，经常待在骑行族酒吧里，每月挣一千美元。"[24]不过她自己就是个反例：她在 35 岁和 41 岁时，分别生下了一个女儿。

2014 年，美国妇产科医师协会发布声明称，女性的生育能力从

32 岁左右开始逐年下降，37 岁后下降更为迅速。[25]《新闻周刊》在发表那篇"恐怖分子"的文章 20 年后，公开承认了自己的错误。然而，虚假的统计数字仍然困扰着人们，那些想要孩子但还没有成为母亲的女性依然深感焦虑。[26]

许多 X 一代的女性，会有意识地选择不结婚、不同居，或不生孩子。她们可以随时去自己想去的地方，可以尽情工作、结交朋友、回馈社会，可以不受任何人的干涉、不受任何人的约束，创造自己的生活。"自愿无子"（Childfree by Choice）运动的成员提出了强有力的论据，希望过没有孩子的生活，也愿意为做出同样决定的人提供支持。

我有一个单身朋友是驻外记者。她在世界各地都生活过，包括黎巴嫩和突尼斯。我每隔几年再见到她，她都看起来更加有格调。她抿着葡萄酒，拨弄着自己的长发，跟我讲她的"情人们"，讲她能在自己的办公室看到地中海。她从来没有想过要一个稳定的伴侣或孩子，她对自己的生活很满意，她本人也完全是活生生的单身主义广告。

我认识的另一个朋友很早就结婚了，30 岁离婚。35 岁的时候，她仍然单身。在她看来，同时追求不止一个目标是行不通的，所以她决定全身心投入工作："工作基本上就是我在过去 6 年里做的全部事情。我去读了研究生，拿到了公共管理硕士学位。我从来都不希望工作是我生活的全部，但我对自己现在的工作非常满意。"

布里艾伦·霍珀（Briallen Hopper）在一篇名为《如何单身》的风趣文章[27]中提出要捍卫自己的单身生活，哪怕这意味着家里堆满报纸，野生浣熊到处乱窜。（"不要觉得这是老办法就不用。它很管用。"）如果你发现自己这样还是会被人追求，那就"给他们发郝薇香的动图，要么是 2012 年迈克·内威尔（Mike Newell）版《远大前程》

里的海伦娜·伯翰·卡特（Helena Bonham Carter），要么是 2011 年 BBC 版里的吉莲·安德森（Gillian Anderson），或者 1946 年大卫·里恩（David Lean）版里的玛莎·亨特（Martita Hunt）。1998 年版里的安妮·班克罗夫特（Anne Bancroft）不行，太性感了。如果你的约会对象一直开玩笑或调情，那就继续发郝薇香动图，直到他们不理你为止"。

单身女性仍有可能被边缘化甚至污名化——尤其她们说自己单身很快乐的时候。社会心理学家贝拉·德保罗（Bella DePaulo）在《单身快乐》（*Singled Out*）一书中，将其称为"单身待遇"。"不管你多么幸福、多么成功，"她写道，"你仍会受到'单身待遇'。事实上，奉行'单身待遇'的人恰恰会对那些并不抱怨单身或不想结婚的单身人士格外恼火。"[28]

1959 年，在多丽丝·戴（Doris Day）和洛克·赫德森（Rock Hudson）主演的电影《枕边细语》（*Pillow Talk*）中，瑟尔玛·瑞特（Thelma Ritter）饰演的时常醉醺醺的角色阿尔玛，不无赞赏地引用了洛克·赫德森饰演角色的话："比独居女人更糟糕的，是这个女人说她自己喜欢独居生活。"

这在 1959 年似乎是一条真理，但很多快乐的单身女性直到今天都能听到这句话。2018 年，《纽约时报》发表专栏文章《40 岁，没有孩子，我很快乐。为什么没有人相信我？》[29]。文章作者格林尼丝·麦克尼科尔（Glynnis MacNicol）写道，在一次晚宴上，她遇到了自己仰慕的年长男性。这位男性告诉她，她的生活很糟糕，还打包了自己吃剩的牛排，想让她带回家。

这类"我很开心——不，你不开心"的不是对话的对话，不仅仅是一种居高临下的态度。它将那些乐于独处的女性和独处并不开心的女性进行了对比。在今天的美国,很多女性都像我那位浪游国际的潇洒朋友一样——开心坐拥豪宅,是性自由和独立人格魅力的化身。

"'二战'期间,我的奶奶在丈夫去世后独自抚养了两个孩子。"一位 40 岁左右、工作就是吃遍世界各地特色餐厅的女性说道,"感谢上天,我运气太好了。我住的房子很漂亮,邻居也很好。我有朋友、有家人,没有什么可抱怨的。"她说安吉丽娜·朱莉登上所有小报头条的时候,她也考虑过成为单身母亲。她有六个孩子。我也可以有一个! 她回想起那时的情景。"但如果我有了孩子,我现在做的事情就都不能做了。"

一位单身女性告诉我,她开始意识到,未来几十年里她可能得在感冒时自己去买橙汁。她知道可以找朋友帮忙,或者花钱请人帮忙,但她还是觉得很沮丧。

另一些乐于单身的女性告诉我,她们也不知道现在的独立状态是否会给自己的中老年生活带来新的挑战。过去,未婚的女性可能会作为"老处女姨妈"住在家里。这样的女性有家庭角色,有经济支持,也有人陪伴。如今,这个国家相当多的女性会在接近 20 岁的时候从父母家离开。如果接下来没有伴侣,她们可能就会独自生活五六十年。

据统计,女性自称的想要孩子的数量(2.8)和实际拥有的孩子数量(1.8)之间的差距,是过去 40 年来的最大值。[30] 2018 年 5 月,美国疾病控制中心的报告称,美国目前的生育率是 1978 年以来的最低值。造成 20 世纪六七十年代生育低谷的部分原因在于经济衰退以及女性控制生育能力的提高。1960 年,避孕药成为合法的避孕方法,1973 年,堕胎也在全国范围内合法化。《纽约时报》最近的一项调查显示，如今人们不生孩子的三个首要原因分别是：想要更多的闲暇时间和个人自由；没有找到伴侣；没有能力抚养孩子。[31]

"我读研究生读到 30 岁出头，"那位写了郝薇香文章的布里艾伦·霍珀写道，"通常一年的收入不到 2.5 万美元，等我终于找到工作时，我的助学贷款已经和养个孩子的钱一样多了。一位有两个孩子的朋友开玩笑说我的助学贷款就是我的'贷款宝宝'。于是我开始把我的贷款宝宝想象成恶毒的幽灵，在我真正的孩子还没有出生时就取代了其位置。"[32]

40 岁以后，大多数人都会渐渐无法生育。这可能是一种解脱，也可能是一种灾难。我有很多朋友真的想要孩子，但出于种种原因，就是没能成功。可能是分手让她们在最佳生育年龄萎靡不振；可能一直在线上约会却没有找到合适的人；也可能一直忙于工作，等到有时间考虑家庭问题时，周围已经没有人是单身了。

一位朋友告诉我，在她二十多岁的时候，她坚信有"生育倒计时主题"的《甜心俏佳人》（*Ally McBeal*）[1] 是反女权主义的阴谋。她说她相信性别是一种社会建构，她的身体属于她自己。那时，她为了不怀孕想尽了办法，而等她想怀孕却不得时，打击也格外大。

"成为母亲是我一生的渴求，"亚利桑那州 42 岁的心理治疗师凯伦说道，她停顿了一下，"我不得不关掉脸书上'六年前如何'的功能。我深受折磨，要是我当时做了别的选择，现在就有孩子了。"

科技的发展让女性亲自成为母亲的希望变得更大。1978 年，试管婴儿技术被引进。2016 年，美国生育诊所已推进 263577 次辅助生殖

1　1997 年至 2002 年的剧集，主角是一位年轻、轻浮的波士顿女律师，穿迷你短裙，幻想自己魅力四射。

技术周期。[33] 近些年还出现了冻卵热潮。第一例通过冻卵活产成功的案例出现在 1999 年，到 2016 年，华尔街、苹果和脸书都为员工举办了冻卵派对。

"对于这一代人来说有点不同的是，"布兰迪斯大学的心理学教授玛吉·拉赫曼（Margie Lachman）说道，"医学在生育方面取得了一些突破。人们可以尝试冻卵或试管婴儿。很多电影明星过了 40 岁才生孩子。"萨尔玛·海耶克在 41 岁时迎来了第一个孩子。哈莉·贝瑞 47 岁时生下了第二个孩子。苏珊·萨兰登生第二个孩子的时候 45 岁。吉娜·戴维斯生第一个孩子的时候 46 岁，48 岁又生下了双胞胎！尽管如此，拉赫曼也说："但这并不能缓解焦虑。"

技术也不一定总能成功，我认识的几对夫妻，在多年艰难、昂贵的尝试之后依然没有成功。2016 年，使用女性自己的卵子进行辅助生殖的案例中，只有 22% 的出生成活率。[34]

我认识的一位一直想要孩子的 49 岁单身女性说她安慰过一个流产的已婚朋友。之后的几个月里，她的朋友总感觉周围都是孕妇——不管她往哪儿看，都有圆润丰满、容光焕发的孕妇。那种痛苦令人难以承受，但后来，这位朋友再次怀孕，生下了一个健康的宝宝。"我真心为她高兴，"我的单身朋友说，"但有时我也希望她能体会我的感受，身边总有容光焕发的孕妇，一直如此，只有我自己孤身一人。"

来自乔治亚州的米歇尔快 50 岁了，她告诉我，在尝试怀孕或收养长达 15 年后，她决定放弃。她说，奇怪的是，没有孩子这件事最困难的部分在于社交上的孤立，她无法融入自己那些有孩子的朋友。"这很孤独，"她告诉我，"缺乏联结是非常非常难受的。在朋友圈子里，很少有人能理解这种空虚。"

我最近问我的一个朋友是否还想要孩子，她说不想了。她说这话的方式让人心碎，就像医生告诉你，你的亲人已经离开。多年来，她每年都会经历几次流产，终于受够了。她做过手术、吃过药，听从每个人的建议，但她的身体还是拒绝了一切。现在，轮到她说拒绝了。

有人建议她试试收养，但依旧失败。通过领养机构在国内或其他国家收养一个孩子的平均费用为 2.5 万美元至 5 万美元。[35] 她和她的丈夫并不觉得自己能凑出这么多钱。他们也可以选择更便宜的方式——从儿童寄养中心领养，但她说，当试图收养婴儿而不是大一点的孩子时，她觉得自己无法承受这个过程中可能出现的不确定性。[36]

女性无法按部就班拥有自己想要的家庭生活，这看似偶然或只是运气不好，但其实有规律可循。女性责怪自己，但忽略了她们的决定并非出自真空的事实。想要一份自己喜欢的工作并不是坏事，想在生孩子之前实现经济上的稳定不是坏事，想找到对的人也不是坏事。不幸的是，做好这些事情都需要时间。而相比男性，女性的可生育时间段很短，男性在五十多岁时依然可以成为父亲。

女性必须以两倍的速度才能拥有想要的家庭生活和事业。她们不仅无法得到那些不可能的支持——带薪育儿假、工作福利，或愿意几年不工作的伴侣——还要被批评，说她们应该在大学里找到男朋友，在 27 岁之前生下孩子。

未来的几十年里，X 一代的单身女性将在保持独立性的同时，找到安度晚年的创造性方法。我知道很多女性在计划等自己老了，就搬去和闺密做邻居，或者像《黄金女郎》(Golden Girls) 中那样住在一起。

"我和我最好的朋友一直在讨论，"一位来自佛罗里达州的 46 岁的女性说道，"我有一群我很爱的朋友，想和她们一直待在一起。我们总是互相发短信、打电话，或者一起做计划。我幻想着等自己中了彩票，就买一栋大房子，让所有人都搬进来。"

我见过有朋友互相指定对方为自己的遗嘱执行人和护理人——他们约定，如果一方昏迷，另一方就要去医院照顾，用小镊子替对方修理脸上的毛发。

当然，很多幸福的结局里不一定出现孩子或婚礼。

有一天，我联系了萨拉，我们在达拉斯吃早餐时，她曾告诉我她在努力寻找伴侣。"最近，我努力扩大约会范围，"她说，"本来我会拒绝太年轻或住得太远的人，现在也不拒绝了。虽然我还没有准备好真的确定恋爱关系，但这确实改善了我的约会生活。我现在很开心，不会那么绝望了。等待一个永远不会出现的人，实在太孤独了。"

8 离婚之后

> "我在说圣诞晚餐的事，我们离婚之前，经常在他父母家过
> 圣诞。我儿子不知道从哪里冒出来对我说：'你可以不来的。'"

我的朋友汉娜最近刚刚带着两个孩子搬进了新公寓。自从她和她
丈夫离婚后，两个孩子第一次在新家有了自己的房间。公寓宽敞明亮，
她很高兴能找到这样的房子。

在她的乔迁派对上，我在厨房里陪她做饭。墙上挂着日历，上面
标着在一周的时间里，孩子们哪几天跟爸爸、哪几天跟妈妈。她戴着
防热手套，从烤箱里端出一个烤盘放在炉子上，然后调好了酱汁，摆
盘。孩子们在厨房里跑进跑出，新到的朋友会探出头来打个招呼。

两只小猫走了进来。

"你什么时候养猫了？"我问道。

她没有立马回答。

"等等，"我说，"这该不会是圣诞小猫吧？"

"没错，"她说着，打开了一瓶酒，"是我前夫的新女友送给孩子们的圣诞礼物，我在帮忙养。我儿子说，如果我觉得和前夫的新女友待在一起会'尴尬'，就不必出席。我告诉过你，对吧？我的孩子说*我不必出席圣诞晚宴*。"

她俯下身来，摸了摸其中一只小猫，然后喝了一大口酒。

与我们如今倡导的"和平分手""理性分手"、调解和良性的共同抚养不同，20世纪七八十年代，离婚总以争吵告结，大多数父亲消失，留下破碎的母亲——几年后，新的继父继母、兄弟姐妹出现。

芝加哥大学社会学家、美国民意研究中心的高级研究员琳达·韦特（Linda Waite）表示，由于我们父母的高离婚率，X一代从一开始就处于不利地位。

"如果父母离婚，"韦特告诉我，"你看待世界的方式就会完全不同。你会认为世界是不稳定的，承诺没有任何意义，你只见过关系如何恶化的实例，没见过一切顺利的榜样。这会让人变得小心翼翼、伤痕累累，缺乏良好关系的指导。"

数据显示，我们这一代人是婴儿潮一代创纪录的高离婚率的受害者。造成我们晚婚的部分原因是我们害怕离婚，害怕让下一代经受我们经受过的事情。

离婚率在1980年达到最大值，最近又跌至36年来的最低点。[1]婴儿潮一代中的绝大多数人没有在童年经历过父母离婚带来的创伤，在他们看来，离婚或许是追求自由的激进行为。对千禧一代和更年轻的人来说，离婚变得正常很多，很少会与失败联系在一起。但对X一代来说，离婚尤其可怕。

在《纽约时报》一篇题为《美好的离婚》的文章中，苏珊·格里高利·托马斯（Susan Gregory Thomas）写道，如果 X 一代女性离婚，她会竭尽全力和平分手——不惜一切代价，"让孩子免受自己童年经历的《克莱默夫妇》（*Kramer vs. Kramer*）的阴影"。[2] X 一代女性也更有可能维系一段艰难的婚姻，隐藏自己的感受，以免一点动荡导致婚姻之船沉没。

我认识一位女性，她的丈夫在 20 年间始终努力养家糊口。经济衰退期，他被解雇了，变得很消沉。他没有回归全职工作岗位，而是成为一名顾问，收入只有以前的一半。"我们 20 年婚姻的前提就是他养家，我当一个自由写作的妈妈。"鉴于就业市场的情况，她很庆幸自己可以找到一份全职工作，但也厌恶自己不再拥有追求梦想的自由。理智上，她知道这是婚姻生活中有时需要的那种妥协：他曾经站在她身后支持她，现在轮到她了。但她仍然无法摆脱内心的怨恨和愤怒，因为是他在游戏进行到一半时改变了规则。

"我希望我能说，这一切最终是正确的，"她说，"说自己是真正的英雄，但我说不出口。"

44 岁的卡拉住在亚特兰大，有两个孩子，成为母亲的时间比多数 X 一代的人早。几年前，大女儿上大学后，她就垮了。"我一生中的大部分时间都是跌跌撞撞度过的。我投入了所有，成为母亲、妻子，却没有属于自己的角色。那两年很艰难。"

有一次，她和丈夫出去约会，她突然意识到，如果小女儿也上了大学，两人守着空房子，那时的婚姻生活会多么可怕："他很累，我也不舒服。我们没有什么可聊的，能做什么呢？如果现在想想都很挣扎，等两个孩子走了，我们该怎么办呢？"

　　我儿时的朋友珍妮回到学校时，已经两年没有工作了，她和丈夫只能靠他的工资节俭度日，养活自己和两个孩子——一个7岁，一个9岁。"我在剪优惠券、买特价罐头，"她说，"他却说'别担心我，我点外卖'。他觉得很合理，但我想告诉他并不是，那样做一点帮助都没有。他点了外卖，我在往番茄酱里加水，不想浪费。"好像他们只是住在一栋房子里的两个人，而且她丈夫的工作还需要全国到处跑。"他要去纳帕，而我说'今天不能开车，汽油只够我开到学校'。"

　　他们接受了婚姻咨询，解决了问题。但在人生的这个阶段，你很难判断自己的婚姻是和她的一样，本质上是好的，只是经历了困难阶段，还是本身就是一段应该结束的不良关系。

　　伊丽莎白·斯塔宾斯基今年48岁，住在劳德代尔堡，她是一名婚姻与家庭治疗师，也是佛罗里达州家庭法庭的调解人。她自己最近也离婚了，结束了长达22年的婚姻。她有三个儿子，最小的14岁，最大的20岁。因为靠帮别人挽救婚姻为生，她现在觉得自己"像没有鞋的鞋匠"。[3]

　　"尽管几十年里，我一直共情我的客户，"她说，"但我从没想过像我这样狂热的婚姻治疗师离婚会是什么样子——即便是和平分手，即便足够幸运地拥有周围人的真心支持和一份事业。大多数日子里，我只是四处走动，感觉自己的情绪在坐过山车，有时对未来的前景感到兴奋，有时则深陷恐惧。"

　　"我脑子里想得最多的就是要一个人变老。我不后悔离婚，但我想要一个终身伴侣。在40岁的时候重塑自我是很困难的。有些日子感觉很好，可有些日子会觉得自己要被风吹走。有伴侣的时候，会有一种错觉，觉得自己并不孤单。但分居或离婚后，这种错觉就会消失。"

"我想过离婚，"住在纽约的朱莉几年前告诉我，"我的两个朋友都要离婚了，我一直密切关注着其中一个。她觉得自己的负担减轻了。"离婚可能是会传染的。2009 年，一项分析了 30 年里婚姻数据的研究显示，如果参与研究的人有朋友离婚了，那么该参与者也有 75% 的可能性会离婚。[4]

朱莉说她的婚姻生活中并不存在辱骂和虐待，但自从有了孩子，她和丈夫就一直在吵："生完孩子第一天就吵架！"她说，"把孩子带回家后，我丈夫不敢相信我要喂那么多次奶。他说：'一定有更有效的方法。'上周我们去做夫妻心理治疗时又大吵了一架，我差点就走了。有时候，谁在乎谁对谁错呢？我并不在乎是谁赢。"

两年后，我又找到朱莉，想知道她怎么样了。"我和我丈夫正在分居。事实上，还挺好的。"她说，"他需要这种冲击来做一些真正深刻的改变。而且这么长时间以来，我第一次感觉到了自己还深爱着他。分居不过几个月，他就明显不一样了。最近我觉得我们似乎可以和解。很有意思，婚姻有时候就是会经历这些。而且整个夏天，中年重回单身的我有了一段新恋情，但伤心不已，好像又回到了 25 岁。我今年53 岁了，不知道在我这个年纪，这算是值得重新体验的珍贵的事，还是应该极力避免的事。"

斯坦福大学的心理学家迈克尔·J. 罗森菲尔德（Michael J. Rosenfeld）的一项研究表明，在未婚异性恋关系中，男性和女性提出分手的可能性是一样的。但在婚姻关系中，情况就不同了：美国约三分之二的离婚是由女性提出的。我们对婚姻的期望比我们的长辈更高，女性对婚姻的期望又比男性更高。[5]

尤其到了中年，我们很难不把生活中做不到的事归咎于伴侣。逃离这个陷阱的方法之一是换一种表述方式。心理学家达芙妮·德·玛内夫（Daphne de Marneffe）在《颠簸中年》（*The Rough Patch*）一书中写道：
"改变情绪最有力的方法之一就是说出自己的感受。"[6] 她在工作中见过太多女性因自己的失败而责备伴侣。"不只婚姻会让你放弃一些东西，"她说，"生活也会。"[7] 听起来让人沮丧，但也有一丝安慰：一切都是取舍，不只是婚姻。

明尼苏达大学家庭社会学教授、《拯救婚姻》（*Take Back Your Marriage*）一书的作者威廉·多尔蒂（William Doherty）表示，X 一代女性在婚姻中面临的既有旧挑战，也有新挑战。

"这一代女性认为女权主义的进步是理所当然的。我的妻子不得不争取工作保险，因为她被告知她已经有丈夫了，为什么还需要保险？但如果你对 X 一代女性这样说，她们只会觉得你来自另一个世纪或另一个星球。"[8]

X 一代女性对婚姻的期望值也很高。她们希望另一半是"她最好的朋友、她的灵魂伴侣以及完美性生活的对象，"多尔蒂说，"这当然不可能，于是紧跟着就是不可避免的失望。"

"很多时候，考虑离婚的女性并不能——或者说并不想——让自己看到离婚后需要面对的现实，"多尔蒂说，"她们只看到自己不快乐，看到解决问题的方法就是离婚，但没有意识到生活会变得越来越复杂。"

我有太多离婚的朋友，在分开后的半年里重获新生，她们和在网上认识的人享受性爱，换了新发型，有了新的爱好，还有了很多属于自己的时间，可以去做一直想做的事，而且没有人会阻止。

就像那个经典的笑话一样——"为什么离个婚这么贵？"

"因为它值得。"

但过不了多久，这些离婚的朋友就会走上弯路。一些人继续过着无忧的开心生活，但更多人——即便她们不后悔离婚——会在几个月后遭受打击。有些人会在交友 App 上发现，50 岁还穿着《星球大战》T 恤的男人想找的是 28 岁的女性。[9]这也不完全是我们的空想：2018 年的一项研究表明，在约会网站上，女性的吸引力峰值在 18 岁，之后就会下降，而男性则是 50 岁。[10]

我的一个朋友离婚后不久，和同事陷入暧昧关系。他去接她约会时，车后座上放着他两个孩子的安全座椅。看到这些让她很沮丧，它们象征着所有的风险，证明哪怕两个人能走到一起，事情也不会那么简单。

一旦再婚被提上日程，新的困难就会出现。

"如果（离婚的女性）渴望拥有另一位伴侣，"多尔蒂继续说道，"她们会考虑再婚人士，而这是现有的最复杂家庭系统。孩子们不会以同样的热情欢迎一位新的家庭成员。"

或者孩子们会对你前任的新伴侣表现出极大的热情，你很难不嫉妒。我的朋友们在社交媒体照片墙上看到自己的孩子和前任的新女友在一起的照片，可能在笑，可能在学骑自行车，可能是和原来自己也认识的朋友一起在海滩上嬉戏，我都会替她们难过。

在多尔蒂看来，离婚意味着"摆脱一堆问题，也迎来另一堆问题。显然有的时候，离婚是必要的解决方案，但也有很多不必走到离婚的情况。很多婚姻是可以被拯救、可以得到改善的。太多女性会犯一种错误，她们说着自己的绝望，却不让丈夫参与进来。你不必说'我想离婚'，而是说，'我发现我的想法变了。我害怕 5 年后或者 10 年后，我们并不会在一起'。你可以用脆弱的表达，但要引起他的注意"。

与此相反，女性可能会在脑中推演整个对话，纠结于是走是留，而男性甚至没有意识到问题存在。"有的时候，她已经放弃了。她会对他更好，因为她也不想再改变他什么了。"但她并没有变得更能接受，她看起来不那么痛苦，也不那么挑剔，只是"因为她在计划退出。她向伴侣提出离婚，伴侣完全抓狂。很多时候，男人会开始改变，但她的想法和心已经变了。就在伴侣提出要改变时，她选择了离开"。

性生活问题是离婚的另一个重要原因。对于中年女性来说，这也是一件更复杂的事情。芝加哥大学性医学综合项目的负责人斯泰茜·特斯勒·林道（Stacy Tessler Lindau）告诉我，到了中年，男性的性欲会减退，而有男性伴侣的女性可能会对感知到的欲望缺乏做出反应，同时自己也缺乏欲望。[11]"关于晨勃，"林道医生说道，"并没有太多科学依据。"这是我此前从未听人说起过的。但在她看来，晨勃对夫妻的性生活来说是很重要的，而很多男性到了中年就不会再有这种情况了。"这是性欲的潜意识提醒，"她说，"如果没有这种常规因素的刺激，女性的性欲也很难得到激发。"

除此之外，还有激素和生理上的变化。20岁到45岁，女性的睾酮——与性欲联系最紧密的激素——水平会下降约一半。雌性激素的变化导致阴道干涩，经血减少引发性欲减退，尿失禁的风险也会增加。[12]即便没有这些，中年时的情感压力和精神压力（更不用说与此相伴的睡眠不足）也足以扼杀女性的性欲。在疲惫、不满或愤恨之下，性生活可能会成为待办清单上更烦人的一项。

科罗拉多州的一位女性在军队中十分出色，但她发现婚姻生活要困难得多："我并没有那么喜欢我的丈夫。看到其他女人的情况，我也不觉得我和他在一起有'那么糟'。但我的身体并不渴望性爱，这和对象无关。我想可能是因为已经有了孩子，所以觉得没那么需要了？或者是我的激素都不管用了？"

我采访过的不止一位婚姻不幸福的女性都谈到了这种变化："我自己能解决，还要他干什么？"

一位已婚女士告诉我，她的丈夫在他们的第二个孩子出生后跟她说："我的欲求得不到满足，我想要更多的性生活。我不会再手淫，也不会再看色情片。除了你，我不想再幻想或靠其他东西激起性欲。你得帮帮我。"

他们决定至少每隔一天做一次爱。现在这个计划已经实行了几个月。她的丈夫因为这样的安排很兴奋，但她开始对所谓的日程感到压力：

"如果有一天晚上我们本该做爱，但我却'只想直接睡觉'，那么第二天晚上就逃不掉了。有时我不在家或者他不在家，他就会说'这周我们每天都得做爱，因为下周没有时间'。"

"我说'这很让人反感，完全是在破坏气氛'，他却说'如果我不提，我们就不会做'。确实如此。每个月可能只有三四个晚上我真的想做，那是我真正有性欲的时候。其他时候，我只是在完成任务。"

几年前，金赛研究所（Kinsey Institute）的一项研究发现，在异性恋关系中，男性与女性出轨的比率是一样的。[13] 许多已婚女性向我坦白她们曾经出轨，或至少有过去酒吧偶遇一夜情对象的幻想。"当然，我永远不会那样做，"一位有两个孩子的母亲说道，"但我确实想过，而且经常想。"

已婚女性出轨的情况变多，一个最常见的原因就是机会变多——有越来越多的职场女性，而且口袋里都有手机。多亏社交媒体，我们才知道自己以前待在家里错过了多少东西。

"过去五年里，我们观察到很多夫妻都因为其他选择而苦苦挣扎，"心理治疗师凯莉·罗伯茨（Kelly Roberts）说道，"在手机的私密空间里，你可以探索另一个世界。拥有其他世界后，你会开始幻想，对比自己拥有的东西和自己不曾拥有的东西。突然之间，它们变成了夫妻不一定能随意支配的假设。电子世界的理想化生活让他们对维系了10年、15年的关系产生了不切实际的期望。长时间被其他事物影响，不可避免地会影响婚姻。"[14]

也许是因为我们小时候看过负面例子，所以 X 一代似乎更希望和平离婚，就像康斯坦丝·亚鲁斯（Constance Ahrons）在《良性离婚》（*The Good Divorce*）以及温蒂·帕里斯（Wendy Paris）在《分手之痛》（*Splitopia*）中建议的那样。我们这一代人似乎也确实比我们的父母做得更好，因为有更多离异父亲承担起了责任。即便如此，对这一代很多女性来说，离婚依然和一种巨大的羞耻感联系在一起。这似乎是我们父母那一代才应该有的感受。我们等到内心确信之后才结婚，还写下了庄重的誓言，怎么还会失败呢？

一位从瓦萨学院毕业的 45 岁女性，觉得自己做了所有对的事，却只能眼看着一切崩塌。几年前，她住在美国西北部，做兼职工作，带着 3 个孩子，最小的 4 岁，最大的 15 岁。一切都还不错，但后来，她赚钱养家的丈夫经历了她所说的"老式精神崩溃"。

和很多女性一样，她掌管着家里的日常花销，但所有积蓄和投资都在她丈夫手里。专家告诉我，尤其对 X 一代女性来说，很重要的是确保你有一份最新的遗嘱，知道你的钱在哪里，买下有关生命、健康、租房、住房、汽车以及所有你能负担得起的保险。

"他丢了工作，"她说，"而且瞒着我挪用了我的退休金。"她回到家时房门紧锁，因为房子已经被银行收走了，"我们找过一些理财规划师，但房子已经被收走了，他们只是说，'真的，解决问题的唯一办法就是宣布破产，将房子交由银行拍卖'。"[15]

离婚在当时似乎是无法避免的，不管从情感上还是经济上，都是一场噩梦。但如今她开心多了，孩子们似乎也适应了。

最近，我继上次乔迁派对后又见到了汉娜，她也过得很好。换了新发型，穿着亮丽的红色连衣裙。她一直在练习冥想和瑜伽，这能让她在工作中保持冷静，也减轻了旅行的压力。孩子们在长大，她的约会也很顺利。最近，她在装修新公寓。至于那两只小猫，现在也已经是成年猫了。

"你知道吗，"她说，"它们真的是很好的陪伴。"

9 围绝经期

> "它从我身体里喷涌而出，完全不受控制。我低头看了一眼裙子，全都湿透了。"

"你在把女人当小孩儿！"我十几岁的时候，有一天听到我妈在大喊大叫。我惊恐地走进厨房，看到她把电话听筒摔在墙上的听筒架上。

"出什么事了？"我问。

"你看到这个了吗？"她举着一卷纸巾说道。那不是通常的白色纸巾，上面印着彩色的泰迪熊和木块图案。

我盯着她看了好一会儿。

"妈，"我说，"你刚才是在跟帮庭公司打电话抱怨泰迪熊图案吗？"

"是啊，"她两眼冒火，"他们应该感到*羞愧*。"

回想起来，我妈当时正值中年，要面对脾气不好的青春期女儿、生病的父母、婚姻问题，还要面对因为不再年轻而结束的演艺生涯，她大概找到了一种宣泄感受的方式，不麻烦任何人——除了那家纸巾公司的主管。

她没有把我赶出家门，没有拒绝照顾我的祖父母，没有离婚，也没有诅咒娱乐行业下地狱。相反，她把愤怒发泄在了纸巾图案上。

25 年过去后，现在轮到我在濒临结束的职业生涯中挣扎，我的身体出了各种问题，还想把儿子送进好的公立中学。我发现我把很多注意力放在了我儿子的宠物乌龟身上。

"珍妮看起来很无聊，"我盯着水缸，看着它划水或趴在石头上，"我觉得珍妮需要更大的空间，它上次玩耍是什么时候？"

"它是只乌龟，"我丈夫说，"乌龟没有爱好，它们就是游泳、吃食、晒太阳。"

"也许它们想要更多！"我突然情绪失控。

在那一刻，我意识到珍妮对我来说，就是纸巾上的泰迪熊。

如果一整年不来月经，也就意味着到了更年期——通常在 51 岁左右。1992 年，盖尔·希伊出版《沉默历程》（*The Silent Passage*）时也是如此定义的，这是专门讨论更年期话题的最新著作。我们的母亲和祖母也经历了同样的症状。但绝经前的几年——也被称为绝经前期或近绝经期——我们要经历的心理及生理焦虑远比想象中多。[1]

这几年里，我们会发生很大变化。我们或许还记得青春期时的身体转变有多尴尬。身体和情绪总是背叛我们。

"第一次（经历潮热）的时候，我并不知道，"一位女性告诉我，"我只是想着'牙买加温暖潮湿，我只是出了很多汗'。但这种感觉从我的身体里喷涌而出，就好像一个灌满水的气球，有人拿针扎了几下，水喷洒而出。我无法控制，身体就像着了火一样。我姐姐知道是怎么回事。她说，'是潮热'。"

一位在美国公司工作的朋友告诉我，她第一次看到女性高管在会议室里出现潮热："她开始滴汗，像刚从游泳池里走出来。她试图继续汇报，假装什么事都没发生，但明显不对劲！"

那时，我这位朋友三十多岁，她被眼前的景象吓了一跳。现在她已经快50岁了，也经历了潮热。"晚上，我的衣服会被汗水浸透，"她说，"每天晚上都会出汗，尤其是在月经来之前，甚至膝盖也会出汗。不夸张，整个身体从头到脚都湿透了。这是让人最恶心、最不舒服的事。没有人告诉你会经历这些，我以为自己要死了。"

回想起当时的情况，她觉得很窘迫，因为自己没有伸出援手，没有打开空调或者至少递给她一盒纸巾。但她当时又怎么会知道呢？更年期最糟糕的一点就是没有人愿意谈。

今年之前，我甚至都没听过"围绝经期"这个词，不过现在我似乎每天都会听到[2]（我认识的一位经历过潮热的跨性别者，开玩笑说要把佩里·门诺帕斯¹当作自己的DJ用名，然后我说我要用帕蒂·门诺帕斯作为我的脱衣舞女用名，为我做文章转录的人就这么称呼我）。

围绝经期、更年期和青春期一样敏感起伏，但很少被拿出来讨论，甚至变成一种禁忌。这是我们在人生某个阶段要经历的事，我们不再是被赶着去上游泳课的孩子，而是要把孩子送去上课的母亲。

如果没有经历更年期，就很难理解个中滋味。在伴侣眼中，妻子正经历双重人格的转变，或表现出奇怪的焦虑。最近，我出差前会在

---

1 原文为"Menopause"，意为"绝经期"。

家里储备各种食物，多到有些过头——千层面、砂锅菜、辣椒、金枪鱼沙拉。家里只有我丈夫和儿子两个人，我只走几天，而且他们完全可以自己做饭或者点外卖。我丈夫看到冰箱里的东西，给我发了短信："我爱你老婆，但你得冷静一下。"

有时候，我的围绝经期情绪更多表现为愤怒而不是焦虑。有一天我醒来时，觉得墙离我更近了。我的公寓太小，我的衣服太紧。我注意到丈夫在相框上放了几个香槟瓶塞，我简直想砸东西。家变成了什么？该死的大学宿舍吗？我一边煮咖啡一边嘀咕着。在这种状态下，我注意到了以前没注意到的东西：袋子从壁橱里溢了出来，桌上有成堆的收据和零钱，我儿子的万智牌卡片到处都是。"这家就像《囤积强迫症》(Hoarders)里的一样！"我咆哮着，想夺门而出。一般情况下，我都是放松甚至愉快的，但在那个特别的早晨，我觉得如果我有一盒火柴和能引燃的东西，我会烧了整座房子。

翻开 1955 年出版的《如何自信面对人生变化》(How to Face the Change of Life with Confidence) 时，我看到一位 37 岁女性问的问题，她在来月经前情绪波动很大。作为男性妇科医生的作者告诉她："人一般在 25 岁时身体成熟，35 岁时心理成熟。不幸的是，你好像错过了中间某个阶段的成长机会，仍然停留在情绪反应很幼稚的阶段。"[3]

几十年来，就是这种高高在上的态度让我们不敢再次开口。

"我认识的几乎每个跟我同龄的女人都会感到困惑，觉得自己处于某种过渡状态，哪怕很多人事业有成、财务状况稳定且亲子关系融洽，"来自加州的 43 岁女性，一家大型视频游戏公司的首席运营官伊薇特说道，"这是一种很奇怪的摇摆状态，我们一边振奋精神，一边觉得自己越来越不在乎世界上其他人的想法。很多时候，我都和同龄的朋友待在一起。我们会聊真正发生的事——担心自己喝了太多酒、吃了太多阿普唑仑，还有那种似乎渐渐涌上心头的愤怒。"是因为激素变化吗？快到更年期了？

"即便我们不想，身体也会渐渐发福，而且皮肤变得松弛，如果采取应对措施，不知道会不会显得我们太肤浅或者不够女权。我们担心自己不知道该如何控制孩子盯着屏幕的时间，不再那么频繁地喜欢或需要性生活，也担心没有时间再去尝试梦想中的工作……

"上周我和一位朋友一起吃早餐，她经营着一家非常成功的律师事务所。我们聊的其中一个话题就是愤怒。我们感到沮丧，不知所措。真的是字面意义上的火冒三丈，想把手机砸到墙上。所以现在，最重要的事大概是'你冥想了吗？'"

我甚至数不清有多少女人向我坦承她们曾往墙上扔过东西——手机、书、盘子，不过几乎在每个例子中，大发脾气后，扔东西的人还得再把它清理干净。

当然，有一些广为人知的技巧可以应对这类愤怒时刻。深呼吸，镇静剂。流行的"咒语"是"HALT"，意思是当你想掀桌子的时候，问问自己是不是饿了（hungry）、生气了（angry）、感到孤单了（lonely）或者累了（tired），然后采取相应的行动（吃块三明治、看心理医生、打电话给朋友、睡一觉，然后再掀桌子）。即便如此，中年时，这些感受会呈现出原始的特征：不是喜怒无常，而是绝望，不是易怒，而是某种更深层的、更危险的东西。

有时，唯一管用的就是尖叫。我的一个朋友婚姻破裂的时候，正好在出差，工作非常辛苦。她给自己包了一间至少可以容纳三个人的K歌房，跟服务员谎称在等朋友，然后独自唱了两个小时的歌，竭尽全力嘶吼。她点了好几人份的食物，这样服务员就不会问她的朋友什么时候到。在她看来，大声尖叫两个小时的自由完全值得 24 根马苏里拉奶酪棒的花费。

女权主义学者杰梅茵·格里尔（Germaine Greer）在关于更年期的《改变》(*The Change*)一书中写道,女性的中年遭遇表现为两种形式：“一种我称之为痛苦，它没有任何实际的功用，应当努力避免；另一种是悲伤，虽然也让人难过，却有益健康，这一点必须承认。”[4]根据格里尔的说法，痛苦是“一种灰色的、无望的事物，它源于对生活的绝望，源于被消费社会欺骗的失望和怨恨，生存本身成了它不假思索的嘲笑对象”。但悲伤不同，它是对我们生育能力的自然哀悼，女性可以从中获得“更强大、更冷静的意识，即死神已经用羽翼拂过我们，回到了它原本所在的地方，一切都会好起来的”。

我采访的妇科专家表示，激素代替疗法（HRT, hormone replacement therapy）仍然是经科学证明最有效的治疗绝经症状的方法。然而，长久以来，我们都听闻激素疗法会增大患癌症、中风及血栓的风险，我们害怕这些风险，所以会尝试其他不靠谱的方法。这也许就是格温妮斯·帕特洛（Gwyneth Paltrow）能在 Goop 线上社区把一颗放入外阴的“玉珠”卖到 66 美元的原因。[5]

有些人也会通过喝酒寻求意识状态的改变。沉迷酒精的缺点众所周知，就是会影响睡眠。喜剧演员布里奇特·埃弗里特（Bridget Everett）将其称为“霞多丽惊醒”的诅咒——酒力消退，你会在凌晨 4 点醒来。根据我的经验,醒来后要经历的就是《纽约客》漫画中的“私人影院地狱”：“接下来播放……《我在派对上说的胡话》。”[6]

克里斯蒂·库尔特（Kristi Coulter）戒酒后顿悟：“我意识到我身

边的每个人都醉了，女人们醉得不是一般厉害。酒就像发动机里的油，让我们本该在发出其他声音的时候只能不停呜咽。"[7]

除此之外，我们也有可能追赶所谓健康食品的热潮。我的一个朋友告诉我，她已经开始服用一种叫作 Optivite P.M.T. 的高剂量维生素，即便目前为止，唯一的效果就是让她的尿变成了亮黄色。相比青少年，中年人的"药物实验"显得更加鲁莽。"很有意思，对吧？"朋友说，"大学时我们不知所谓，现在却是 Optivite 和胶原蛋白饮品。'管他是用什么奇怪的油脂或有毒植物做的，谁在乎！我不管！我只知道它能消除腹部脂肪！'"

我采访过的妇科医生表示，对于女性寻找奇奇怪怪的或非法的手段缓解围绝经期的痛苦这件事，他们并不感到惊讶。

杰奎琳·蒂伦（Jacqueline Thielen）在明尼苏达州梅奥医学中心的女性健康中心工作了 23 年，她说，如今 X 一代女性的生活"复杂得多"。很多四五十岁的女性告诉她，她们害怕激素治疗，但又饱受煎熬且疲于应对种种功效。"原来去商店，"她说，"你要么买佳洁士，要么买高露洁。但现在去商店，你会考虑牙膏是不是美白、是不是亮白、是不是防酸、是不是专门针对敏感牙齿。如今的选择太多，功能也太多，女性更不知道自己应该做什么。"

蒂伦医生表示，这让她们很容易受到影响，接受一些有争议的治疗，比如皮下埋植激素治疗、不必要的卵巢切除手术或昂贵的"阴道修复手术"，可能要花费几千美元，还有阴唇手术或将激光射入阴道，[8]而这是我们的母亲绝对不会去做的事。她指出，某些名人推广的所谓复合激素，并没有获得美国食品药品监督管理局的认证。

"女人们会说'我为什么想哭呢'，或者'我还没有绝经，为什么会抓狂呢'。"北美更年期学会执行理事、弗吉尼亚医护大学妇产科教授乔安·平克顿（JoAnn Pinkerton）说，"如果你的雌激素和黄体酮出现波动，那么生理期时，两项指标或其中一项可能就会忽高忽低。"[9]

围绝经期的女性常常抱怨失眠，性交疼痛，乳房疼痛、囊肿，以及食欲和精力上的变化，还有情绪波动、腹部凸起、注意力不集中，等等。所有这些症状都或多或少与激素有关。[10]

对一些人来说，这不是什么大事。但对另一些人来说，则可能是毁灭性的。美国退休人员协会的一项调查显示，84% 参与调查的女性表示绝经症状影响了她们的生活。[11]

"你看，"平克顿医生告诉我，"我们会告诉那些悲痛欲绝的人不要在一年内做重大改变，却从来没有人说过'不要在围绝经期做重大决定'。"

好主意啊，我想，我们可以放轻松，直到围绝经期结束。

"大概有多长时间呢？"我问平克顿医生，猜她会说一年，或者两年。

"有可能几个月，也有可能 10 到 13 年。"她说。

"我的天哪。"

"平均来看，是 4 年。"她说。但也补充道，对于女性来说，很重要的一点是要知道更年期"实际上比更年期前的过渡期要好过得多"。原因何在？因为绝经前期"是不可预测的，这取决于卵巢的状态。你可能会在 6 个月里经历严重的潮热，也不来月经，但此后 3 到 5 年依然会来月经，直到潮热再次出现"。

"卵巢功能的好坏取决于生理期以及精神和情绪状态，"平克顿医生说，"这都是联系在一起的。女性得明白，这是一段脆弱的时期，她们可以采取一些缓解措施。"

平克顿医生举了个例子："一个女人走进我的办公室说：'我恨我的丈夫，我恨我的婚姻。我要摆脱这一切。'她的丈夫在那天早些时候给我打过电话，说，'我注意到我的妻子在生理期期间，对事情的反应真的很夸张'。

最终，我们让她接受了心理治疗，服用了口服避孕药。避孕药能够稳定她的激素水平，心理咨询则让她看到了一些此前不明显的压力来源。我刚才见到她，她说自己的婚姻再好不过了。她意识到，让问题看起来无法解决的是更年期前的激素波动。一旦激素波动稳定下来——对她来说，得益于口服避孕药的抑制和心理咨询——她就会发现某些压力源于伴侣的工作、自己的工作以及他们的家庭问题。我要说的是，如果你处在更年期，那就得明白激素波动会放大实际的工作问题或家庭问题。只有激素波动趋于平稳，你才有可能正确看待问题。"

平克顿医生表示，睡眠时间充足也会加倍有益于女性的身体。"有多少女性每晚能睡 7 个小时？精神压力或身体压力大的时候，又有多少人能坚持锻炼？这通常是最先被放弃的事，但绝对是能帮助你度过这段时间的最有效方法之一。还有就是减压。"[12]

"在我的诊所，我们会画一个圆，然后把它变成时间划分的'车轮'。我一边听这些围绝经期的女性讲述，一边在圆圈中心画一个点，再画一条线，说，'现在，我们来看看你工作时间的占比'。接着我会说，'好，那照顾孩子的时间呢？如果是青春期的孩子，占比就更多'。'你的父母和公婆呢，要花多少精力照顾？'"

平克顿医生说，观察这个"车轮"有助于女性理解自己的情绪。如果她听到一个女人说"我为什么工作时容易急躁"，她就会说，"因为你有的不仅是工作。你有公司里的工作，也有家务，有家人需要照顾，还要承担社区里的工作"。

影响绝经症状持续时间及强度的另一个因素或许是种族。一项观察性的全国女性健康研究发现，白人女性出现潮热、夜间盗汗等围绝经期症状的时长中位数为近 7 年，日本女性约 5 年，非洲女性约 10 年，拉美裔女性约 9 年。[13]

另有研究表明，相比于美国女性和加拿大女性，日本女性出现潮热和夜间盗汗的情况要少得多。这可能同时受到生理和文化两方面的影响。[14]有一种理论认为，日本女性较少出现潮热现象的原因在于她们饮食中的豆制品。[15]这是有道理的，激素会受到饮食、压力、运动及睡眠的影响。虽然很难让所有人保持健康的体重，保证每晚 8 小时的睡眠，或者回到过去，从一开始就多吃豆制品，但至少从理论上讲是有可能得到改善的，这对我们来说也是一个好消息。

但我想知道的是，为什么美国 X 一代女性知道自己步入 40 岁后会发生一些变化，却说不清楚到底是什么？

一种答案是：否认。很长一段时间以来，我们努力假装自己在各个方面都和男人一样。几十年来，女性不得不声称，即便要经受经期、孕期或更年期各种症状的折磨，她们依然可以正常工作、生活，于是我们选择把这些症状最小化，面对他人时如此，面对自己时也是如此。为了不引起人们对性别的关注，我们假装无事发生。

毫无争议，婴儿潮一代女性开启了这种选择，她们穿着垫肩铠甲进入职场。在她们看来，隐藏自己作为女性，尤其是中年女性的种种不便是有道理的。1970 年，夏威夷州国会议员、致力于争取女性权利的竹本松（Patsy T. Mink）与马里兰州的退休外科医生、民主党国家优先事项委员会成员埃德加·F. 伯曼（Edgar F. Berman），就更年期对女性工作能力的影响展开了一场论辩。[16]

"就国家优先事项而言，"伯曼医生表示，"女性权利并不是最重要的。"因为"她们的激素水平会危及整个世界"。他说，可以想想看一位更年期的女总统需要就"猪湾事件"做出决策，一位银行行长"需要在不稳定的激素影响下发放贷款"，或一位怀孕的女飞行员需要进行一次艰难的着陆。换句话说，女性的激素非常强大，足以摧毁经济、导致数百人在爆炸中身亡，或引发核战争。

就连《纽约时报》援引的反对意见也没有好到哪里去。一位专家称，引发核战争的说法可能有些过头：女人或许恶毒，但不会在判断上犯如此严重的错误。"

带孩子们看完最新的《星球大战》后，我和一个朋友坐在她家的餐桌旁，孩子们在屋里跑来跑去。

"太难了，"她说起绝经的话题，"我原来觉得顺其自然是最好的，所以我一直在坚持。但两年过去了，我终于知道，这毁掉了我的生活！两年没睡过一个整觉！两年的潮热！两年的疲惫不堪！"

我对这些一无所知。我问她为什么没有早点告诉我。

"我很讨厌聊这些，"她说，"这就像在说你已经不能再作为真正的女人生活了，挺尴尬的。"

在我们身后，孩子们在楼梯上跑上跑下，笑得肆无忌惮。

最后，医生还是让她服用了抗抑郁药物，她觉得挺管用。

不过，这些药物也不是对谁都起作用。中西部一位电视新闻制片人告诉我，抗抑郁药物会让她感觉麻木，体重也会迅速增加。"40 岁左右，我曾深陷抑郁和焦虑，"她说，"我努力摆脱抑郁，却听到别人说，'哦，你是个 40 岁的女人了，看起来很沮丧。我会给你开些让你长胖的药'。"

约翰·哈里（Johann Hari）在 2018 年出版的《失去联结》（*Lost Connections*）一书中指出，我们的文化已经习惯了先用药物治疗抑郁，然后才问问题，并没有意识到有些不适是不能首先用医学解决的。他写到自己曾在越南一家丛林医院中乞求医生给他开一些止恶心的药，那位医生说："你需要这种恶心的感觉，它是一种信息，我们必须聆听这些信息。它会告诉你你的身体出了什么问题。"[17]

在我三十多岁深陷抑郁时，医生也给我开了抗抑郁的药物。我真希望当时也有更多机会了解自己抑郁的原因。现在我看得很清楚：我在工作中付出了太多，但只是在为与我价值观不同的人工作。我的孩子也很小，工作的时候我会有所牵挂。养家糊口的压力下，梦想着做一些有意义的事对我来说遥不可及。

我的老朋友，现在在新奥尔良做临床社会工作者的阿西娅·黄告诉我："作为临床工作者，我和人们讨论抑郁症时，会聊到三个方面：身体状态；内心状态或心理状态——我们治疗的对象；还有生活环境。如果环境恶劣，大多数时候你都会觉得难过。你会感到焦虑，不堪重负。如果你说'我要照顾年迈的父母，要上班，孩子年龄还小，我老公依然认同传统的性别分工'，那么你一定会感到难过。这不是因为你'抑郁'，而是因为你的生活确实艰难。不过在我看来不同的是，原来以为只有穷人会这样，现在发现所有人都是如此。"[18]

在 2015 年出版的《喜怒无常疯婆娘》（*Moody Bitches*）一书中，精神病学家朱莉·霍兰（Julie Holland）说情绪是"身体的神奇反馈系统"，我们正在使用"安慰食物、拿铁、酒精，以及抗抑郁药、止痛药、能量饮料、苯丙胺（安非他命）等各种各样、越来越多的神经调节物质来保持一种不自然的节奏"。[19]

"我相信男性也会因为外部环境的压力而需要服用抗抑郁药物，"一位中西部女性说道，"但作为女人，这一点让我更生气。我们的身体早已经不属于我们自己。"女性要遭受太多疼痛：痛经、分娩、乳房 X 光检查、巴氏涂片检查、母乳喂养——更别提还有修眉。"我们要承受的损耗太多，然而人们还期望我们看起来比实际年龄年轻。现在还要折腾大脑才能活在这个世界上。真是太难了。"

很多人从医生那里得到的帮助远比应得的少。2013 年，约翰斯·霍普金斯大学的一项调查发现，仅有五分之一的妇产科住院医师接受过正规的更年期医学培训。[20]妇科医生里都只有 20%，更不用说全科医生。一项调查显示，42% 的更年期女性从来没有和医生聊过绝经，仅有五分之一的人接受了更年期专家的建议。[21]北美更年期学会和其他组织正着手改变这一状况。你可以登录更年期学会的网站，输入邮编，找到你家附近经更年期学会认证的、有相关培训经验的妇科医生。[22]

如果你住在纽约，倒是有一位合适的人选——《更年期机密》（ *Menopause Confidential* ）一书的作者、妇科医生，且本人也处于更年期的塔拉·奥尔曼（Tara Allmen）。[23]奥尔曼医生告诉我，对于 X 一代女性来说，好消息还是有的："你们这一代人是受教育程度最高的。如今，所有人都深吸了一口气，终于明白了究竟谁才是激素治疗的获益者。你们是有希望的一代，应该想着'我们真幸运'——即使在互联网上以及年长医生或没有受过训练的年轻医生的观念中，依然有大量错误信息。"

事实证明，X 一代女性之所以从小到大都认为激素替代疗法——再说一次，它是唯一被证实能够治疗更年期症状的方法——很危险，是因为 2002 年医学界发生的事情。

20 世纪 90 年代，更年期成为热门话题。很多婴儿潮一代的女性正在对抗更年期症状。新闻和脱口秀节目也纷纷探讨，尤其是 1991 年，伯娜丁·希利（Bernadine Healy）成为美国国立卫生研究院历史上首位女性院长。两年后，她发起了女性健康倡议（WHI, Women's Health Initiative）——一项全国范围内的长期研究，关注激素疗法对绝经后女性的好处。但 2002 年 7 月，美国国立卫生研究院宣布提前终止对雌激素与黄体酮的研究，称它会增大患冠心病、中风、血栓和乳腺癌的风险。但有个问题是：女性健康倡议一直在研究激素对 50 岁至 79 岁女性的影响，试图弄清楚这种类型的激素治疗能让这个年龄段的女性远离心脏病和其他疾病的困扰。它并不是针对四五十岁女性的短期激素治疗。但很多中年女性一听到"癌症"，就立即放弃了激素替代疗法。

北美更年期学会的创始人伍尔夫·乌特安（Wulf Utian）医生在社论中称，结束这项研究的方式"很欠考虑、很突然，也不人道"[24]。2017 年，女性健康倡议最初的研究人员之一罗伯特·D. 兰格（Robert D. Langer）教授表示，2002 年报告中的错误给女性带来了很多不必要的痛苦。[25] 同年，北美更年期学会官方表示，激素疗法是针对潮热等更年期症状的"最有效疗法"，并补充道："对于不到 60 岁，或绝经 10 年内且无禁忌症的女性来说，针对令人心烦的 VMS（vasomotor symptoms，血管舒缩性症状，如潮热）或骨质疏松及骨折高风险人群的治疗，激素疗法的风险比是最有利的。"[26]

然而，这并没有平息女性甚至医生对激素治疗的恐惧——这种恐惧完全出于女性健康倡议带有误导性的研究报告。[27]

"对更年期女性来说，2002 年 7 月 9 日是一场噩梦，"美国权威的妇科健康专家之一、耶鲁大学的玛丽·简·明金（Mary Jane Minkin）说道，"这件事情很糟糕的一点在于，没有任何一位妇产科医生事先知道报告要发表，新闻报道上也出现了混乱。女性健康倡议的一位研究人员将消息透露给了《底特律自由新闻报》，称《美国医学会杂志》会在接下来的一周发布这项被禁的研究，但《底特律自由新闻报》抢占了先机。"[28]

"这就是《早安美国》的新闻来源，其在周二上午播出了报道。所有人都疯了，没有一个妇产科医生对此有所准备。而《美国医学会杂志》的文章直到 7 月 17 日才发表。

"那一周里，所有美国女性都把柜子里的激素用药冲进了厕所。这当然是很荒谬的，因为当时叫停的只有女性健康倡议的部分研究，而且是雌激素与黄体酮并行的研究。单独针对雌激素的研究又持续了两年，最终显示患乳腺癌的风险会降低而非升高。但当时你对一个美国女人说'乳腺癌'，她确实会慌乱，然后跑进厕所，把所有药都冲掉。

"虽然我一直很爱雌激素，我也不想在 2002 年 7 月 10 日成为美国的'激素怪物'。那就太可怕了。"

为了应对恐慌，北美更年期学会开始修改雌激素的使用指南，美国食品药品管理局发布了警告，美国的医学院基本停止了对激素治疗的教学。

"现在的状况是怎样的呢？一边是快到更年期的 X 一代女性，"

明金医生说道，"这一代人往往有些苛刻，而她们正经历着所有这些事情。**为什么会这样呢？到底发生了什么？**她们的妇产科医生不会跟她们说这些。她们只会听到'别太在意，会好的'或者'你可以试试SSRI（一种阻断血清素再吸收的抗抑郁药物），能缓解潮热，不过会导致性欲低下、体重增加'。可选项不是那么好，但医生也不知道如何进行激素治疗，它会让你得乳腺癌，你会死。"

"另一边是所有相信雌激素有害的内科医生，即使我要给人开药，也会有年轻的内科医生告诉她'明金在害你，别听她的'。这已经是巨大的打击，保险公司还要把治病变成真正的麻烦，因为我必须获得预先授权，而且很多药都很贵。"

"与此同时，还有金·卡戴珊医生、苏珊娜·萨默斯医生、奥普拉·温弗瑞医生、格温妮斯·帕特洛医生这样的权威发言人。"

明金医生拿过我的笔记本，认真地画了一条呈锯齿状下降的线。她说这是"2008 年 9 月的道琼斯工业指数"。

她说，这个图表和女性围绝经期卵巢功能波动的图表一样："它在下降，但不是一条平滑的线。"这种上下波动反映了很多人都经历过的不稳定的情绪波动。

她并不认为女性应该苦笑着隐忍。以下是她给我们的一些建议：

每天都要运动，特别是负重运动；保持良好的饮食习惯；保证充足的睡眠。

对于潮热，她建议准备便于穿脱的衣服，在床边放一套干爽的睡衣，这样如果半夜醒来，就可以快速换一身衣服。她还建议卧室的气温可以低一些，如果伴侣抱怨，就给他们准备电热毯。

其他非药物的东西也能让生活变得更轻松，比如速吸的月经内裤和经期记录应用程序。

在她看来，很多女性都可以考虑雌激素与黄体酮并行治疗（如果做过子宫切除手术，可以只选择雌激素治疗），用药片、贴剂、凝胶或喷雾等方式，不过很重要的一点是要在医生的指导下进行，因为它也存在风险，像服用避孕药一样（明金医生和奥尔曼医生都告诉我，低剂量的避孕药可以缓解我的围绝经期症状）。

低剂量的 SSRI 或 SNRI 抗抑郁药物有助于缓解潮热，加巴喷丁也可以。对于月经过多或经期不规律的情况，明金医生表示可以服用避孕药，或使用名为曼月乐的孕激素节育环。至于月见草精油或蜂花粉等草药及补品，并没有证据表明有好处，不过有些女性也说这些东西能让她们好受一些。有一些令人鼓舞的研究证实了黑升麻（毛茛科植物的一种）能够缓解潮热，不过和其他东西一样，它也有潜在的副作用。[29]

你很难筛选过滤这些建议，很可能一个新闻小标题就会彻底推翻一切。兰迪·爱泼斯坦在她关于激素历史的《激素小史》（ *Aroused* ）一书中写道："我们这些到了更年期的人，很难不去怀疑专家们的想法是不是又会有所改变。"[30]

达尔塞·施泰因克（ Darcey Steinke ）2019 年出版了《潮热日记》（ *Flash Count Diary* ），她每天都要经历好几次潮热，这本书是她对折磨身体的更年期意义的追寻。她发现，处于更年期的虎鲸——没错，虎鲸也有更年期——在觅食过程中，是鲸群的领导者。[31] 通过寻找中年时情绪变化和身体变化背后的原因，她获得了些许安慰，某些迹象表明这确实有用。

无论好坏，我们确实在经历转变。

在 2019 年出版的回忆录《深溪》(*Deep Creek*)中,帕姆·休斯敦(Pam Houston)对一位年轻女性的建议是:"我只想说,生命翻过这一页后,又是新的一页,你还可以有新的期待。因为你获得了智慧,熬过了激素变化,或只是度过了足够长的时间。只要你活得够久,就不会再执着于那些伤害你的事,最终,你将学会聆听自己的声音。"[32]

围绝经期可能持续数月或数年,多多少少都会带来改变,但它总有一天会结束。我们也会变得不同,更专注于对我们来说重要的事,更冷静。心理治疗师艾米·乔丹·琼斯(Amy Jordan Jones)告诉我:"在人生的这个阶段,我们开始明白不必取悦他人,最重要的是成为自己。"[33]

10 滤镜头像

"我们总听人说'勇敢做自己',但看看社交媒体照片墙吧。我不会上传自己的烂照片,我会用滤镜,给自己的滤镜加了一层又一层。"

参加派对的路上,我拿出手机,打开相机,翻转镜头,迎接我的是一张松弛、疲惫的脸,像干瘪的老太太,我倒吸了一口冷气。我擦了粉底,涂上口红,然后换了滤镜,又看了一眼。还是很恐怖,我把手机放下了。

我们的母亲和祖母会明智地把电话和镜子放在桌上、挂在墙上。但 X 一代女性会在可缩放的智能手机摄像头里发现自己的第一条皱纹,极易受其困扰。

"你疯了吗,朋友?"我的一位中年朋友对年轻人说道,他正准备给我们拍照,但选的角度不太好,"我们可不是小年轻了。来吧,从上面拍,站在椅子上。"

　　我婴儿潮时期出生的朋友用的头像很可能是工作牌证件照。千禧一代一直在换头像。但很少有 X 一代女性的社交媒体头像是不经修饰、不加边框或滤镜的。最近接孩子放学时，我会四下看看，但发现几乎无法根据脸书头像认出任何一位父母。

　　看惯了那些用修图软件修过的脸，很多人都被洗脑，认为四十多岁的人不应该有皱纹。

　　"我会第一个告诉你我在努力，"一位硅谷高管告诉我，"我每天都运动，吃得超级健康，还打过瘦脸针。因为我不想变老，不想被排挤。不管其他人怎么说，男人也好、女人也好，你走进房间，在工作场合第一次和别人见面，别人总会对你有第一印象的评估。我不想失去这种优势，这也算是危机的一部分：我会因为'快看，邋遢的中年女人来了'而失去优势吗？"

　　当然，这种害怕显老的心理并不是什么新鲜事。有天晚上，我看了很多年里一直没看的《日落大道》。电影中，前默片明星诺曼·德斯蒙德（Norma Desmond）躲在家里，拒绝承认时间已逝，物是人非。她是个哀悼自己的青春和性感魅力已逝的可怜人。可你知道诺曼·德斯蒙德在那部电影里有多大吗？ 50 岁。

　　此前，做整形手术的平均年龄超过 50 岁，但女性接受整形外科手术的年龄越来越小。根据美国整形外科医师协会的数据，2015 年接受整形手术的人中，40 至 54 岁的有超过 760 万人。2000 年至 2016 年，做胶原蛋白填充手术的人增加了 3 倍，打肉毒杆菌及类似针剂的增加了 8 倍，做上臂提拉的增加了 51.84 倍。[1]这意味着如果你什么都没做，你看起来不仅会比你的年轻同事老，也会比很多同龄人老。

　　"我好像突然就老了，"在一次后院派对上，和我一起围在火炉旁的女士说道，"就好像 5 分钟前，我还很年轻。"

她的脸书头像用的是她小时候的照片。

X 一代跨越了前互联网时代和后互联网时代。最年轻的 X 一代大学毕业时，社交媒体还没出现。[2] 2004 年脸书创立，2007 年苹果手机问世。很多年轻的 X 一代和最早一批千禧一代通过阴郁的游戏《俄勒冈之路》（*Oregon Trail*）进入了计算机世界，这或许很恰切——该游戏常常以你和你的所有朋友死于痢疾而告终。[3] 我自己很喜欢这个游戏。再来，再来！说不定这一次我们得的就是霍乱了！

在《X 一代的关键时刻：最后的成人一代如何从千禧一代手中拯救美国》（*Zero Hour for Gen X: How the Last Adult Generation Can Save America from Millennials*）一书中，马修·亨尼西（Matthew Hennessey）以诗意的口吻讲述了前计算机时代："我们在模拟技术出现以前长大，铅笔、钢笔、笔记本、书、索引卡片、杜威十进分类法、报纸、杂志、过刊、海报、邮购（抱歉，没有货到付款）、唱片、唱片机、磁带、音响、音像店、固定电话、答录机……"[4] 作为前互联网时代长大的人，我们并没有对网络世界的天然免疫力。我们这些可怜的，在索尼随身听、哥伦比亚唱片俱乐部、付费电话和打字机的原始混沌中形成的 20 世纪七八十年代的大脑，现在却要跟上照片墙快拍动态的脚步。

等等，就一秒。

珍妮·C 在照片墙上关注了我。她是谁来着？哦哦，她有孩子？哇，她的宝宝好萌！我真希望我能再生一个孩子，太晚了，好吧。《堡垒之夜》游戏里的表情包不错。嘿，阿兰娜的宝宝越来越大了，唉，好多宝宝。韦伦怎么跑巴黎去了？杰米在意大利，丽莎在印度。我也想去巴黎、印度、意大利。我怎么突然变丧了？

　　社交媒体不仅会让我们对自己的相貌不满意，就像我们经常听到的那样，它也会让我们因自己不完美的生活而感到羞愧。专家表示，脸书确实做到了这一点[5]，"它展现了最有趣、最开心、最吸引人的生活，在不断的比较中，我们会觉得自己一无是处"[6]。

　　"我们对于生活可能性的了解比以往任何时候都多，"精神分析学家亚当·菲利普斯（Adam Phillips）在《错失良机》（Missing Out）一书中写道，"生活富裕了，更多的人开始思考生活中的选择。我们会想象自己的潜能，想象自己能成为什么人，能做什么事，并因此饱受困扰。"[7]

　　社交媒体鼓励我们采用节日信件中的得意语气，一切都是元气满满的自我夸耀。要是有人能诚实写下这些句子就好了："孩子在学校里表现很不好，我们很失望。我们已经一年没有性生活了。感恩节时，我们和布拉德的妹妹大吵了一架，之后就没有和他家那边的人说过话。我讨厌我的工作，但又没钱。节日快乐！"要是我们能在社交媒体上做到坦诚而真挚就好了。

　　我的X一代朋友告诉我，有一天她问了千禧一代的同事一个问题："你们整天都在互相发表情包，就不担心收到的人觉得无聊吗？"她说同事们看着她，就像看疯子一样。

　　就在那时，她意识到只有我们这一代人会在沟通问题上想太多。"我们的父母和祖父母也总会发发剪报，但不会担心别人觉得他们烦。现在的孩子们也会随手发表情包。你知道为什么吗？因为他们不会苦恼。他们不会一直审视自己。而我们呢，我们会因为一盘混音带苦恼几个星期，终于送给别人时，也会说一句，'没什么，不喜欢也没关系'。"

北卡罗来纳州的一位女性告诉我，对她来说，社交媒体是可以展现完美生活的机会——即便这种生活并不真实存在："没有人会知道你在早上 8 点已经换了三件衬衫，第一件被孩子当纸巾用了，第二件因为忘了拧紧杯盖，洒上了咖啡。也没有人会知道你在脸书上发的一家人完美的海滩照是从一大堆照片里挑出来的，其他照片里，孩子们互相朝对方脸上扔着沙子，最小的孩子还想吃掉海鸥的粪便。"

心理治疗师德博拉·卢普尼茨（Deborah Luepnitz）告诉我，找她咨询的 X 一代常与他人比较，并因此饱受困扰。当她告诉他们每个人的生活都很不容易时，他们会说："那是你不认识我们隔壁的那对夫妇。"每个人身边都有这样的例子："住在街对面的那一家人，房子很漂亮，而且一直很干净。夫妻俩是各自行业的顶尖人物，孩子还是获奖的体操运动员。他们看起来没有一点压力，不用对着治疗师哭诉，也从不抱怨。他们只是享受生活，很舒适，很低调！"德博拉的建议是，永远不要把自己真正的生活和其他人表面上的生活进行对比："我向你保证，一定有人会认为你的生活很完美，他们不了解你的难处。"

也许我们应该拒绝这种"赢在社交媒体"的游戏。维持表面形象是很累的，一直炫耀也会疏远其他人。不仅如此，在社交媒体上用短短几句话记录自己的生活，或许还有另一个更具破坏性的缺点：我们无法由此思考生活中更宏大的脉络。

不过，即便不发动态，我们也会被手机困住。我们的母亲和祖母在生命中最忙碌的阶段不会围着智能手机——这台需要充电、更新系统，控制着我们情绪按钮的小小机器——生活。在手机上，我们可以看到自己有多少钱、其他人的生活有多开心，看到每个人的政治观点以及谁没有回复消息。这种持续不断的干扰正好发生在我们生命中最需要集中注意力的阶段。

虽然知道会看到一些让人不快的东西，我还是想刷社交媒体。我并不是真的喜欢刷，我几乎没有学到过任何有用的东西，[8]我也不会感到内心温暖。但我还是好奇，社交媒体就像一个神秘的盲盒，每次打开，都会发现一些新东西——小猫！刚出生的萌娃！前任的结婚照！理智告诉你别管这些，看到另一只小猫、另一个孩子并没有什么意义，更不用说你那兴高采烈的前任。但我还是盯着手机，打开一个又一个App。时间就这样过去了。[9]

睡觉前，我用银行App支付了一笔账单，发了一封有关潜在工作项目的邮件，联系了一些朋友，玩了一会儿拼字游戏，反复查看交通App，刷了一会儿社交媒体和突发新闻，了解全球局势。还看到朋友在海滩上享受日落，十分嫉妒。（为什么我总有朋友在海滩上？）

半夜醒来，我觉得有点热，打开了窗户，把头发扎成马尾，喝了点水。我看了一眼手机，删掉了几条信息，看到了垃圾邮件，我不假思索地取消了订阅，然后爬回床上。我躺在床上心想，如果打开垃圾邮件，我的邮箱被黑客攻击了怎么办？要是我的邮箱凌晨两点给所有人群发了汉堡王的广告怎么办？

我们都知道，长时间盯着屏幕会导致睡眠质量变差。[10]和千禧一代或婴儿潮一代相比，X一代更沉迷于社交网络。2017年，尼尔森公司的数据显示，我们每周盯着手机的时间接近7小时，比18岁至34岁的人多40分钟。[11]2017年的全国报告显示，在每晚睡眠超过7小时的人群中，围绝经期女性排在最后一位，倒数第二位是绝经后的女性。[12]

女人们聚在一起时，经常聊的话题之一就是如何入睡、如何保持睡眠状态。有些人深信白噪声、花草茶或褪黑素的效果。我的朋友雪莉在亚洲商店买了一款名为美舒律的蒸汽眼罩，是一次性眼罩，会自动发热，有薰衣草的香味。"看起来就像在脸上戴了一个护垫，"雪莉说，"但它真的很管用。"

"步入 40 岁后，我们在各种困境中挣扎。事业处于中期，孩子还没长大，要照顾父母（不管他们发生了什么），还要面对重大的财务问题，"临床心理学家、纽约睡眠医生公司（NYC Sleep Doctor）创始人珍妮特·K. 肯尼迪（Janet K. Kennedy）说道，"压力很大。一点点激素变化就很容易影响睡眠。激素变化剧烈时，就有可能失眠、作息不规律，或半夜醒来。可能只出现其中一种情况，也可能全部都有。最难的是，你无法预测。"

《要忙，就忙得有意义》（*Off the Clock: Feel Less Busy While Getting More Done*）一书的作者劳拉·范德卡姆（Laura Vanderkam）表示，手机不仅剥夺了我们的睡眠，还会造成恐慌，总让我们觉得时间不够用。[13] 她说，如果我们记录一天的时间，就会发现必要的时间就那么多。她让 900 人记录自己一天的时间，然后将觉得时间充裕的人和觉得匆忙、焦虑、不开心的人进行了对比。

"我发现，感觉更轻松的人查看手机的频率更低，"她说，"把时间变成碎片式的，它就不再像空闲时间了。而且大多数时候，你根本不是在处理工作……等红灯、陪孩子玩无聊游戏、坐着等他们穿好鞋子上车……把这破玩意儿调成飞行模式吧。"

我知道我应该这么做。写这本书时，我和很多治疗师聊过，没有一个人说要多看手机。

"我们被生活的信息量和速度压垮，"雪莉·特克尔（Sherry Turkle）在《群体性孤独》（*Alone Together*）一书中写道，"转而寻求科技的帮助，希望找回时间。但科技让我们变得比以前更忙碌、更渴望寻找退路……科技重塑了我们的情感生活，但它为我们提供了真正想要的生活吗？"[14]

我睡觉的时候都在想这些。我决定等到早上，至少喝一杯咖啡之后，再看手机。

手机闹钟响了，我想关掉的时候，看到了一堆消息。我躺在床上，刷了起来。

推特上公布了一系列文学奖的名单，上面没有我。我今年其实没有资格，但还是觉得很不好受。今天会有反对性侵的罢工。天啊，看看这些性侵案件。天啊，天啊，我的天。哦，我看到了关于"转移注意力的宣传手段"的争论。别吵架啊，朋友们！但他们已经在吵了。

客观来看，过去几代美国女性中年时面对世界的压力比我们更大。作为第二次世界大战或经济大萧条时期出生的人，我们的母亲和祖母并没有太多决定自己生活的权利。她们生活的世界不仅受到经济衰退的影响，还充斥着暗杀和战争。也许是现在的生活方式让我们感觉更糟，也许是世界对我们太过苛求。

我们知道公司和政治机构会利用社交媒体传播愤怒情绪、错误信息，尤其还会引发恐慌，但知道这些却并无裨益。2016 年大选期间，人们很难对新闻的急速变化视而不见，我们知道的很多消息经由渠道过滤，而这些渠道——温和地说——并不关心真相，也不在乎选民的知情权。[15] 每天都有更戏剧化、更丑恶的事件发生，每天都有令人震惊的指控，有关强奸、恐怖主义、枪支暴力的报道越来越多。[16]

心理治疗师表示，出现令人沮丧的新闻消息时，病人的焦虑情绪也会增强。一位医生新造了一个术语——"标题应激障碍"。[17]民调公司盖洛普的报告显示，2016 年大选对很多美国人来说是"巨大的压力来源"。虽然自大选以来，民主党人的担忧更多，但独立派人士和共和党人也没有轻松多少。最担心的是女性、黑人、年收入超过 9 万美元的群体，以及年龄在 30 岁至 45 岁的人。[18]盖洛普的调查发现，2017 年美国人的整体幸福感显著下降，突出表现在情感及心理两项指标上，而在所有群体中，女性受影响最大。[19]

一位 X 一代女性告诉我，自从大选开始，她"每天都处在一级戒备状态，感觉自己的脑袋要爆炸了"。

美国心理协会针对美国人压力的调查显示，超过一半的美国人认为如今是美国历史上最糟糕的时刻——不仅 X 一代抱持这样的观点，住在珍珠港附近的年长一代以及童年记忆中包含"9·11"事件的初中生都是如此。[20]

我打电话给美国心理协会，想知道研究人员是否对如此多的美国人陷入绝望感到惊讶。

"没错，确实惊讶，"研究小组成员韦尔·赖特（Vaile Wright）表示，"尤其四代人中都有人这样认为。涉世未深的年轻人说这是美国最糟糕的时期似乎还可以理解，但婴儿潮一代的年长者，所有人都说压力很大。这更令人惊讶。"[21]

在这四代人中，X 一代的焦虑程度是最高的。

互联网加剧了原本就存在的焦虑，也让中年人更强烈地意识到了原本就已经在经受考验的身体发福。

一天下午，坐在我对面的一位同事面如土色。"刚才电梯里有人向我表示祝贺，"她说，"她以为我怀孕了。我说'没有，我只是胖了'，然后想一笑了之，但大家都很尴尬。"

这就是你永远不要向别人祝贺怀孕的原因，除非你真的看到她生了孩子。只有真的到了那种圆满的时候，你才能说，"天啊，你要当妈妈了？"

2011 年，一项针对不同年龄段的综合研究显示，美国 38% 的中年女性面临肥胖问题。[22] 这个世界上的厕所隔间、飞机座椅和餐厅座椅，设计的时候都没有考虑这一事实。美国女性平均穿 XL 号的衣服，但时尚行业依然在迎合瘦人。[23]《天桥骄子》（Project Runway）的主持人蒂姆·古恩（Tim Gunn）在《华盛顿邮报》的一篇文章中写道："许多设计师——或因为鄙夷，或因为缺乏想象力，或只是太胆怯而不敢接受挑战——依然拒绝设计（大码女装）。"[24]

X 一代女性往往试图改变身材，却发现中年时身体已经很难改变。"那种认为每个人都可以拥有自己想要身材的错觉是很令人痛苦的，尤其对于女性来说，"巴里·施瓦茨（Barry Schwartz）在《选择的悖论：为何多即是少》（The Paradox of Choice: Why More Is Less）一书中写道，"尤其在我们这样的社会中，'理想'身材的标准就是苗条。"[25]

朱迪斯·A. 霍克（Judith A. Houck）教授是讲述更年期历史的《心烦意乱》（Hot and Bothered）[26] 一书的作者，她告诉我，女性想改变身材的愿望常常变成一种认为自己有义务这样做的错觉。霍克提到一种名为 "twilight sleep"（暮光睡眠）的老式半麻醉分娩法，这种麻醉状态不会消除分娩的任何痛苦，但可以抹去女性对分娩的记忆。

"这是要求更多医疗干预造成的一种代表性讽刺现象,"霍克说,"中产阶级女性希望对分娩有更多掌控权,她们希望痛苦更少,创伤更小。"她们要求做半麻醉,但做了之后,就会发现有巨大的问题。"这个例子能够很好地说明混乱状态一直存在。你想要更多医疗照顾,因为你有很严重的问题,但一旦得到,就会发现各种副作用。医疗护理的各种意外后果是很复杂的。"

我们这一代女性最不需要听到的就是,为了保持身材,你得努力多运动。很多女性都把 Fitbit 这样的计步器绑在手腕上,这些东西监视着我们的一举一动。年轻时,经常听到别人称赞我们的身体。现在,身体引发的则是另一种完全不同的关注——监督审视。我们的身体一直处于监视之下,我们既是瞭望塔上的守卫,又是囚犯。

"我才不要内心平静,"我问一个朋友为什么跳过瑜伽课结尾的大休息式时,她打趣道,"我要身材。"她并不是唯一这样做的人。过去 20 年里,人们越来越注意自我管理。

当我们表达不满时,很多年长女性给出的建议都是让我们保持身材。我看到和我年龄相仿的女性在健身房的跑步机上那么坚定,不断努力运动。从早间电视节目到晚间新闻,各种专家告诉我们要做家务表、把一部分工资存起来、整理衣橱、把身体质量指数(BMI)控制在 25 以下。没有什么比女性自我感觉糟糕更能拉动经济增长的了。然而,正如奥利弗·布克曼(Oliver Burkeman)在《解药:无法忍受正面思考的人如何获得幸福》(*The Antidote: Happiness for People Who Can't Stand Positive Thinking*)中所写的那样:"努力变得幸福,往往是让我们痛苦的原因。"[27]

换句话说,"那些试图拒绝苦难的人,"W.H. 奥登在一篇关于莎士比亚笔下人物的文章中写道，"不仅无法避免苦难，还会陷入更深的罪恶和苦难之中。"在奥登看来，莎士比亚戏剧中的每个人物都很痛苦。区别在于在悲剧中，痛苦导致"盲目、蔑视、仇恨"，而在喜剧中，痛苦带来"自知、忏悔、宽恕和爱"。[28]

我们听到的关于如何避免痛苦的大量建议强化了一个观点，即 X 一代女性不需要被特别强调，我们必须做得更多、更努力，尝试更多课程、更多家务、更多责任。但事实是，最不会受到谴责的生活方式不一定能揭示问题所在。

"我记得我第二个孩子出生后，"一位朋友说，"我每年都会重 3 磅（约 1.4 公斤），心想，嗯……这不大好，我要努力解决这个问题之类的，但有些时候，我会想，我就不能只当个妈妈吗？我也不一定要风韵犹存吧？我快 40 岁了，倒是也到了'风韵犹存'的年龄，但我就不能只当个松弛的妈妈吗？我们有得到过允许，可以看起来像 40 岁而不是 20 岁吗？可以变老吗？而且都还不算老，虽然会说'嗯，我喝了两杯，让我缓缓'。我不想去做普拉提。我记得我们的妈妈，也不是所有人都在 40 岁时看起来那么漂亮。"

第二次女权浪潮的领导者、活动家、作家，以"个人的即政治的"这句名言而闻名的卡罗尔·哈尼施（Carol Hanisch）告诉我，在某些方面，20 世纪 70 年代的女性生活得更好："现在的女性是否过得更好还有待讨论。的确，进入职场的女性越来越多，但另一方面，过去我们并不会被迫剃除隐私部位的毛发，也不必穿细高跟鞋。"[29]

密歇根的一位女士告诉我，直到中年，她才终于能够放下对自己身体的羞耻感。"我二十几岁的时候当过酒保，"她告诉我，"我那时有一笔隆胸基金。客人们会给我额外的小费，因为我的胸真的很平。

我攒了好几千美元，想去做手术，但谢天谢地，我脑袋里有个小小的声音在说'别做'。我用那笔钱买了沙发和冰箱，很高兴。我记得有位女士对我说，'亲爱的，别那么做。等到了 40 岁，胸会变大'。她说得对。我现在丰满了一些，她的确是对的。"

朱迪斯·霍克认为女性在人生的这个阶段不应该对自己那么严苛。自我否定并不是天生的美德，她说："拒绝巧克力就能获得一些好处，这种想法究竟从何而来？"

不过，在霍克提出这个问题之前，我并没有想太多。我们为什么不能又矮又胖、爱发牢骚或不克制呢？我想到我心目中的英雄，无论是给予我鼓励的老师、我努力效仿的作家，还是小时候待我很好的亲戚，没有人会被误认为是超级名模。

"在这个世界上，"霍克说，"生活在一个有些失控的身体里，并不是最糟糕的事。"

缓解社交媒体带来的不安全感的方法之一是用真实的联结取代虚拟的联结。中年女性们告诉我，中年生活的礼物之一就是和其他女性建立联系。

我开始发现，不管在什么地方，只要几个和我同龄的女人聚在一起，就会产生革命情谊。

"我讨厌这样。"在纽约一家诊所的候诊室里，一位身穿隔离衣、神情疲惫的女士对我和在场的其他人说道。我们一起坐在那里，翻着过期的 InStyle 杂志，超声波检查遗留的耦合剂粘在胸部，让那件蓝色的"向前方敞开"的衣服紧贴着身体。

每个人都发出了同情的声音。

她的检查结果最先出来，一切正常。她看上去很惊讶。"好吧，那我就放心了。"她说。我们为她的好消息欢呼，仿佛我们已经认识她很久了。

你可以参加自发的互助小组，也可以自己组织。围绕共同兴趣进行社交活动的文化一直都有。在 2000 年出版的著名的《独自打保龄》（*Bowling Alone*）一书中，罗伯特·帕特南（Robert Putnam）指出，我们已经远离了这种文化。15 年后，他在《我们的孩子：危机中的美国梦》（*Our Kids: The American Dream in Crisis*）一书中再次探讨了这个问题。帕特南写道，"过去 20 年里，家庭或非家庭的联结都在弱化，"非家庭的联结甚至萎缩得更为迅速。"美国人的社交网络正在向内收缩，剩下的是更少、更密集、更同质化、更偏向家庭（更少非家庭）的联结。"[30]

40 岁后，相比原来顺其自然的联系，我决心让自己得到更多支持，发展更多友谊。所以我开始努力规划。

"就好像 40 岁的时候，你意识到生活中需要更多女人，于是也照做了。"我丈夫说。

我是受到了我儿子的启发。去年他 11 岁，和学校里一个 12 岁的女孩组成了英国俱乐部。之后，这个俱乐部一直存在。他们两个人每周五的午餐时间见面，把英国国旗钉在墙上，然后喝茶、吃英式甜点、用英音交流。他们甚至还有秘密的握手方式，翘起小指，假装碰一下茶杯，然后大喊："敬伦敦！"

为了抓住英国俱乐部这种神经质的魔力，我尽可能多地加入了自己的组织。我参加了一个每月一次的扑克牌局，赌注很小，在每个人家里轮流进行。我还加入了一个朋友的冷知识小组，整个夏天，每周都在比赛。我和我的拼字游戏"死对头"丽莎每年都会约上几次，也会定期跟艾米丽一起度过"字谜之夜"。

今年最有野心的活动是我和两位作家朋友为非虚构女性作家打造了"酒吧之夜",我们在一起交流写作心得,玩《大雄鹿猎人》游戏,然后——用洋葱网站的经典形容来说——女生玩嗨了之后,就会开始"疯狂印证彼此糟糕透顶的生活"。[31]我们每个月在小酒吧见一次,大概两小时,酒和小食都很便宜,对所有人来说,价格都不会成为负担。我们把组织命名为"知音女记者"1,和那个过时的、对女记者带有轻蔑含义的称谓一样。第一次聚会时,我们预想有 10 人参加,结果来了 50 人,有几个还是从很远的地方过来的。我想**也许我们需要这种活动**,聊聊编辑的八卦,互相请对方喝一杯酒。

所有人都知道,人到中年很难结交新朋友。正如一位作家所说:"步入中年后,那些昂扬探索的日子,那些觉得生活就像大型盲选约会的日子,渐渐消失不见了。日程很满,不停有重要的事出现,人们对朋友的要求也往往更加挑剔。"[32]我发现解决这一问题的方法之一就是在麻烦事中建立联系。我和我的朋友塔拉每周会联系几次,一般都是在排队或散步的几分钟空闲里。"我只有愿意和我一起去 CVS 药店的朋友。"她说。

针对这个年龄段的女性,我自认为有两个不错的建议。一个是一旦你出现围绝经期的症状,就要找一位和善的、经过北美更年期学会认证的妇科医生咨询。另一个就是——成立俱乐部。书友会能给你一个阅读、和朋友见面的理由,也可以成立其他俱乐部。边织毛线边抱怨俱乐部、外出跳舞俱乐部、"玛格丽特周一"俱乐部、"吃遍比萨店"

1　原文为"Sob Sisters",指写情感文章的女记者。

俱乐部，或许还可以是"中年危机入门"俱乐部。

如果找不到人一起，你可以加入全国各地涌现的社交网络组织，从中老年女性聚会到蒂芙尼·杜芙（Tiffany Dufu）创建的付费职业团体 Cru，一应俱全。[33] 忙得焦头烂额时，再在日程表上加一项似乎有悖常理，就像已经很热的时候还要再戴一条围巾，但它值得。"中年——尤其对年青一代的女性来说——是很诡异的。"我的一个朋友说道。她将中年俱乐部称为"你自己选择的经期小屋"[1]。

我发现每一两个月抽出两个小时，比如每个月第三周的周一，晚上 7 点到 9 点，在酒吧放松一下或在教堂地下室里聚个餐，是很有帮助的。不是所有人每次都会参加，但幸运的话，每次都会有一群人，而且所有成员一年总会参加几次。我的朋友比兹会定期举办很多活动，包括一年一度的肯塔基赛马派对，喧闹又欢乐，人们喝着薄荷茱莉普，戴着滑稽的帽子。他告诉我："你必须找到让成年生活变有趣的方法。"

俱乐部之夜，我们对彼此微笑着，房间里满是有皱纹的脸。但一时之间，并没有人在意。

1　经期小屋（menstruation hut）存在于某些文化中。处于经期的女性单独生活在一个小屋子里，与家人隔开。

11 新的故事

"有一种观点认为，女性必须拥有超能力。一面是：'当然了，我们能做到。'另一面是：'凭什么？这很荒谬。'"

她纵情幻想未来的日子。春天，夏天，所有属于她的时光。她迅速祈祷，希望自己的生命长久一些。而就在昨天，她才因为生命的漫长不寒而栗。

——凯特·萧邦（Kate Chopin），《一小时的故事》，1894年 [1]

和往常一样，我在凌晨 4 点醒来，没过多久又睡着了。这之间的清醒时刻，我没有咒骂熟睡的丈夫，没有想眼下的经济状况或工作前景，也没有想国家政治。我不害怕即将到来的新一天。我只是翻了个身，再有意识的时候，闹钟响了，该做早餐了。

写这本书治愈了我的中年危机。我本已经放弃希望，不再相信有什么灵丹妙药能让中年生活变轻松，但我现在知道，很多事情会让生活变得更难或更简单，我也会相应做出改变。

我有一支堪比《十一罗汉》(*Ocean's Eleven*) 的队伍。我认识一位优秀的心理治疗师，需要的时候可以去找她；还有一位了解自由职业变化的会计师；我和母亲找了一位遗产规划律师，整理了每个人的遗嘱、医疗委托书和其他文件。我有可以缝边的裁缝，有做链球菌检查的急诊诊所，还有一位十几岁的"乌龟保姆"，可以在我们出城时帮忙照顾乌龟。我参加了一些俱乐部活动，这样就可以和同行还有我喜欢的邻居经常联系。

在生活细节方面，我也弄清楚了对我来说哪些不好（喝太多酒、刷社交媒体）、哪些很好（一日三餐、散步时呼吸新鲜空气），并试着践行——或者至少不会被某些事情杀个措手不及，比如在派对之后的清晨或在电脑前工作一整天后感到绝望。

我开始服用含有雌激素和黄体酮（激素替代疗法中使用的激素）的低剂量避孕药，据说适应期会持续三到四个月，过程很艰难，我的月经更不规律了。我喝了很多水，确信自己的体重再也不会减轻。后来这些问题都不见了，我进入了更稳定的阶段。

然后，突然间，我停经了。我在想会不会是提前绝经，但至少目前来看并不是。我的新医生（我换掉了给我开蜜蜂花粉的医生）告诉我，药物会抑制排卵。这意味着子宫里可能没有什么东西需要排出了，所以要么只有一点点月经，要么就是完全停经。不过我并不想念它。

我的身体不再让我分心，我能够更清楚地思考自己在这个世界上的位置——不是天真的少女，而是母亲、老师、邻居，或（大胆想象中）风韵犹存的女人。"看看这是谁，都会走路啦！"最近，我对着街区里一个刚会走路的宝宝喊道。放在以前，在我深陷忧虑或自我批判的迷雾中时，我可能会脑补那个孩子在我不注意的情况下，站在滑板上摔下人行道。

我的期待变低了很多。我不再相信这个年纪我应该拥有坚硬的腹肌、平稳的情绪或 100 万美元存款。和身边的同龄女性在一起，听她们坦诚地聊自己的生活会让我舒服很多。

我也变得更有耐心了。我知道围绝经期对很多女性来说都很不好过，但它总会结束的。不管我做了什么或不做什么，不出十年，一切都会不一样的。我结识了一些更年长的女性朋友，她们用亲身经历告诉我，未来是有可能更平静的。

注意，我说的这些都不属于通常意义上"自我照顾"的范畴。水疗或面部护理这样的短期福利就像在骨折的地方贴创可贴一样。我们的问题不是靠自己就能解决的。在人生的这个阶段，我们最不需要的就是自我帮助。每个人都不断告诉我们应该做什么，好像那些方法可以一键解决人生难题。但在这个阶段，我们需要的不是更多建议，而是安抚。

我要面对的最大中年问题之一就是焦虑，以及那种始终存在的"**我不应该焦虑**"的想法。这是不合理的，坦白说，不焦虑才奇怪呢。人类天然地会认为自己面临的处境很不公平。[2]就像喜剧演员蒂姆·明钦（Tim Minchin）2013 年在澳大利亚的一次毕业典礼上所说："我们进化不是为了不断满足。那些满足于现状的直立人，还没来得及延续后代就被吃掉了。"[3]奇怪的是，知道自己在这个世界上有各种抓狂的理由反而会让我放松很多。

对我来说，要想在中年收获平静，第一步就是要明白这场游戏是被操纵的。如果我们觉得现阶段更难，只能说明我们投入的关注更多。

这是人生中一段坎坷的路，我们不应该期望事事顺利。

"女性并没有准备好'拥有一切'，我指的并不是成功意义上的'一切'，"伊芙·巴比茨（Eve Babitz）在《慢日子，快生活》（*Slow Days, Fast Company*）一书中写道，"这里的'一切'不是和王子永远幸福地生活在一起（即使婚姻破裂或者王子和保姆私奔，至少都有人告诉你该怎么办）。女性的生活并不存在先例指导，没有人告诉你得到'一切'之后才发现'一切'并不是答案该怎么办。"[4]

我非常清楚，人们很容易用这些事实反击女性，宣称女权主义会让我们不开心。啊哈，你不喜欢这些可能性吗？反派的声音响起。没**问题！我们把它拿走！**

我不是在批评选择，只是在说选择太多，得到的支持又太少，这让人很难堪。在工作和家庭中扮演完全平等的角色、有丰富多彩的社交生活、能为社会做出贡献、保持身材——比起只做到其中一件，做到所有这些事要困难得多。我们想要更多，也得到了更多，这样才更公平。但容易吗？不容易。

2018 年 12 月的一个晚上，托尼奖获奖演员、歌手托尼娅·皮金斯（Tonya Pinkins）在舞台上说起自己的更年期经历时补充道："跟几十年前相比，现在的生活要好得多，但这既有好处也有坏处。"[5] 我们在人生这个阶段展望未来时，或许也是"既有好处也有坏处"。

今年听到的其他女性的故事，终于让我明白我们的期望是如此荒谬。我采访过的很多女性——客观上很成功的女性，都因自己认为的失败而感到羞愧。

如果我们没有失败会怎样？做对了又会怎样？但不管怎么说，或许我们已经足够好了。

"过去，你可能会根据三四件事来评价自己，"创新领导力中心的高级研究员珍妮弗·J. 迪尔（Jennifer J. Deal）说道，"你的外貌、房子、丈夫、孩子。但现在不只是这些，还有你的事业、财务状况，生活有多环保、身体有多健康，等等。"[6]

很多 X 一代女性告诉我，她们从小就相信，如果你什么都不关心，就是在浪费机会。她们身负压力，想抓住她们的母亲和祖母不曾拥有的机会。但这个过程令她们精疲力竭。

"我认识的那些快乐的人，都知道自己无法面面俱到，"迪尔说，"你得决定自己要在乎什么。如果所有事对你来说都很重要，你会疯掉的。"

但这就是目前的现实。我们听到的是，只要有足够的创造力或意志力，就能解决问题。

我无数次听到女性们说她们很绝望、很疲惫，但她们会冥想、做瑜伽、接受心理治疗，或一周去三次教堂。她们更强的精神支柱是奥普拉。她们排毒、静修、做水疗、美容、做整形手术。她们知道，自己很快就会发现是哪些失误让她们到了这个年纪还没有过上预想的生活，然后，就可以回归正轨。

"'拥有一切'这句话失去女性青睐的那一刻，健康就会被重新提上日程，"塔菲·布罗德塞尔 - 安科纳（Taffy Brodesser-Akner）在一篇关于格温妮斯·帕特洛的 Goop 线上社区的文章中写道，"转眼间，健康的观念已经入侵我们生活的方方面面：夏至促销活动是健康，公园里的瑜伽是健康……SoulCycle 动感单车工作室、阿萨伊浆果产品、抗氧化剂、'身心'这个词、冥想、我儿子从学校带回家的正念钵、康普茶、印度香茶、果汁店、燕麦牛奶、杏仁牛奶，还有各种从技术上无法变成牛奶的物质所做的牛奶，都是健康。"[7]

过了几个月"健康生活"后，布罗德塞尔 - 安科纳顿悟："我们注定要用余生去追求。目标令人痛苦，健康也令人痛苦。一旦你完成一些目标，就会发现前面还有无限多的可能性，如果失去这些，生活就会变得很可怕。"

我的饮食很好，时不时还试着去大自然里走走，但我并不妄想这些东西会化解中年危机。这样做只是为了获得一种新的叙事。

有一则现实世界的故事，对我自己很有帮助。

一个忙碌的中午，一位女士叫了一辆车。她坐进车里，发现里面很脏。又一件糟心事！还能更不顺吗？她开始清理后座，把垃圾递给了司机。

司机回头看着她，一句话也没说。

她更生气了。**她在帮忙啊！一整天，她都在给别人帮忙！他连句谢谢都不说！**

她看了一眼窗外，发现有个女人正等着上车，她突然意识到这不是自己叫的车。她看到那个女人和司机对视了一眼，两人都无奈地抬了抬眉毛。这根本就不是网约车。她跳进了不知道哪辆车的后座，怒气冲冲地把后座上的垃圾递给了车主。

她说自己搞错了，还道了歉。

在这种情况下，事情本可以朝着不同的方向发展。那个男人可以冲着她大喊大叫，可以取笑她。等在车外的女人——车主的妻子——可以生气，也有理由生疑。这个一整天都很倒霉的女人可能会非常尴尬。

但事实并非如此，男人笑了，他下车跟妻子说明了情况，妻子也笑了。这个女人自己也笑了。他们三个人笑个不停——大中午，和陌生人一起在城市的街道上。这个女人一边咯咯笑着，一边找自己的车。她发现自己不仅没有刚才那么丧，还变得一整天都很开心。为什么会这样？面对她的失误，司机以欢乐的方式应对而不是指责，她也能接受自己的失误。

我问了在新奥尔良做心理治疗师的朋友阿西娅，问她我为什么这么喜欢这个故事。她说这对中年人来说是个很好的例子，因为它说明了换个角度看事情有多么重要。她说，我们经常以一种消极的、自我惩罚的方式看待生活："我应该多锻炼！""我要成为有史以来最专注的瑜伽练习者！""我必须每时每刻都吃纯素食！"

"我们把一些好的想法变成了自我鞭笞的东西。"阿西娅说。但网约车故事中的司机和乘客"都有一种能力，能在本来应该感到尴尬、暴躁或生气的事情中，发现搞笑、可爱、令人开心的一面"。

你可能认为这种态度是一种"看积极面"的陈旧鸡汤，但在我看来它更深刻。它用一种新的方式看待我们的错误、我们的生活，在这种新的方式中，我们是理应得到支持的女英雄。

在教授回忆录写作课程时，我曾谈到要在建构故事的过程中创造意义。开头、中间和结尾分别是什么？关键节点是什么？最动人的画面是什么？

摆脱中年痛苦或许可以依赖于某些外部力量，但也有可能通过重新规划生活，将其变为另一种模样来实现。[8] 我采访过的女性向我推荐过不少鼓舞人心的作家，比如芭芭拉·布拉德利·哈格蒂（Barbara Bradley Hagerty）、布琳·布朗、伊丽莎白·吉尔伯特（Elizabeth Gilbert）、谢丽尔·斯特雷德（Cheryl Strayed），她们都谈到要重新塑造并反思我们的生活。在最近一篇关于中年的专栏文章中，安·福斯坎普（Ann Voskamp）写道："生活并不一定因为更简单而更美好。"[9]

也许 X 一代的故事并不是：我们破产了，生活不稳定，内心很孤独。它可以变成：我们面临艰巨的任务，在进行宏大的实验，但别忘了，我们已经取得了如此多的成就。

X 一代女性依靠自己的智慧长大，小时候没有手机，也没有直升机式的父母。我们事事留心，保证自己安全。在很长一段时间里，我们努力工作、列下目标清单，试图在没有多少帮助的情况下做好所有事情。我们为自己负责，后来也为工作、伴侣、孩子或父母负责。我们应该为自己感到骄傲。

我总是想到 20 世纪八九十年代的电视节目《双重大冒险》（*Double Dare*）[10]。节目中，参加游戏的孩子必须在山一样的黏液障碍物中找到橙色的旗子。在我看来，这个游戏恰好是对我们这一代人中年生活的模拟：我们被黏液弄得一团糟，但在一片混乱之中，某个地方有一面小小的橙色旗子。

我最喜欢的一项研究是关于孩子们如何从"动荡的家庭叙事"[11]中受益的。研究人员发现，有助于构建孩子快速恢复能力的故事应该是这样的："亲爱的，听我说，我们家的经历很坎坷。我们有家族企业，你的祖父是社区支柱，你的妈妈是医院董事会的成员，但我们也遭遇了挫折。你有个叔叔曾经被捕，我们家的房子曾经被大火烧毁，你的爸爸丢了工作。但不管发生什么，我们都是团结一心的一家人。"这类故事甚至比家族生活稳定提升的故事更有助于孩子建立自信。

X 一代或许没有赶上经济腾飞，但我们能在不断衰退的繁荣中找到意义，相信一切都会变好。如果我们没能解决所有问题，或许我们的孩子可以。后千禧一代，即 Z 一代，可能是美国历史上最多元、受教育程度最高的一代。[12]和过去一样，未来也会有起起落落。无论发生什么，我们都能从容应对。

我认识的一位乐于助人的女性告诉我，她并不介意自己慷慨而丈夫自私，因为"要看谁的生活更富有……或许我做得更多，而他整天独自坐着，不为其他人做任何事，但看看我得到了什么。我有这么多朋友，有最好的生活"。

在刚过去的春天，我和一位住在佛罗里达州的朋友吃了一顿晚饭。我们在餐厅里待到很晚，工作人员都收拾好了其他桌子，把椅子放在了上面，但他们说我们可以想待多久就待多久（我的朋友认识店主）。朋友离了婚、换了工作，但看起来很幸福。她在工作中找到了意义，也为她的儿子们感到骄傲。

她知道自己会感觉很糟，钱比她想要的少，她试着让自己多去几次健身房。但她依然有种莫名的希望。

"我有点期待，"她说，"期待我的生活，好奇它会变成什么样。有点像一次奇怪的小冒险，接下来会发生什么呢？这有点诡异，但也……很有趣。一种可怕的乐趣，你能懂吗？"

对我而言，这是一种革命性的思考生活的方式，把每一个日子、所有日子都当成故事，不好的事情只是情节的一部分，而不是意外出现的灾难。

之前为家装杂志写文案时，我对所有编辑都很不满："这是哪种藤椅？"然而有一天，我意识到我需要这份工作来赚钱，因此必须找到喜欢它的方法。我开始把编辑当成写作课老师，假想我在上一门关于描述性写作的课，她的笔记就是我的作业。"哪种藤条？'天蓝色的做旧宽藤条'怎么样？"一旦我把它看作一门可以拿工资的课程，我就会享受其中，总能学到些什么——至少在找到一份更适合的工作、离开那里之前。

我有些朋友会说"我只是个合同分析员"这样的话。但这个世界需要合同分析员，需要管理、需要组织、需要资金流动，也需要教师、银行家、律师、医生、消防员以及分析所有这些人合同的人。

"传承"意味着关心别人，不仅是你自己和你的家人。这有助于引导下一代，而且通常会带来积极的遗产。或许我们的遗产就是孩子，也可能是工作、友谊或修好的房子。

一些心理学家正在研究用某些方式讲述个人故事与传承之间的联系。[13] 丹·麦克亚当斯（Dan McAdams）教授研究人们如何讲述自己的生活。"高生成性"的成年人剧本通常要有转折点，即"赎回序列"[1]——消极的经历以某种方式变得有意义。[14] 在生活中发现"赎回序列"的中年人有更强的整体幸福感。[15] 这会是解救我们的方法吗？回望生活，发现某件事的意义，发现某些东西的终结或开始？在中年写下生命故事需要对角色的定义，分清楚谁是英雄、谁是恶棍。

我听过的几乎每个 X 一代女性摆脱中年危机的故事，都在谈要以这样或那样的方式抛弃预期。在我看来，这是最重要的部分：当我因为各种事情——没有足够的积蓄、写作价值不高、儿子的字太难看、缺乏锻炼或其他大大小小的失败——自责时，我会试着放弃期待，告诉自己这些事情都不会有所改变。

我也试着提醒自己，哪怕我身材很好、儿子变成书法家，或应急

1　心理学家埃里克森在"八阶段理论"中的观点，指从消极的情感生活场景转到积极的情感生活场景。

基金里有 3 万美元（就像原本理应的那样），我的生活也不一定会变得更好；哪怕拥有成就、魅力、金钱，中年生活依然有可能充满挑战；哪怕并不认同自己处于危机之中，也无法否认新的身体局限或压力源的出现。

因此，如果说解决问题的第一步是获得支持，那么第二步就是重塑看待生活的方式、抛弃不切实际的期望，然后第三步就是……等待。总有一天，中年会结束，孩子们会长大，关系会变化。很多五六十岁的女性告诉我，过了更年期，她们的感觉好多了，不再那么紧张，更自信，也不再担心自己看起来很蠢。[16]

其中一位说更年期让她对自己的生活和感受有了更清晰的认识："现在我有话直说，说'不'的时候就是拒绝。我丈夫会说'你到底是谁？'"但不是批评的语气。他现在才开始了解自己的妻子，重获新生一般的果敢女人，就像她也得习惯自己嫁给了一个秃顶男人一样。

"人们很快就会意识到，在女性的生活中，她们有能力迎来第二次青春。"早在 1913 年，安娜·加林·斯宾塞（Anna Garlin Spencer）[1] 就如此写道。[17] 我的朋友，在墨西哥长大的芭芭拉也说过类似的话："30 岁是成年的青春期，等到了 50 岁，就会重新开始，迎来第二次机会。"

中年女性有足够的洞察力，能够看清哪些重要，哪些不重要。"如果你还年轻，读到这些，"作家玛丽·洛夫（Mary Ruefle）说，"或许你会理解 60 岁、70 岁、80 岁或 90 岁女性眼神中的光芒：她们不会认真对待你（抱歉），因为不管你有没有孩子、穿什么鞋子或如何调情，你在她们眼中都只是个小女孩，游戏人生的小女孩。"[18]

1　安娜·加林·斯宾塞（1851—1931），美国教育家、女权主义者。

年纪大的人往往更快乐，有一天，我们也会成为这样的人。

在写这本书的过程中，我看到很多采访对象的生活发生了变化，大多是好的变化。她们找到了新工作，换了新的城市、新的伴侣，找到了享受当下的更好方法。有些人开始服用激素，有些人摆脱了激素；有些人开始锻炼，有些人不再锻炼。随着时间流逝，一切也变得不一样了。

在1991年出版的《世代》（*Generations*）一书中，威廉·斯特劳斯（William Strauss）和尼尔·豪（Neil Howe）对我们这一代人做了一些预测。他们将我们称为"第十三代人"，这不仅因为我们是美国建国以来的第十三代，也因为和数字13一样，我们这一代人并不幸运。他们写道，2004年至2025年，X一代将"在危机中迈入中年"。他们将看着日渐衰老的婴儿潮一代掌管世界，"感激无论他们的过去有多糟糕，至少在成长过程中，他们始终头脑清醒"。[19]

不过奇怪的是，斯特劳斯和豪预测了2020年由婴儿潮一代引发的危机，在这场危机中，X一代"将涌现出有能力的一线工作者和幕后推动者，他们的快速决策能力将决定我们能否度过危机……在一个社会宽容度越来越低的时代，中年'第十三代人'的不可救药有时会成为整个国家的福祉"。

我认识一位X一代的女性首席执行官，她在伊利诺伊州南部长大，如今美国的大片农田都归她管理。她说她会雇用X一代女性做公司里最难的工作，因为她们的快速恢复能力极强。[20]

"她们超级优秀，"她说，"可以同时开着6个屏幕，不会错过任何信息。她们不会哭哭啼啼，能力很强，可以长时间在公司努力工作。她们不觊觎特权，愿意让其他人负责，并勇于发声。"她会给自己最欣赏的 X 一代女性经理开 6 位数的年薪，不坐班也可以。"我愿意费心留住她们，"她说，"她们值得。"

我们能否将自己新发现的"中年隐身术"视为一种新的力量来源？在哈利·波特的世界里，隐形斗篷是最宝贵的魔法道具之一。被低估是一件有很大好处的事。我认识的两位最好的记者都是五十多岁的女性，她们看起来很友好，没有任何威胁，你甚至都注意不到她们。她们可以潜伏在任何房间里，哪怕是平时很谨慎的人也不会警惕她们。然后，她们会写出威力极大的揭露文章。一个忽视中年女性的世界是很危险的。[21]

在我们开车穿过东得克萨斯州去看望我公婆的路上，我和我丈夫还有儿子喜欢玩一个叫"学校或监狱"的游戏。那条路上的建筑没什么特色，从远处很难分辨出它们各自是什么。所以，看到远处地平线上一栋巨大的、看起来像某个机构的建筑物时，我们就会大喊："来玩呀，学校或监狱！"每个人都会猜。只有当我们离得足够近，看清有没有铁丝网时，才知道谁是赢家。

坏事出现时——父母生病、亲密关系破裂、事业停滞，我们可能也会问自己，眼下的情况是监狱还是学校，是该逃离还是该从中学到些什么。

今年夏天，我从台阶上摔下来，大脚趾骨折了。医生看了我的 X 光片，说道："哇哦，骨折了，你可真行！"（研究 X 一代的历史时机时，我也有同样的感觉："哇哦，真是糟糕得令人印象深刻！"）我拄着拐杖，迫不得已取消了原定下周的出差。

脚趾骨折就像监狱。但慢慢地，它变成了学校。在我养伤的几周里，我没有给花园除草，没有清理橱柜，没有打扫房间，也没有出门办事。我的母亲给我买了一些生活用品，我儿子把他用的旋转椅子给了我，让我在家里到处走，我丈夫承包了家务，又做饭又打扫。我任由他们这样。

我的朋友诺拉来陪我，我们开玩笑说我可以写一本超级无聊的书，就叫《拐杖的智慧》。说到底，骨折是一份厚礼。我整天坐在沙发上，地球照样能转。如果不是因为这次意外，我大概永远不会明白。

在我 42 岁生日那天，我在丈夫、儿子的窃窃私语声和煮咖啡的香味中醒来。我走进隔壁房间，看到里面装饰着彩带，还挂了一条"生日快乐"的横幅。桌上放着礼物和蛋糕。接着我的朋友们赶来，很多人我已经认识了几十年，我们围着摆满美食、美酒的餐桌谈笑风生，孩子们在房间里跑来跑去。

那天下午，我去了 Price Chopper 超市，站在停车场里，看着头顶清澈的蓝天，我有了一种奇怪的、陌生的感觉：我感觉到了喜悦。

我选择的生活或许给我带来了负债、不确定性，还有很多依赖我的人，但也带给了我会早起装饰房间的家人，一起吃饭、喝酒、开玩笑的朋友，还能让我在寒冷的日子里看到清澈的天空。

我们活着，一年又一年，总会有眼泪，有经济的压力、照顾家人的压力，但也会有这样的时刻——穿过超市的停车场，感觉到阳光照在脸上，然后突然发现，*多么美妙的一天啊*。

致谢

1988 年,《上班女郎》上映。那时我 12 岁,电影里很多关于性的内容我都难以理解,但我很喜欢那一幕,梅兰尼·格里菲斯饰演的黛丝·麦吉尔在斯塔滕岛渡轮上读小报的时候,想到了查斯克公司发展的点子。

2017 年,我收到时任奥普拉网站编辑的玛米·希利的邮件,她写道:"我们最近看到了你写的东西,关于《上班女郎》中查斯克公司的转折点之类。我们想做一个选题,觉得你会是合适的人选。"他们提的选题是——为何 X 一代中年女性深陷挣扎。

我半信半疑。当然,那年夏天我过得很艰难。我的很多朋友也是。但我没有足够的胆量去假设我们一整代人都深陷困境。然而,经过了几周调研后,我开始相信,且无法自拔。

那年秋天,我的文章写出来后,短短几天就在脸书上被分享了成千上万次。关于这个话题,似乎还有很多东西可说,远不止 6000 字的文章,所以我仿佛天赐一般的经纪人丹尼尔·格林伯格,用他一贯优雅的方式开始寻找出版商,想把文章扩展成一本书。

在他令人喜爱的同事蒂姆·沃奇克的帮助下，丹让这一切变成了现实——书里甚至还可以收录采访音频[1]。我听到黛丝·麦吉尔的声音在我脑中响起："然后我就想，查斯克……电台……查斯克……电台！"

本书能上线 Audible（有声电子书平台）对我来说是很幸运的事。感谢劳拉·加奇科、大卫·布鲁姆、克里斯汀·朗、唐·卡茨、杰斯·凯斯勒和埃斯特·博克纳。尤其感谢我的编辑凯蒂·索尔兹伯里（她会在修订模式里用文本框标注"该死，这太黑暗了"。）和聪明又出色的杰西卡·阿尔蒙·加兰德。有声书部分还交由苏珊·班塔和玛丽·玛吉·洛克进行了极其认真的事实核查工作。

感谢摩根·恩特金和格罗夫大西洋出版社出色的团队，感谢他们出版这本书。我在那里认识的每个人都让我觉得温暖、值得信赖。感谢凯特琳·阿斯特雷拉、贾斯蒂娜·巴彻勒、朱莉娅·伯纳-托宾、萨尔·德斯特罗、伊恩·德雷布拉特、查德·费利克斯、贝卡·福克斯、苏珊·盖默、贾斯明·戈恩、朱迪·霍特森、艾米·亨德利、格蕾琴·默根特勒、埃丽卡·努涅斯、德布·西格、安德鲁·昂格尔。感谢当之无愧的知名二人组——主编伊丽莎白·施米茨和编辑凯蒂·拉伊西安，她们在这本书上花费了大量心血，同样感谢出色的文字编辑葆拉·库珀·休斯。

就我个人而言，我要感谢阿西娅·黄、卡林·鲍尔、蒂姆·古恩、塔拉·麦凯尔维、贾森·齐诺曼、萨拉·赫波拉、凯瑟琳·汉娜、亚当·霍罗维茨、穆雷·希尔、布里奇特·埃弗里特、吉姆·安得拉里斯、拉里·克朗，还有我的笔友、教子、扑克牌友，以及隐形研究所（Invisible Institute）的所有人。尤其感谢"知音女记者"——就在去年，

1　本书未收录采访音频。——编者注

我和苏珊娜·卡哈兰、凯伦·阿博特一起开启了记者酒吧之夜，她们在很大程度上丰富了我的中年生活。

感谢我的父母布鲁克·奥尔德森和彼得·施杰尔达，他们是婴儿潮一代的出色代表（我的父亲也对本书进行了很好的校对）。感谢我的继子，千禧一代的安德鲁·布莱克；还有我的儿子，Z 一代的奥利弗，他们让我对未来充满希望。

感谢我的丈夫尼尔·梅德林，我们 2000 年就在一起了，最近这些日子，他变得格外有魅力，提供了非常多的支持。我甚至不在乎他的表现是不是因为我在写这本书，而他不想让自己在书里显得太糟糕。

很多专家在百忙之中抽出时间耐心解答我的问题，我要感谢伊莎贝尔·索希尔、吉利恩·巴肖尔、杰西卡·斯莫克、艾米·乔丹·琼斯、丹·P. 麦克亚当斯、凯莉·马克斯韦尔·哈尔、伊丽莎白·厄恩肖、奇普·罗斯、珍妮特·肯尼迪、艾米·高尔、布鲁斯·伯格曼、凯瑟琳·科恰、亚伦·洛尔、费思·波普康、埃里克·扬、杰奎琳·蒂伦、兰迪·爱泼斯坦、玛丽·简·明金、布鲁克·艾琳·达菲、威廉·多尔蒂、布拉德·威尔科克斯、德博拉·鲁普尼茨、弗吉尼亚·T. 拉德、汤姆·史密斯、斯泰茜·林道、珍妮弗·迪尔、汤姆·史密斯、乔安·平克顿、布琳·查芬、塔拉·奥尔曼、丽贝卡·亨德森、玛吉·拉赫曼、朱迪斯·A. 霍克、劳拉·范德卡姆、乔安妮·丘拉、琳达·韦特、黛比·卡尔、罗伯特·弗吕格、韦尔·赖特和凯莉·罗伯茨。

最后，我最想感谢的是那些向我敞开心扉讲述一切的女性，她们勇敢、诚实，还带着一些黑色幽默。黛丝·麦吉尔得到了她梦寐以求的工作，也得到了由巅峰时期的哈里森·福特饰演的杰克·特雷纳。能和这么多聪明、有趣的女性在一起，是我莫大的荣幸。

附录 中年危机混音带

（编者注：为确保以下歌单的准确性，以便读者按图索骥，故保留原文。）

"19 Somethin'" —Mark Wills

"1979" —Smashing Pumpkins

"1985" —Bowling for Soup

"Better Days" —Bruce Springsteen

"Changes" —David Bowie

"Constant Craving" —k. d. lang

"Divorce Song" —Liz Phair

"Emotional Rollercoaster" —Vivian Green

"Fade Away" —Oasis

"Ghost! " —Kid Cudi

"Girl of 100 Lists" —Go-Go's

"Good Feeling" —Violent Femmes

"Gypsy" —Fleetwood Mac

"Heads Carolina, Tails California" —Jo Dee Messina

"Here" —Pavement

"Hey Cinderella" —Suzy Bogguss

"I Did It All" —Tracy Chapman

"I'm a Woman" —Peggy Lee

"Just for You" —Lionel Richie (feat. Billy Currington)

"Let the Mystery Be" —Iris DeMent

"Life Begins at Forty" —Sophie Tucker

"Losing My Edge" —LCD Soundsystem

"(Love Is Like a) Heat Wave" —Martha and the Vandellas

"Montezuma" —Fleet Foxes

"Old College Try" —Mountain Goats

"PMS Blues" —Dolly Parton

"Revival" —Me Phi Me (Reality Bites)

"Rich" —Maren Morris

"Save Me" —Aimee Mann

"She Let Herself Go" —George Strait

"Strawberry Wine" —Deana Carter

"Suddenly I See" —KT Tunstall

"Teenage Talk" —St. Vincent

"Too Much on My Mind" —Kinks

"Tossin' and Turnin'" —Bobby Lewis

"Unsatisfied" —Replacements

"Waiting for Somebody" —Paul Westerberg (Singles)

"We Are Not Alone" —Karla DeVito (The Breakfast Club)

"When We Were Young" ——Adele

"Work in Progress (Growing Pains)" ——Mary J. Blige

"You Don't Know How It Feels" ——Tom Petty

"Your Generation" ——Generation X

"Yo Vivré" ——Celia Cruz

注释

（编者注：以下部分书目和文章未在中国大陆地区出版，为保证准确性，故保留原文。）

作者的话

［1］20 世纪 70 年代，最受欢迎的女孩名字是詹妮弗，见《十年来最受欢迎的婴儿名字》，SSA.gov。我采访过六个詹妮弗。十年间最受欢迎的十个名字中，剩下九个是：艾米、梅丽莎、米歇尔、金伯莉、丽莎、安吉拉、希瑟、斯蒂芬妮和妮可。在我的采访文件夹里，每个名字我都能看到。

序言

［1］关于 X 一代的定义有很多说法。哈佛中心的划分是 1965 年至 1984 年，即从《日瓦戈医生》上映的那一年到《捉鬼敢死队》上映的那一年，参见 George Masnick Fellow, "Defining the Generations," Housing Perspectives, Harvard Joint Center for Housing Studies, November 28, 2012。我也听过将 1961 年视为起点的说法——尽管根据我的经验，人们更倾向于将 60 年代早期出生的人划为婴儿潮一代——并将 1981 年或 1985 年视为 X 一代

的结尾。我更倾向于皮尤研究中心的数字，即沉默的一代出生于 1928—1945 年，婴儿潮一代出生于 1946—1964 年，X 一代出生于 1965—1980 年，千禧一代出生于 1981—1996 年，Z 一代出生于 1997—2012 年，见 Michael Dimock, "Defining Generations: Where Millennials End and Generation X Begins," Pew Research Center, January 17, 2019。我也很清楚，很多人认为描述一代人的经历或精神状态是一件很愚蠢的事。关于这一点，可见 David Costanza, "Can We Please Stop Talking About Generations as If They Are a Thing?" Slate.com, April 13, 2018。不，我们不能。下一个问题。

　　[2]见 Neil Howe and William Strauss, 13th Gen: Abort, Retry, Ignore, Fail? (New York: Vintage, 1993)，也可见他们 1991 年出版的《世代》(Generations) 一书，书中将我们称为"第十三代人"。

　　[3]见 Paul Taylor and George Gao, "Generation X: America's Neglected 'Middle Child,'" Pew Research Center, June 5, 2014。

　　[4]有几种不同的计数方法。另一种衡量标准下，X 一代为 6600 万人，婴儿潮一代为 7400 万人，千禧一代为 7100 万人。见 Kimberly Lankford, "Generation X: Time Is on Your Side for Retirement," Kiplinger's Personal Finance, January 3, 2019。

　　[5]见 Richard Fry, "Millennials Projected to Overtake Baby Boomers as America's Largest Generation," Pew Research Center, March 1, 2018。(另外，需要注意的是，有些人只计算了 1965—1977 年出生的 X 一代，在这种情况下，X 一代为 4500 万人，而千禧一代是 7500 万人，婴儿潮一代为 7800 万人。) 一些人口统计学家提出了另一种分类，即 Y 一代，通常来说，人们认为 Y 一代与 X 一代和千禧一代都有所重叠。当人们把 X 一代的出生年份定为 1965—1979 年时，Y 一代的出生年份通常被定为 1980—1994 年。但在我

看来，这种分类方法有些勉强。因此，本书采纳的是得到普遍认可的婴儿潮一代、X 一代与千禧一代。

［6］见 Ed Mazza, "Generation Xers Have the Most Gen X Response to Being Left Off the List," *Huffington Post*, January 21, 2019。

［7］本书作者对费思·波普康的采访，2017 年 8 月 30 日。

［8］见 Jennifer Szalai, "The Complicated Origins of 'Having It All,'" *New York Times Magazine*, January 2, 2015。

［9］值得一提的是，凭借 1982 年的畅销书，让"拥有一切"这一概念更为普及的海伦·格莉·布朗（Helen Gurley Brown）本人并没有孩子。见 Helen Gurley Brown, *Having It All: Love, Success, Sex, Money—Even If You're Starting with Nothing* (New York: Simon and Schuster, 1982)。

［10］《不受束缚的一代》（*Generation Unbound*）的作者伊莎贝尔·V. 索希尔认为，有三件事可以真正改变女性的生活：节育——女性可以决定"要不要孩子、什么时候以及和谁一起要孩子"；薪资平等；以及帮助女性平衡工作与家庭的措施（儿童照管、弹性工作时间、带薪休假）。见 Isabel V. Sawhill, "Improving Women's Lives: Purposeful Parenthood, Decent Wages, and Paid Family Leave," Talk for Bucks County Women's Advocacy Coalition, May 23, 2018。2018 年 5 月 30 日通过邮件提供给作者。

［11］见 Betsey Stevenson and Justin Wolfers, "The Paradox of Declining Female Happiness," *American Economic Journal: Economic Policy* 1, no. 2 (August 2009): 190–225。

［12］2017 年 12 月，盖洛普报告称，每十个美国人中就有八个会表示在日常生活中时常或偶尔感到压力，女性及年龄在 30 岁至 49 岁的人，比男性或其他年龄段的人更常感到压力。调查显示，49% 的女性经常感

到压力，而这一比例在男性中为 40%；在 50 岁至 64 岁的人群中，56%
的人声称常有压力，而在 65 岁及以上的人群中，这一比例为 24%。见 "Eight
in 10 Americans Afflicted by Stress," Gallup.com, December 20, 2017。

［13］见 Roni Caryn Rabin, "A Glut of Antidepressants," *New York Times*,
August 12, 2013；另见 Daniel Smith, "It's Still the 'Age of Anxiety.' Or Is It?"
New York Times, January 14, 2012。

［14］见 AARP Snapshots: Generation X Health. Retrieved August 5, 2018。

［15］见 "Gen X Women: Flirting with Forty," J. Walter Thompson Intelligence,
Slideshare.net, May 19, 2010.Retrieved August 5, 2018。

［16］见 Margie E. Lachman, "Mind the Gap in the Middle: A Call to Study
Midlife," *Research in Human Development* 12 (2015): 327–34。

［17］确实有一些书写到女性的中年危机。在玛丽安娜·威廉森
（Marianne Williamson，总统候选人）所著的《女人的价值》（*A Woman's
Worth*, 1993 年）一书的封面上，一位棕色皮肤的女人上身赤裸，仰着身体。
我随意翻开一页，上面写着"如今，大多数女性都处于歇斯底里的边缘"。

［18］关于"中年危机"这个概念的一段有趣历史来自苏珊娜·施密
特（Susanne Schmidt），见 "The Anti-Feminist Reconstruction of the Midlife
Crisis: Popular Psychology, Journalism and Social Science in 1970s USA," *Gender
and History* 30, no. 1 (March 2018): 153–76。她认为人们通常理解"中年危机"
的方式是错误的，这种方式由男性社会科学家发现，经由盖尔·希伊的
畅销书《人生历程》（*Passages*, New York: Ballantine, 2006）得以普及。她说："中
年危机的历史根植于关于性别角色、工作和家庭价值的论辩，以及这些
论辩在 20 世纪 70 年代的美国所形成的形态。"换句话说，中年危机是人
们进行的一场对话，希伊对其进行了挖掘，然后一群男性社会科学家——

其作品在希伊的作品及女权主义评论中被讨论——声称她"普及"了他们的"发现"。

［19］见 Elliott Jaques, "Death and the Midlife Crisis," in *Creativity and Work* (Madison, CT: International Universities Press, 1990), 306。

［20］见 Daniel J. Levinson, *The Seasons of a Man's Life* (New York: Knopf, 1978), 199。

［21］见 Susan Krauss Whitbourne, "The Top 10 Myths About the Midlife Crisis," PsychologyToday.com, July 21, 2012。

［22］可以写一篇关于女性坚持认为自己不应该感到糟糕的论文。在1975 年的电影《浪漫的英国女人》（*The Romantic Englishwoman*）中，丈夫（迈克尔·凯恩饰演）躺在床上问妻子（格兰达·杰克逊饰演）："你不满意吗？"妻子回答："我本应该不满意，但我觉得我没有这个权利。"丈夫把这句话偷来用作自己正在写的剧本中的台词。

［23］1998 年，爱斯基地乐队翻唱过这首歌。我和 14 岁时的男朋友分手后，他在我的储物柜里留了很多字条，有些写的是爱斯基地乐队和威尔逊·菲利普斯的歌词，但这也没能让我们重燃激情。

［24］见 Richard Eisenberg, "Boomers and Gen Xers Skipping Health Care Due to Cost," Forbes.com, March 27, 2018。

［25］见 Viv Albertine, *To Throw Away Unopened* (London: Faber and Faber, 2018), 21。

［26］见 Jim Tankersley, "Jobless Recoveries Are Here to Stay, Economists Say, But It's a Mystery Why," *Washington Post*, September 19, 2013。

［27］见 Lynnette Khalfani-Cox, "5 Interesting Facts About Generation X," AARP.org. Retrieved May 18, 2018。益博睿公司的研究显示，千禧一代的平

均债务为 52120 美元（包括抵押贷款、信用卡债务、学生贷款和汽车贷款）；婴儿潮一代和沉默一代的债务为 87438 美元；X 一代为 125000 美元。另见 Chris Matthews, "America's Most Indebted Generation? Gen X," Fortune.com, August 27, 2014。

　　［28］见 Khalfani-Cox, "5 Interesting Facts About Generation X." Retrieved August 5, 2018。

　　［29］见 Jeffry Bartash, "Higher Rents and Home Prices Drive Increase in Consumer Prices in December, CPI Finds," *MarketWatch*, January 12, 2018。

　　［30］在旧金山或纽约这样的大城市，受过大学教育的女性第一次当妈妈的平均年龄为 33 岁。见 Quoctrung Bui and Claire Cain Miller, "The Age That Women Have Babies: How a Gap Divides America," *New York Times*, August 4, 2018。

　　［31］见 Clive Thompson, "You Know Who's Really Addicted to Their Phones? The Olds," *Wired*, March 27, 2018。

　　［32］见 Sheehy, *Passages*, 345。

　　［33］同上，xviii。

1　可能性带来压力

　　［1］关于《教育法第九修正案》的细则，可查看美国教育部网站 www2.ed.gov，检索于 2018 年 7 月 5 日。

　　［2］扣角领香水广告，YouTube.com。检索于 2018 年 8 月 30 日。我最近在易贝上买了一些扣角领香水，闻起来像麝香、茉莉、桃子和不切实际的期望。

［3］《我是女人》由杰里·莱贝尔（Jerry Leiber）和迈克·斯托勒（Mike Stoller）创作，1962 年先后由克里斯汀·基特雷尔（Christine Kittrell）和佩姬·李（Peggy Lee）录制演唱。后来，贝蒂·迈德尔（Bette Midler）、瑞芭·麦肯泰尔（Reba McEntire）、维诺娜·贾德（Wynonna Judd）及《甜心俏佳人》中的演员都翻唱过这首歌；1975 年，拉蔻儿·薇芝（Raquel Welch）和雪儿（Cher）在《雪儿秀》中合唱过；1978 年，拉蔻儿·薇芝和佩吉小姐（Miss Piggy）在《布偶秀》中再次合唱。

［4］《上班女郎》（1988 年），YouTube.com。检索于 2018 年 7 月 11 日。

［5］见 Matthew Hennessey, *Zero Hour for Gen X* (New York: Encounter, 2018), 45。

［6］见 Caryn James, "Television View; 'Murphy Brown' Meets 'Life with Father,' " *New York Times*, November 15, 1992。

［7］凯瑟琳·切特科维奇（Kathryn Chetkovich）的文章《妒忌》（ "Envy," *Granta 82: Life's Like That,* July 1, 2003），展现了自己作为乔纳森·弗兰岑的女友和一个有野心的作家的生活是什么样子。

［8］见 Jay D. Teachman and Kathleen M. Paasch, "Financial Impact of Divorce on Children and Their Families," *Future of Children* 4, no. 1: Children and Divorce (Spring 1994): 63–83。

［9］见 Mary E. Corcoran and Ajay Chaudry, "The Dynamics of Childhood Poverty," *Future of Children* 7, no. 2 (1997): 40–54。另见 P. O. Corcoran, unpublished paper, Survey Research Center, University of Michigan at Ann Arbor, May 1994。

［10］一项研究表明，很多 X 一代还是青少年时，即便按总和计算，离婚夫妇的资产基础也只有已婚夫妇的一半。见 Joseph P. Lupton and James P. Smith, "Marriage, Assets, and Savings," Labor and Population Program, Working Paper Series 99–12, Rand Corporation, 1999。这种差距在黑人群体

中更为明显：研究表明，在父母不离婚的情况下，87% 的黑人孩子成年后的收入超过了父母，而在离婚家庭中长大的孩子，只有 53% 的人收入超过了父母。见 "Family Structure and the Economic Mobility of Children," Economic Mobility Project, PewTrusts.org, May 18, 2010。

［11］见 Ted Halstead, "A Politics for Generation X," *Atlantic*, August 1999。

［12］1979 年，孩子们在信心评估中的平均得分低于 20 世纪 60 年代中期 81% 的孩子。见 Jean M. Twenge, *Generation Me* (New York: Free Press, 2006), 69。

［13］见 James Poniewozik, "All-TIME 100 TV Shows: The Day After," *Time*, August 11, 2014。

［14］见 S. J. Kiraly, "Psychological Effects of the Threat of Nuclear War," *Canada Family Physician* 32 (January 1986): 170-74。

［15］见 Tom McBride, "The Mindset List of Generation X," Mindsetlist. com, May 15, 2017。

［16］见 Daniel Burstein, "How much millennials, Gen X, and Other Age Groups Trust TV Ads When Making a Purchase Decision," MarketingSherpa. com, August 22, 2017。

［17］"Slinky—It's a Wonderful Toy—It's Fun for a Girl and a Boy," YouTube.com。检索于 2018 年 8 月 16 日。

［18］见 Kevin Gilbert, "Goodness Gracious," from the album *Thud*, 1995。2008 年 12 月 1 日发布在 YouTube 上。检索于 2018 年 8 月 28 日。

［19］见 "Nature of President Clinton's Relationship with Monica Lewinsky," Section I.A.5, *Washington Post* online。检索于 2018 年 7 月 7 日。

［20］见 *MTV Video Music Awards*, September 14, 1984。

［21］见 Tad Friend, "Do-Me Feminism," *Esquire*, February 1994。

［22］见 Katherine Rosman, "At the College That Pioneered the Rules on Consent, Some Students Want More," *New York Times*, February 24, 2018。

［23］"Patience," Guns N' Roses, 1989。2018 年 5 月 29 日 检 索 于 YouTube。

［24］见 Erin Blakemore, "Big Bird Narrowly Escaped Death on the *Challenger* Mission," History.com, January 26, 2018。

［25］"*Challenger* Disaster Live on CNN," 1986。2018 年 5 月 29 日检索 于 YouTube。

［26］1977 年，美国最高法院的一项裁决明确允许公立学校里的殴打行为。体罚在许多州依然是合法的，不过自 X 一代进入学校以来，体罚现象已有所减少，见 Melinda D. Anderson, "Where Teachers Are Still Allowed to Spank Students," *Atlantic*, December 15, 2015。

［27］见 Joe Keohane, "The Crime Wave in Our Heads," *Dallas News*, March 23, 2010。

［28］侵害儿童犯罪研究中心认为，儿童性侵指控下降趋势是近年来最重要的数据点之一。见 Lisa Jones and David Finkelhor, "The Decline in Child Sexual Abuse Cases," *Juvenile Justice Bulletin*, Office of Juvenile Justice and Delinquency Prevention, January 2001。

［29］1990 年以来，性侵事件减少了 63%，身体虐待事件减少了 56%。许多研究和资料来源显示，这一趋势是全国性的。见 Institute of Medicine and National Research Council. *Child Maltreatment Research, Policy, and Practice for the Next Decade: Workshop Summary* (Washington, DC: National Academies Press, 2012)。

［30］见 Halstead, "A Politics for Generation X," *Atlantic*, August 1999。

［31］见 Jeff Shesol, "Fun in Politics? As If," *Washington Post*, March 2, 1997。

［32］第三千年（道格拉斯·肯尼迪等人），"第三千年宣言"，见 John Williamson et al., eds, *The Generational Equity Debate* (New York: Columbia University Press, 1993)。

［33］见 Michele Mitchell, "Lead or Leave Has Left," NPR.org, March 14, 1996。

［34］"买下布什（或戈尔）的亿万富翁"，见 DemocracyNow.com, July 31, 2000。

［35］见 George Packer, "Decline and Fall: How American Society Unraveled," *Guardian*, June 19, 2013。

［36］见 V. J. Felitti, R.F. Anda, et al., "Relationship of Childhood Abuse and Household Dysfunction to Many of the Leading Causes of Death in Adults: The Adverse Childhood Experiences (ACE) Study," *American Journal of Preventive Medicine* 14 (1998): 245–58。

［37］简·史蒂文斯发给作者的邮件，2018 年 7 月 10 日。作为 ACEsConnection.com 网站的创始人、出版人，简说自己并不知道有比较不同代际童年负面经历的研究，但她鼓励我在有 24000 名会员的 ACEs Connection 社区寻求帮助，我也确实这样做了。

［38］ACEs Connection 成员金伯利·康克尔写给作者的邮件，2018 年 7 月 17 日。

［39］见 "Suicide Rates for Males and Females by Age in the United States (2016)," National Institute of Mental Health website. Data Courtesy of CDC。

［40］见 "Leading Causes of Death (LCOD) by Age Group, All Females—United States, 2015," Centers for Disease Control and Prevention。

［41］见 Felitti, Anda, et al., "Relationship of Childhood Abuse and Household Dysfunction to Many of the Leading Causes of Death in Adults"。

［42］关于女性与童年负面经历高分数值，可见 Donna Jackson Nakazawa, *Childhood Disrupted: How Your Biography Becomes Your Biology, and How You Can Heal* (New York: Atria Books, 2015)。可在 AcesTooHigh.com 上查看自己的童年负面经历得分。

［43］见 William Mahedy and Janet Bernardi, *A Generation Alone* (Downers Grove, IL: InterVarsity Press, 1994), 32。

［44］"X 一代"幻灯片中，"卖给 X 一代父母"一页，见 Scouting.com。检索于 2018 年 7 月 12 日。

［45］见"Fred Rogers: Look for the Helpers. "2019 年 2 月 12 日检索于 YouTube。

［46］见"Mister Rogers' Neighborhood: 1969 Senate Hearing."2018 年 9 月 19 日检索于 YouTube。

［47］见"Fred Rogers Talks About Tragic Events in the News."2018 年 7 月 7 日检索于 YouTube。

［48］大卫·塞达里斯（David Sedaris）曾写道，人到中年，每个人都会选择其一为之疯狂：要么是饮食，要么是狗。见 David Sedaris, "Leviathan," *New Yorker*, January 5, 2015。

［49］布琳·布朗表示，女性会从三个选项中选择其一：远离羞耻感（畏缩）、走进羞耻感（反应过度）或对抗羞耻感（试图让别人感到羞愧）。布琳·布朗"聆听羞耻"TED 演讲，2012 年，Ted.com，第 15 分钟。

［50］作者对社会工作专业硕士（LMSW）布琳·查芬的采访，2018 年 6 月 12 日。

2　消沉

［1］见 Lauren E. Corona et al., "Use of Other Treatments Before Hysterectomy for Benign Conditions in a Statewide Hospital Collaborative," *American Journal of Obstetrics and Gynecology* 212, no. 3 (March 2015): 304e1–304e7。

［2］婴儿潮一代平均拥有 11 位性伴侣。见 J. M. Twenge, R. A. Sherman, and B. E. Wells, "Changes in American Adults' Sexual Behavior and Attitudes, 1972-2012," *Archives of Sexual Behavior* 44, no. 8 (November 2015): 2273–85。

3　照料酷刑架

［1］见 Dorothy A. Miller, "The 'Sandwich' Generation: Adult Children of the Aging," *Social Work* 26, no. 5 (September 1981), pp. 419–23。

［2］2018 年，皮尤研究中心的数据表明，12% 的美国父母需要同时照顾另一个成年人。见 Gretchen Livingston, "More Than One-in-Ten U.S. Parents Are Also Caring for an Adult," Pew Research Center, November 29, 2018。

［3］见 Jennifer Senior, *All Joy and No Fun* (New York: HarperCollins, 2014), 9。

［4］见 Claire Cain Miller, "The Relentlessness of Modern Parenting," *New York Times*, December 25, 2018。

［5］更有趣的统计数据表明：如今，孩子未成年的母亲中，70% 的人在工作，且有近一半家庭中，父母双方都有全职工作。24% 的人独自抚养孩子。见 Gretchen Livingston, "7 Facts About U.S. Moms," Pew Research Center, May 10, 2018。

［6］见 Lyman Stone, "One Way to Boost Fertility: Babysit Other People's Kids," Institute for Family Studies, January 24, 2018。

［ 7 ］ 见 Katrina Leupp, "Depression, Work and Family Roles, and the Gendered Life Course," *Journal of Health and Social Behavior,* October 20, 2017。该研究参考了《美国青年纵观报告》。

［ 8 ］ 见 M. Lino, K. Kuczynski, N. Rodriguez, and T. Schap, *Expenditures on Children by Families,* 2015. Miscellaneous Publication no. 1528–2015, US Department of Agriculture, Center for Nutritional Policy and Promotion, 2017。

［ 9 ］ 见 Melissa Korn, "Schools Post Record-Low Acceptance Rates," *Wall Street Journal,* March 30–31, 2019。

［ 10 ］ 见 Lydia Saad, "Children a Key Factor in Women's Desire to Work Outside the Home," Gallup.com, October 7, 2015。

［ 11 ］ 见 Barkley and FutureCast, *Millennials as New Parents: The Rise of a New American Pragmatism,* September 2013。

［ 12 ］ 见 Gretchen Livingston, "More Than a Million Millennials Are Becoming Moms Each Year," Pew Research Center, May 4, 2018。

［ 13 ］ 见 Eli J. Finkel, *The All-or-Nothing Marriage* (New York: Dutton, 2017), 137–38。

［ 14 ］ 例如，在电影《爱在日落黄昏时》（2004 年）中，伊桑·霍克饰演的角色就是这样描述他的婚姻的。

［ 15 ］ 见 Stephanie Pappas, "Why Supermoms Should Chill," *Live Science,* August 20, 2011。

［ 16 ］ 作者对安娜·帕拉伊的采访，2017 年 3 月 14 日。

［ 17 ］ 见 John Mulaney, *The Comeback Kid,* Netflix, 2015。文字见 scrapsfromtheloft.com。

［ 18 ］ 见 Richard Schlesinger, "*Sesame Street...* for Adults Only?" CBSNews.

com, January 17, 2008。

[19] 一幅解释精神负担的漫画《你应该问一下的》（*You Should Have Asked*）在网上疯传，见 emmaclit.com，2017 年 5 月 20 日。

[20] 见 *American Time Use Survey Summary—2017 Results*, Bureau of Labor Statistics, June 28, 2018。

[21] 见 Kim Parker and Gretchen Livingston, "7 Facts About American Dads," Pew Research Center, June 13, 2018。

[22] 见 "Raising Kids and Running a Household: How Working Partners Share the Load," Pew Research Center, November 11, 2015。

[23] 见 Claire Cain Miller, "Men Do More at Home, but Not as Much as They Think," *New York Times*, November 12, 2015。

[24] 见 Marta Murray-Close and Misty L. Heggeness, "Manning Up and Womaning Down: How Husbands and Wives Report Their Earnings When She Earns More," Social, Economic, and Housing Statistics Division, US Census Bureau, June 6, 2018。

[25] 见 Richard V. Reeves and Isabel V. Sawhill, "Men's Lib!" *New York Times*, November 14, 2015。

[26] 见 "I Don't Want to Be the Breadwinner in My Marriage Anymore!" *Dear Sugars*, NPR, December 3, 2016。

[27] 见《2015 年美国护理调查》，美国护理联盟及美国退休人员协会公共政策研究所，2015 年 6 月。该报告还发现，在所谓"长时间护理者"（每周超过 20 小时）中，62% 的人是女性。59% 的护理者认为自己"不得不承担这一角色"。

[28] 见 "Gen X Women: Flirting with Forty," J. Walter Thompson Intelligence,

Slideshare.net, May 19, 2010。检索于 2018 年 8 月 5 日。

［29］见 Donald Redfoot, Lynn Feinberg, and Ari Houser, "The Aging of the Baby Boom and the Growing Care Gap: A Look at Future Declines in the Availability of Family Caregivers," *Insight on the Issues* 85 (August 2013), AARP Public Policy Institute。同样值得注意的是：约 28% 的护理者家中有未成年的孩子。60% 的人有工作。平均护理时间为四年，不过 24% 的人会照顾五年甚至更长时间。见《2015 年美国护理调查》，美国护理联盟及美国退休人员协会公共政策研究所，2015 年 6 月。

［30］见 "Caregiving Costs to Working Caregivers," MetLife Research, June 2011。

［31］见《2015 年美国护理调查》，美国护理联盟及美国退休人员协会公共政策研究所，2015 年 6 月。

［32］见 Chuck Rainville, Laura Skufca, and Laura Mehegan, "Family Caregiving and Out-of-Pocket Costs: 2016 Report," AARP Research。

［33］作者对艾米·高尔的采访，2017 年 8 月 8 日。

［34］见 Brendan Finn, *Millennials: The Emerging Generation of Family Caregivers*, AARP Public Policy Institute, May 2018。

［35］见 "FMLA Is Working," Department of Labor, 2013 factsheet。

［36］见 Katy Hall and Chris Spurlock, "Paid Parental Leave: U.S. vs. the World," HuffingtonPost.com, February 4, 2013。

［37］见 "Stress in America: Uncertainty About Health Care," American Psychological Association, January 24, 2018。

［38］见 Emily Cooke, "In the Middle Class, and Barely Getting By," *New York Times*, July 9, 2018。

［39］李敏金在她的小说《给百万富翁的免费食物》(*Free Food for Millionaires*, New York: Grand Central Publishing, 2018) 的再版序言中也谈到了这一点。

4 不稳定的工作

［1］这辆卡车应该起名 "奶酪之轮" (Wheels of Cheese)。

［2］见 Nikki Graf, Anna Brown, and Eileen Patten, "The Narrowing, but Persistent, Gender Gap in Pay," Pew Research Center, April 9, 2018。

［3］美国劳工统计局的报告显示，35 岁至 44 岁女性的周收入中位数最高，45 岁至 54 岁女性的周收入中位数值略低。毫无疑问，在所有年龄段，男性的收入均高于女性，包括数量庞大的 X 一代。不过值得注意的是，45 岁至 54 岁男性的收入高于 35 岁至 44 岁的男性，男性并不存在停滞期。见《2016 年各年龄段男性与女性的收入》，BLS.gov，2017 年 8 月 25 日。

［4］见 Claudia Goldin, "How to Win the Battle of the Sexes over Pay (Hint: It Isn't Simple)," *New York Times*, November 10, 2017。

［5］见 Stephen J. Rose and Heidi Hartmann, *Still a Man's Labor Market: The Slowly Narrowing Gender Wage Gap*, Institute for Women's Policy Research, November 26, 2018。

［6］见 Claire Cain Miller, "When Wives Earn More Than Their Husbands, Neither Partner Likes to Admit It," *New York Times*, July 17, 2018。

［7］见 "America's Highest Paying Jobs See Women Underrepresented," LinkedIn.com, March 29, 2017。

［8］见 *The State of the Gender Pay Gap 2018*, PayScale.com, 2018。

［9］见 Faith Guvenen, Greg Kaplan, Jae Song, and Justin Weidner, "Lifetime

Incomes in the United States over Six Decades," NBER working paper no. 23371, April 2017。

［10］儿童语言学习公司"小皮姆"的首席执行官朱莉亚·皮姆斯勒（Julia Pimsleur）于 2013 年创立了"两位数"学院。她希望通过讲座、研讨会和自己的书籍作品，帮助女性创业者筹集资金，实现收入百万美元的目标。2011 年至 2014 年的研究表明，在女性企业家的公司中，只有 2% 达到了收入百万美元。皮姆斯勒正在努力，希望将女性获得风险投资的比例至少提升至 10%。见 Elaine Pofeldt, "How Women Can Build Million-Dollar Businesses," Money.com, September 30, 2015。

［11］见《标准普尔 500 指数公司女性首席执行官清单》，Catalyst.org，2019 年 1 月 24 日。

［12］见 Justin Wolfers, "Fewer Women Run Big Companies Than Men Named John," *New York Times*, March 2, 2015。

［13］该比例在美国为 37%，见 Lydia Dishman, "The Overlooked Benefit Gen X Workers Need," *Fast Company*, May 7, 2018。全球范围内为 51%，见《2018 年全球领导力预测》，Stephanie Neal and Richard Wellins, "Generation X—Not Millennials—Is Changing the Nature of Work," CNBC.com, April 11, 2018。

［14］见 Andrew Balls, "The Flattening of Corporate Management," in "The Flattening of the Firm: Evidence from Panel Data on the Changing Nature of Corporate Hierarchies," National Bureau of Economic Research working paper no. 9633。2018 年 6 月 20 日检索于 NBER.org。

［15］见 Lauren Sherman, "Hudson's Bay Company Announces 2,000 Job Cuts, Including Senior Management," BusinessofFashion.com, June 8, 2017。

［16］在过去五年里，X 一代领导者平均只得到 1.2 次晋升，千禧一代为 1.6 次，婴儿潮一代为 1.4 次。见 *Global Leadership Forecast 2018*. Neal and Wellins, "Generation X—Not Millennials—Is Changing the Nature of Work."。

［17］见 "MetLife's 17th Annual U.S. Employee Benefit Trends Study: Thriving in the New Work-Life World," March 2019, 20。

［18］见 Stella Fayer, Alan Lacey, and Audrey Watson, *STEM Occupations: Past, Present, and Future*, BLS.gov, January 2017。

［19］见 Alexis Krivkovich et al., "Women in the Workplace 2018," McKinsey. com, October 2018。

［20］见 Liana Christin Landivar, "Disparities in STEM Employment by Sex, Race, and Hispanic Origin," Census.gov, September 2013。

［21］艾琳·阿佩尔鲍姆写给作者的电子邮件，2018 年 6 月 10 日。

［22］见 Eileen Appelbaum, *What's Behind the Increase in Inequality?* Center for Economic and Policy Research, September 2017。

［23］见 *Women and Work in the Fourth Industrial Revolution*, World Economic Forum, 2016。2018 年 11 月 3 日检索于 reports.weforum.org。

［24］见 Lauren Stiller Rikleen, "Older Women Are Being Forced Out of the Workforce," *Harvard Business Review*, March 10, 2016。

［25］见 Teresa Ghilarducci, "Why Women over 50 Can't Find Jobs," *PBS NewsHour*, January 4, 2016。

［26］见 Dionne Searcey, "For Women in Midlife, Career Gains Slip Away," *New York Times*, June 23, 2014。

［27］见 Natalie Kitroeff, "Unemployment Rate Hits 3.9%, a Rare Low, as Job Market Becomes More Competitive," *New York Times*, May 4, 2018。

［28］ 见 Julia Angwin, Noam Scheiber, and Ariana Tobin, "Facebook Job Ads Raise Concerns About Age Discrimination," *New York Times*, December 20, 2017。2019 年 3 月，脸书宣布将停止向特定年龄群体投放广告的行为。见 Noam Scheiber and Mike Isaac, "Facebook Halts Ad Targeting Cited in Bias Complaints," *New York Times*, March 19, 2019。

［29］ 见 Steve Cavendish, "The Fight to Be a Middle-Aged Female News Anchor," *New York Times*, March 11, 2019。

［30］ 见 William Safire, "On Language: Downsized," *New York Times*, May 26, 1996。

［31］ 见 Margot Hornblower, "Great Xpectations of So-Called Slackers," *Time*, June 9, 1997。

［32］ 见 "Generation X: Overlooked and Hugely Important," Center for Work-Life Policy press release for: *The X Factor: Tapping into the Strengths of the 33-to-46-Year-Old Generation*, Center for Work-Life Policy, September 16, 2011。

［33］ 见 Ann Sterzinger, "Hey Generation X: Stop Apologizing," Medium. com, March 28, 2018。她补充道："现在还要检查我们的特殊待遇？我宁愿你检查我的肛门。"

［34］ 见 Amy Adkins, "Millennials: The Job-Hopping Generation," Gallup. com, May 12, 2016。

［35］ 一项研究表明，"代际凝聚力"是公司面临的最大挑战之一。见 Tania Lennon, "Managing a Multi-Generational Workforce," Hay Group, thought paper, 2015。

［36］作者对丽贝卡·亨德森的采访，2017 年 8 月 3 日。

［37］2018 年 Catalyst 颁奖会议上卡拉·哈里斯的演讲，纽约希尔顿酒

店，2018 年 3 月 20 日。YouTube.com，第 45 分钟。

［38］见 Theodore Caplow, Louis Hicks, and Ben J. Wattenberg, Companion website to PBS special *The First Measured Century*, PBS.org/fmc。检索于 2018 年 3 月 21 日。Statistics sourced from sites including *Statistical Abstract of the United States* (Washington, DC: US Census Bureau, annual)。

［39］见 Claudia Goldin, "The Quiet Revolution That Transformed Women's Employment, Education, and Family," National Bureau of Economic Research, working paper no. 11953, January 2006。

［40］见 Claudia Goldin, "A Grand Gender Convergence: Its Last Chapter," *American Economic Review* 104, no. 4 (2014): 1091–1119。

［41］见 Grainne Fitzsimons, Aaron Kay, and Jae Yun Kim, "'Lean In' Messages and the Illusion of Control," *Harvard Business Review*, July 30, 2018。

［42］见 Ellen Pao, *Reset* (New York: Random House, 2017), 78–79。

［43］见 Opheli Garcia Lawler, "Michelle Obama Is Done with the Gospel of 'Lean In,'" The Cut, December 2, 2018。

［44］见 Susan Chira, "Why Women Aren't C.E.O.s, According to Women Who Almost Were," *New York Times*, July 21, 2017。

［45］见 "The Double-Bind Dilemma for Women in Leadership," Catalyst. org, 2007。

［46］一位女性曾起诉沃尔玛，因为她的老板说黛米·摩尔怀孕期间在《深夜秀》上表演了一段杂耍，所以员工没有理由不抬重箱子。但黛米·摩尔是有钱有名的女演员，而且节目中的翻转动作是由特技替身完成的。见 Natalie Kitroeff and Jessica Silver-Greenberg, "Pregnancy Discrimination Is Rampant Inside America's Biggest Companies," *New York Times*, June 15, 2018。

［47］见 "Gen X Women: Flirting with Forty."。

［48］见 Joanne B. Ciulla, The Working Life: *The Promise and Betrayal of Modern Work* (New York: Three Rivers Press, 2000), 234。

［49］作者对乔安妮·B. 丘拉博士的采访，2018 年 4 月 27 日。

［50］如果公司老板不把鼓励多元当作优先事项，各州也会强迫他们这么做。2018 年秋天，加利福尼亚州成为首个强制要求拥有女性董事成员的州，不遵守规定的公司将被处以罚款。见 Vanessa Fuhrmans, "California Becomes First State to Mandate Female Board Directors," *Wall Street Journal*, September 30, 2018。不过别抱太大希望，自 2012 年提出薪资公平法案以来，该法案屡次失败。见 Burgess Everett, "Senate Blocks Pay Equity Bill," Politico. com, September 15, 2014。

［51］见 Sara Horowitz, "Why Are More Women Than Men Freelancing?" FastCompany.com, March 11, 2015。

［52］几年前，美国国家经济研究局的一项报告称，2005 年至 2015 年，从事"替代性工作安排"的工人比例，已从 10.7% 升至 15.8%。见 Lawrence F. Katz and Alan B. Krueger, "The Rise of and Nature of Alternative Work Arrangements in the United States, 1995–2015," NBER, working paper No. 22667, September 2016。

［53］见 Robert McGuire, "Ultimate Guide to Gig Economy Data," Nation1099. com, July 16, 2018。

［54］见 Micha Kaufman, "Five Reasons Half of You Will Be Freelancers in 2020," Forbes.com, February 28, 2014。

［55］见 Brooke Erin Duffy, *(Not) Getting Paid to Do What You Love: Gender, Social Media, and Aspirational Work* (New Haven: Yale University Press, 2017), 4–5。

［56］作者对布鲁克·艾琳·达菲博士的采访，2018 年 3 月 19 日。

5　金钱恐慌

［1］网站 Inequality.org 汇总了一些令人大开眼界的图表，这些图表来自国会预算办公室和政策研究所等机构。

［2］见 C. Eugene Steuerle, Signe-Mary McKernan, Caroline Ratcliffe, and Sisi Zhang, "Lost Generations? Wealth Building Among Young Americans," Urban Institute, March 14, 2013。

［3］见 "Retirement Reality Bites Unless Answers Are Implemented, " Fifteenth Annual Transamerica Retirement Survey of Workers, August 2014。

［4］见 Raj Chetty, David Grusky, et al., *The Fading American Dream: Trends in Absolute Income Mobility Since 1940*, Equality of Opportunity Project at Harvard, executive summary, December 2016。另见Raj Chetty, Nathaniel Hendren, Maggie R. Jones, and Sonya R. Porter, "Race and Economic Opportunity in the United States: An Intergenerational Perspective," Equality of Opportunity Project, equality-of-opportunity.org。检索于2018年6月27日。

［5］作者对罗伯特·弗吕格的采访，2018 年 5 月 3 日。

［6］见 "Living Paycheck to Paycheck Is a Way of Life for Majority of U.S. Workers, According to New CareerBuilder Survey," CareerBuilder.com, August 24, 2017。

［7］见 Lisa Chamberlain, *Slackonomics* (Cambridge, MA: Da Capo Press, 2008), 4。

［8］见 Daniel H. Pink, *When: The Scientific Secrets of Perfect Timing* (New York:

Riverhead Books, 2018), 101。

［9］见 Robert D. McFadden, "Scramble for Jobs: Graduating into a Recession-A Special Report," *New York Times*, April 22, 1991。

［10］见 Carol Kleiman, "Bleak Job Market Awaits Class of '92," *Chicago Tribune*, December 13, 1991。

［11］见 Carol Kleiman, "For '93 Graduates, Job-Hunting 101 Won't Be a Breeze," *Chicago Tribune*, December 11, 1992。

［12］利普斯基和艾布拉姆斯的总结基于林德奎斯特·恩迪科特（Lindquist Endicott）调研的数据，我在引用中删除了一些表述。见 David Lipsky and Alexander Abrams, *Late Bloomers: Coming of Age in Today's America: The Right Place at the Wrong Time* (New York: Times Books, 1994), 64。

［13］见 "Figure 5: Wages of Young College Grads Have Been Falling Since 2000," EPI analysis of Current Population Survey Outgoing Rotation Group microdata, Economic Policy Institute, epi.org. Retrieved August 9, 2018。

［14］见 Lisa B. Kahn, "The Long-Term Labor Market Consequences of Graduating from College in a Bad Economy," *Labor Economics* 17, no. 2 (2010): 303–16。转自 Pink, *When: The Scientific Secrets of Perfect Timing*, 99。

［15］见 Halstead, "A Politics for Generation X."。

［16］见 Joshua C. Pinkston and James R. Spletzer, "Annual Measures of Gross Job Gains and Gross Job Losses," *Monthly Labor Review*, November 2004。

［17］见 "Why You Need to Know About Gen-X," Goldman Sachs, YouTube.com, August 19, 2016。检索于 2018 年 6 月 25 日。

［18］见 "Retirement Reality Bites Unless Answers Are Implemented," Fifteenth Annual Transamerica Retirement Survey of Workers, August 2014。

［19］见 Sarah O'Brien, "Majority of Young Workers Have Already Tapped Their Retirement Savings," CNBC.com, August 21, 2018。

［20］见 "The MetLife Study of Gen X: The MTV Generation Moves into Mid-Life," April 2013。

［21］见 D. H. Lawrence, *The Rocking-Horse Winner* (Mankato, MN: Creative Education, Inc., 1982), 10。

［22］见 "Insights from Fiscal 50's Key Measures of State Fiscal Health," Pew Research Center, March 11, 2019。

［23］如 Matt Phillips, "What's the Yield Curve? 'A Powerful Signal of Recessions' Has Wall Street's Attention," *New York Times*, June 25, 2018。

［24］见 Neil Irwin, "What Will Cause the Next Recession? A Look at the 3 Most Likely Possibilities," *New York Times*, August 2, 2018。

［25］见 Steve Henderson, "Spending Habits by Generation," blog.dol.gov, November 3, 2016。

［26］见 "The Allianz Generations Apart Study," Allianz Life, June 16, 2016。

［27］见 Amrita Jayakumar, "Millennial Money: Playing Catch-Up with Credit Cards," *Washington Post*, December 18, 2018。

［28］见 Catey Hill, "All the Ways Gen X Is Financially Wrecked," MarketWatch, March 11, 2019。

［29］见 Bob Sullivan, "State of Credit: 2017," Experian.com, January 11, 2018。关于汽车贷款（环联公司），见 Steven Finlay, "Subprime Lending Decreases; Consumer Credit Scores Increase," WardsAuto.com, August 22, 2018。关于总体债务，见 Amelia Josephson, "The Average Debt by Age," Smart Asset, August 20, 2018。

［30］见 Brittney Mayer, "3 Studies Show the Average Credit Score by Age and Generation (2019)," BadCredit.org。检索于 2019 年 3 月 20 日。

［31］见 "A New Financial Reality: The Balance Sheets and Economic Mobility of Generation X," Pew Charitable Trusts, September 2014。

［32］见 Richard Fry, "Gen X Rebounds as the Only Generation to Recover the Wealth Lost After the Housing Crash," Pew Research Center, July 23, 2018。

［33］见 Guvenen et al., "Lifetime Incomes in the United States over Six Decades."。

［34］"2016 年，在美国中年人中，对经济状况感到满意的可能性下降了 12%，不满的可能性增加了 18%。" 见 Robert Gebeloff, "Generation Grumpy: Why You May Be Unhappy If You're Around 50," *New York Times*, November 30, 2017。

［35］见 Judi Ketteler, "Drowning at Midlife? Start Swimming," *New York Times*, May 17, 2018。

［36］见 "BLS Spotlight on Statistics: The Recession of 2007–2009," Bureau of Labor Statistics, BLS.gov, February 2012。

［37］见 Les Christie, "Home Prices Post Record 18% Drop," CNNMoney. com, December 30, 2008。

［38］见 "The State of the Nation's Housing," Joint Center for Housing Studies of Harvard University, 2015。

［39］见 Ryan McMaken, "U.S. Home Prices Are Rising Twice as Fast as Inflation," BusinessInsider.com, May 2, 2016。

［40］见 "Census of Housing," Census.gov。检索于 2018 年 8 月 6 日。

［41］见 Chris Kirkham, "Housing Bust Lingers for Generation X," *Wall Street*

Journal, April 8, 2016。

［42］一张可怕的交互式图形，可见 "Mapping America's Rental Housing Crisis," urban.org, April 27, 2017。

［43］见 Emily Badger, "Why Don't People Who Can't Afford Housing Just Move Where It's Cheaper?" *New York Times,* May 15, 2018。

［44］见 Ben Casselman, "Housing Market Slows, as Rising Prices Outpace Wages," *New York Times,* September 29, 2018。

［45］作者对丽萨·钱伯伦的采访，2018 年 3 月 26 日。

［46］见 Abby Jackson, "This Chart Shows How Quickly College Tuition Has Skyrocketed Since 1980," BusinessInsider.com, July 20, 2015。

［47］见 College Board, "Tuition and Fee and Room and Board Changes over Time," collegeboard.com. Accessed November 9, 2017 for a chart by ProCon.org。

［48］见 Andrew Atkinson, "Millennials Buck the Wealth Trend," *Bloomberg Businessweek,* February 20, 2018。

［49］见 M. H. Miller, "Been Down So Long It Looks Like Debt to Me," *Baffler,* no. 40 (July 5, 2018)。

［50］北美更年期学会，menopause.org。检索于 2018 年 8 月 9 日。

［51］见 "Women's Health in Review," NIH.gov。检索于 2018 年 8 月 9 日。

［52］见 "Breast Cancer Risk in American Women," National Cancer Institute, Cancer.gov, September 24, 2012。

［53］作者对弗吉尼亚·T. 拉德的采访，2017 年 7 月 24 日。

［54］见 "A Summary of the 2018 Annual Reports: Status of the Social Security and Medicare Programs," ssa.gov。检索于 2019 年 3 月 20 日。

［55］根据这项研究，70% 的 X 一代不相信自己退休时能够得到全

额的社会保障福利，见 "The MetLife Study of Gen X: The MTV Generation Moves into Mid-Life," April 2013。泛美研究中心的数据显示，这一比例为 83%，见 "Retirement Reality Bites Unless Answers Are Implemented," Fifteenth Annual Transamerica Retirement Survey of Workers, August 2014。

[56] 见 Jo Ann Jenkins, "Protect America's Bedrock Programs," *AARP Bulletin*, July/August 2015。

[57] 见 Helaine Olen, "Many Americans Think They'll Never Receive Social Security Benefits. They're Wrong," *Washington Post*, June 8, 2018。

[58] 见 Ron Lieber, "How to Win at Retirement Savings," *New York Times*, June 15, 2017。

[59] 见 Andrew Osterland, "Advisors Brace for the $30 Trillion 'Great Wealth Transfer,' " CNBC.com, June 16, 2016。

[60] 见 Mark Rovner, "The Next Generation of American Giving," Blackbaud Institute, April 2018。

[61] 见 "护理费用" 一项, LongTermCare.gov, 2016 年美国平均费用。检索于 2018 年 12 月 24 日。

[62] 见 Rich Cohen, "Why Generation X Might Be Our Last, Best Hope," *Vanity Fair*, August 11, 2017。

[63] 见 Hennessey, *Zero Hour for Gen X*, x。

6　决策疲劳

[1] 见 David M. Gross and Sophfronia Scott, "Proceeding with Caution," *Time*, July 16, 1990。

［2］见 Molly Ringwald, "What About 'The Breakfast Club'?" *New Yorker*, April 6, 2018。

［3］作者对伊丽莎白·厄恩肖的采访，2017 年 8 月 4 日。

［4］该书灵感源自他 2014 年为《大西洋月刊》所写的一篇很受欢迎的文章。见 Jonathan Rauch, "The Real Roots of Midlife Crisis, " *Atlantic*, December 2014。

［5］苏珊·克劳斯·惠特伯恩在文章中有所总结。见 "That Midlife Happiness Curve? It's More Like a Line," PsychologyToday.com, September 15, 2018。

［6］见 Tara Parker-Pope, "The Midlife Crisis Goes Global," *New York Times*, January 30, 2008。

［7］见 Jonathan Rauch, *The Happiness Curve* (New York: Thomas Dunne Books, 2018), 70。

［8］见 Laura Carstensen, "Older People Are Happier, " TEDxWomen, 2011。

［9］《中年危机？》系列影片还包括《中年成人期》《学习起点》等，2000 年。见 Kanopy 媒体平台，纽约公共图书馆。

［10］见 Erik German and Solana Pyne, *The Mommy Wars*, RetroReport.org and Quartz.com, June 28, 2016。

［11］见 Judy (Syfers) Brady, "'I Want a Wife': The Timeless'70s Feminist Manifesto, " Reprinted in TheCut.com, November 22, 2017 Original publication: *New York*, December 20, 1971。

［12］见 Heather Boushey, *Finding Time* (Cambridge, MA: Harvard University Press, 2016), x-5。

［13］见 Heather Boushey, "Are Women Opting Out? Debunking the Myth,"

Center for Economic and Policy Research briefing paper, November 2005。

［14］见 Beaudoin, *Virtual Faith*, xi。

［15］见 Meredith Bagby, *Rational Exuberance: The Influence of Generation X on the New American Economy* (New York: Dutton, 1998), xi。

［16］见 "The Whiny Generation, " *Newsweek*, October 31, 1993。

［17］见 Carl Wilson, "Riff: My So-Called Adulthood, " *New York Times Magazine*, August 4, 2011。

［18］关于电影的讽刺背景，见 Soraya Roberts, "*Reality Bites* Captured Gen X with Perfect Irony, " *Atlantic*, March 6, 2019。

［19］卡米尔·S. 约翰逊博士也提出了类似观点，见 "The Lloyd Dobler Effect," *Psychology Today*, January 31, 2014。她也表示，我们可能会无意识地用劳埃德·多布勒(Lloyd Dobler)这样的理想伴侣来判断浪漫图景，结果只能是发现自己对现实并不满意。

［20］在关于 X 一代独立乐队全盛期的书中，迈克尔·阿泽拉德(Michael Azerrad)引用了一个令人信服的（但具讽刺意味的）理论，解释为何社区对西雅图来说如此重要，答案便是违禁药物及啤酒的过度消费。见 Michael Azerrad, *Our Band Could Be Your Life: Scenes from the American Indie Underground 1981-1991* (New York: Back Bay Books, 2002), 419。

［21］见 Ginia Bellafante, " 'Risky Business' and Brett Kavanaugh, 35 Years Later, " *New York Times*, September 27, 2018。

［22］见 Alina Tugend, "Too Many Choices: A Problem That Can Paralyze," *New York Times*, February 26, 2010。

7 单身无子

[1]作者对萨拉·赫波拉的采访，2018 年 2 月 17 日。

[2]见 "Current Population Survey, 2016 Annual Social and Economic Supplement," Census.gov, 2017。

[3]见 Joyce A. Martin et al., "Births: Final Data for 2017," *National Vital Statistics Reports* 67, no. 8, US Department of Health and Human Services, November 7, 2018。

[4]见《盖洛普分析：千禧一代、婚姻与家庭》，Gallup.com，2016 年 5 月 19 日。美国劳工统计局当期人口调查显示，从未结过婚的 X 一代比例为 19%，约五分之一。

[5]见 Wendy Wang and Kim Parker, "Record Share of Americans Have Never Married," PewSocialTrends.org, September 24, 2014。

[6]见 Marissa Hermanson, "How Millennials Are Redefining Marriage," Gottman.com, July 3, 2018。

[7]见美国人口普查局十年一次的人口普查，1890 年至 1940 年；及当前人口普查，年度社会与经济补充资料，1947 年至 2018 年。

[8]见 Kay Hymowitz et al., "Knot Yet: The Benefits and Costs of Delayed Marriage in America," National Marriage Project at the University of Virginia, National Campaign to Prevent Teen and Unplanned Pregnancy, and the Relate Institute, 2013。

[9]更多相关好消息，见 Rebecca Traister, *All the Single Ladies* (New York: Simon and Schuster, 2016)。

[10]见 Eleanor Barkhorn, "Getting Married Later Is Great for CollegeEducated Women," *Atlantic*, March 15, 2013。

[11]见 Hymowitz et al., "Knot Yet: The Benefits and Costs of Delayed Marriage

in America."。

［12］见 "Women in the Housing Ecosystem Report," vol. 1: "The State of Women's Homeownership," Women in the Housing and Real Estate Ecosystem (NAWRB), 2018。

［13］见 Joseph Stromberg, "Eric Klinenberg on *Going Solo*," *Smithsonian*, February 2012。

［14］见 Jon Birger, *Date-onomics* (New York: Workman Publishing), 2015。

［15］见 "Population Facts," NYC Department of City Planning。检索于 2019 年 3 月 15 日。

［16］见 Wendy Wang and Kim Parker, "Ch. 3: Marriage Market for All Unmarried Adults," PewSocialTrends.org, September 24, 2014。

［17］到 33 岁时，婴儿潮一代中，只有 17% 的男性和 14% 的女性拿到了四年制学位。X 一代的比例为男性 18%，女性 20%。见 Erin Currier, "How Generation X Could Change the American Dream," Pew Research, January 26, 2018。

［18］见 Lora E. Park, Ariana F. Young, and Paul W. Eastwick, "(Psychological) Distance Makes the Heart Grow Fonder: Effects of Psychological Distance and Relative Intelligence on Men's Attraction to Women," *Personality and Social Psychology Bulletin* 41, no. 11 (November 1, 2015): 1459–73。

［19］见 Susan Patton, "A Little Valentine's Day Straight Talk," *Wall Street Journal*, February 13, 2014。

［20］见《镜花水月》第 3 季第 1 集《誓言》，2018 年 2 月 26 日。

［21］见 David E. Bloom and Neil G. Bennett, "Marriage Patterns in the United States," National Bureau of Economic Research, working paper no. 1701,

Labor Studies, September 1985。

［22］见 Traister, *All the Single Ladies*, 272。

［23］见 Vanessa Grigoriadis, "Baby Panic," *New York*, May 20, 2002。

［24］《周六夜现场》，2002 年 5 月 18 日。

［25］见 "Committee Opinion Number 589," American College of Obstetricians and Gynecologists, March 2014. Reaffirmed 2018。

［26］见 Megan Garber, "When Newsweek 'Struck Terror in the Hearts of Single Women,'" *Atlantic*, June 2, 2016。

［27］见 Briallen Hopper, "How to Be Single," *Los Angeles Review of Books*, February 11, 2016。

［28］贝拉·德保罗的《单身快乐》突出强调了网站上的资料，BellaDePaulo.com，检索于 2018 年 7 月 25 日。

［29］见 Glynnis MacNicol, "I'm in My 40s, Child-Free and Happy. Why Won't Anyone Believe Me?" *New York Times*, July 5, 2018。

［30］见 Lyman Stone, "American Women Are Having Fewer Children Than They'd Like," *New York Times*, February 13, 2018。

［31］见 Claire Cain Miller, "Americans Are Having Fewer Babies. They Told Us Why," *New York Times*, July 5, 2018。

［32］见 Briallen Hopper, *Hard to Love* (New York: Bloomsbury, 2019), 257。

［33］见美国疾病预防控制中心、美国生殖医学协会、美国辅助生殖技术协会，《2016 年辅助生殖技术生育诊所成功率报告》（亚特兰大，美国卫生与公共服务部，2018 年 10 月）。

［34］同上。

［35］见 "Adoption Cost and Timing in 2016−2017," AdoptiveFamilies.com。

检索于 2019 年 3 月 28 日。

　　［36］见 "About Adoption from Foster Care," AdoptUSKids.org。检索于 2019 年 3 月 28 日。

8　离婚之后

　　［1］见 Abigail Abrams, "Divorce Rate in U.S. Drops to Nearly 40-Year Low," Time.com, December 5, 2016。

　　［2］见 Susan Gregory Thomas, "The Good Divorce," *New York Times*, October 28, 2011。

　　［3］作者对伊丽莎白·斯塔宾斯基的采访，2017 年 8 月 29 日。

　　［4］见 Rose McDermott et al, "Breaking Up Is Hard to Do, Unless Everyone Else Is Doing It Too: Social Network Effects on Divorce in a Longitudinal Sample," *Social Forces* 92, Issue 2 (December 2013): 491–519。

　　［5］"关于性别、婚姻和人生历程的一大悖论在于，"斯坦福大学教授迈克尔·J. 罗森菲尔德写道，"年轻的单身女性似乎比男性更渴望婚姻和承诺，但已婚女性对婚姻体验的满意度似乎比已婚男性更低。"见 Michael J. Rosenfeld, "Who Wants the Breakup? Gender and Breakup in Heterosexual Couples," in *Social Networks and the Life Course*, ed. Duane F. Alwin et al. (New York: Springer, 2018), 221–43。

　　［6］见 Daphne de Marneffe, PhD, *The Rough Patch* (New York: Simon and Schuster, 2018), 80。

　　［7］作者对达芙妮·德·玛内夫博士的采访，2017 年 10 月 24 日。

　　［8］作者对威廉·多尔蒂博士的采访，2018 年 7 月 27 日。

［9］在约会网站 OkCupid 上，"男性年纪越大，选择发消息的女性就越年轻（相对于他们的年龄）"。55 岁时，男性会把一半以上的短信发给比自己年轻至少 8 岁的女性。见 Dale Markowitz, "Undressed: What's the Deal with the Age Gap in Relationships?" OkCupid.com, June 1, 2017。

［10］见 Elizabeth E. Bruch and M. E. J. Newman, "Aspirational Pursuit of Mates in Online Dating Markets," *Science Advances* 4, no. 8 (August 8, 2018)。

［11］作者对医学博士斯泰茜·特斯勒·林道的采访，2017 年 8 月 7 日。

［12］见 Jane E. Brody, "A Dip in the Sex Drive, Tied to Menopause," *New York Times*, March 30, 2009。

［13］见 Kristen P. Mark, Erick Janssen, and Robin R. Milhausen, "Infidelity in Heterosexual Couples: Demographic, Interpersonal, and Personality-Related Predictors of Extradyadic Sex," Center for Sexual Health Promotion, Department of Applied Health Science, Indiana University, published online at KinseyInstitute.org, June 11, 2011。

［14］作者对心理学博士凯莉·罗伯茨的采访，2016 年 3 月 1 日。

［15］超过一半的离婚者或丧偶者都会面临财政危机，最常见的冲击包括秘密支出、债务和过时的遗嘱。见 Suzanne Woolley, "Rise of 'Gray' Divorce Forces Financial Reckoning After 50," Bloomberg.com, April 13, 2018。

9 围绝经期

［1］见 Bernice L. Neugarten, "The Awareness of Middle Age," in Bernice L. Neugarten, ed., *Middle Age and Aging: A Reader in Social Psychology* (Chicago: University of Chicago Press, 1968, fifth impression, 1975), 93。

［2］"围绝经期"这个词在 20 年前几乎只有行内人使用，现在已经

得到了很大程度的普及。谷歌应用"Google n-gram"显示,"围绝经期"一词在 1975 年几乎没有使用过,但从 1990 年到现在,使用量有了相当稳定的增长。

[3] 见 The Rev. Fred B. Trevitt and Freda Dunlop White, *How to Face the Change of Life with Confidence* (New York: Exposition Press, 1955), 44。

[4] 见 Germaine Greer, *The Change* (London: Hamish Hamilton, 1991), 7。

[5] 见 "Used by women to increase sexual energy and pleasure; this nephrite jade stone helps connect the second chakra (the heart) and yoni for optimal self-love and well-being." Retrieved June 27, 2018 from goop.com。

[6]希拉里·菲茨杰拉德·坎贝尔(Hilary Fitzgerald Campbell)的漫画,《纽约客》, 2019 年 1 月 14 日。

[7] 见 Kristi Coulter, "Giving Up Alcohol Opened My Eyes to the Infuriating Truth About Why Women Drink," Qz.com, August 21, 2016。

[8]"随着女性所经历的变化受到越来越多的关注,女性生殖器官非手术重建领域正在发展。"PlasticSurgery.org 网站在其对这一手术的表述中写道。检索于 2018 年 6 月 27 日。

[9]作者对乔安·平克顿的采访, 2017 年 7 月 26 日。

[10] 见 M. de Kruif, A. T. Spijker, and M. L. Molendijk, "Depression During the Perimenopause: A Meta-Analysis," *Journal of Affective Disorders* 206 (December 2016): 174−80。

[11] 见 Jennifer Wolff, "Doctors Don't Know How to Treat Menopause Symptoms," *AARP*, August/September 2018。

[12] 见 Janine A. Clayton, MD, NIH associate director for Women's Health, "Celebrating a Quarter Century in Women's Health Research," Office of Research

on Women's Health, NIH, "Advisory Committee on Research on Women's Health," Forty-Second Meeting minutes, September 25, 2016。

[13] 见 Study of Women's Health Across the Nation et al., "Duration of Menopausal Vasomotor Symptoms over the Menopause Transition," *JAMA Internal Medicine* 175, no. 4 (April 2015): 531–39。

[14] 见 "Menopause Affects Japanese Women Less Than Westerners," Center for the Advancement of Health, ScienceDaily, July 27, 1998。

[15] 见 Chisato Nagata et al., "Soy Product Intake and Hot Flashes in Japanese Women: Results from a Community-Based Prospective Study," *American Journal of Epidemiology* 153, no. 8 (April 15, 2001): 790–93。

[16] 见 Marilyn Bender, "Doctors Deny Woman's Hormones Affect Her as an Executive," *New York Times*, July 31, 1970。

[17] 见 Johan Hari, *Lost Connections* (New York: Bloomsbury, 2018), 3。

[18] 作者对阿西娅·黄的采访，2018 年 12 月 26 日。

[19] 见 Julie Holland, MD, *Moody Bitches* (New York: Penguin, 2015), 290。

[20] 见 John Lazarou, "OB/GYNs Need Menopause Medicine Training," *Johns Hopkins University Gazette*, June 2013。

[21] 见 Wolff, "Doctors Don't Know How to Treat Menopause Symptoms."。

[22]网址为 menopause.org。注意,在美国有些地方,可能 100 英里(约 161 公里) 以内都没有。找到能接收你医疗保险的地方是另一大挑战。

[23] 作者对医学博士塔拉·奥尔曼的采访，2018 年 4 月 11 日。

[24] 乌特安还表示，2002 年至 2012 年，因雌性激素本可以预防的健康问题而过早去世的绝经后女性有 91610 人。见 "Dr. Wulf Utian Speaks Out on Hormone Therapy," HealthyWomen.org。检索于 2018 年 8 月 9 日。

[25] 见 Robert D. Langer, "The Evidence Base for HRT: What Can We Believe?" *Climacteric* 2, (April 2017): 91−96。

[26] 见 *The 2017 Hormone Therapy Position Statement of the North American Menopause Society*, *NAMS*, 2018; 24(7):728−53。

[27] 见 Bootie Cosgrove-Mather, "New Methods Ease Menopause," AP for CBSNews.com, December 29, 2003。

[28] 作者对医学博士兰迪·赫特·爱泼斯坦和玛丽·简·明金的采访，2018 年 3 月 1 日。可在 madameovary.com 网站看明金博士关于更年期的精彩视频。

[29] 美国国立卫生研究院在 nccih.nih.gov 网站上为每种主要营养补充剂提供了一份《消费者情况说明书》。

[30] 见 Randi Hutter Epstein, *Aroused: The History of Hormones and How They Control Just About Everything* (New York: W. W. Norton, 2018), 252。

[31] 完全披露：我当时是 The Cut 网站的客座编辑，让施泰因克为杂志写了这篇文章。见 Darcey Steinke, "What Menopause Taught Me," TheCut.com, August 23, 2015。她后来将文章扩展成了《潮热日记》（New York: Sarah Crichton Books, 2019）一书。

[32] 见 Pam Houston, *Deep Creek: Finding Hope in the High Country* (New York: W.W. Norton & Co, 2019), 96。

[33] 作者对教育硕士、临床社会工作者艾米·乔丹·琼斯的采访，2018 年 10 月 31 日。

10 滤镜头像

［1］见美国整形外科医生协会《2016 年整形外科统计报告》，PlasticSurgery.org，检索于 2018 年 6 月 27 日。

［2］见 Anna Garvey, "The Oregon Trail Generation: Life Before and After Mainstream Tech," SocialMediaWeek.org, April 21, 2015。

［3］我们中的一些人死于白喉、麻疹和伤寒，这是一个超级有趣的游戏。见 Laura Turner Garrison, "Where Are They Now? Diseases That Killed You in Oregon Trail," MentalFloss.com, May 28, 2014。

［4］见 Hennessey, *Zero Hour for Gen X*, 9–10。

［5］"对脸书的使用与幸福感呈负相关。"见 Holly B. Shakya and Nicholas A. Christakis, "Association of Facebook Use with Compromised Well-Being: A Longitudinal Study," *American Journal of Epidemiology* 185, no. 3 (February 1, 2017): 203–211。

［6］见 Libby Copeland, "The Anti-Social Network," Slate.com, January 26, 2011。

［7］见 Adam Phillips, *Missing Out* (New York: Farrar, Straus and Giroux, 2012), xii。

［8］尼古拉斯·卡尔（Nicholas Carr）在畅销书《浅薄》(*The Shallows*) 中写道，互联网已经改变了我们的大脑，这种改变不是为了让我们更平静或更有反思精神，而是在某种程度上让我们失去了集中注意力或深入思考的能力。见 Nicholas Carr, *The Shallows* (New York: W. W. Norton and Co., 2010), 6–7。

［9］最近的一项研究表明，附近有手机就足够分散我们的注意力，从而减弱我们的认知能力。见 Adrian F. Ward, Kristen Duke, Ayelet

Gneezy, and Maarten W. Bos, "Brain Drain: The Mere Presence of One's Own Smartphone Reduces Available Cognitive Capacity," *Journal of the Association for Consumer Research* 2, no. 2 (April 2017): 140−54。

［10］见 Matthew A. Christensen et al., "Direct Measurements of Smartphone Screen-Time: Relationships with Demographics and Sleep," *PLoSONE*, November 9, 2016。

［11］见 Jonah Engel Bromwich, "Generation X More Addicted to Social Media Than Millennials, Report Finds," *New York Times*, January 27, 2017。此处研究源自尼尔森公司。

［12］见 Ashley Strickland, "Women in Midlife Aren't Sleeping Enough, Study Says," CNN.com, September 7, 2017。

［13］作者对劳拉·范德卡姆的采访，2018 年 4 月 9 日。

［14］见 Sherry Turkle, *Alone Together: Why We Expect More from Technology and Less from Each Other*, third ed. (New York: Basic Books, 2017), 17。

［15］见 Kevin Granville, "Facebook and Cambridge Analytica: What You Need to Know as the Fallout Widens," *New York Times*, March 19, 2018。

［16］见 Allison Benedikt, "The Year in Push Alerts," Slate.com, November 6, 2017。

［17］见 Nicole Spector, "Headline Stress Disorder': How to Cope with the Anxiety Caused by the 24/7 News Cycle," NBCNews.com, December 16, 2017 Updated June 20, 2018。检索于 2018 年 6 月 27 日。

［18］见 Alyssa Davis and Diana Liu, "Daily Worry Up Sharply Since U.S. Presidential Election," Gallup.com, March 1, 2017。

［19］见 Dan Witters, "Americans' Well-Being Declines in 2017," Gallup.

com, November 8, 2017。

［20］见 "Stress in America: Uncertainty About Health Care," American Psychological Association, January 24, 2018。

［21］作者对研究小组成员、心理学家韦尔·赖特的采访，2018 年 4 月 9 日。

［22］见《美国女性：社会及经济福利指标》，白宫妇女和女童事务委员会，2011 年 3 月。

［23］见 Deborah A. Christel and Susan C. Dunn, "Average American Women's Clothing size," *International Journal of Fashion Design, Technology and Education* 10, no. 2 (2017)。

［24］见 Tim Gunn, "Tim Gunn: Designers Refuse to Make Clothes to Fit American Women. It's a Disgrace," *Washington Post*, September 8, 2016。

［25］见 Barry Schwartz, *The Paradox of Choice* (New York: Ecco, 2004), 213。

［26］作者对朱迪斯·A. 霍克博士的采访，2018 年 4 月 23 日。另见 Judith A. Houck, *Hot and Bothered: Women, Medicine, and Menopause in Modern America* (Cambridge, MA: Harvard University Press, 2006)。

［27］见 Oliver Burkeman, *The Antidote: Happiness for People Who Can't Stand Positive Thinking* (New York: Farrar, Straus and Giroux, 2012), 7。

［28］见 W. H. Auden, "The Globe" in *The Dyer's Hand* (New York: Vintage International, 1989), 175。

［29］作者对卡罗尔·哈尼施的采访，2017 年 3 月 10 日。

［30］见 Robert D. Putnam, *Our Kids: The American Dream in Crisis* (New York: Simon and Schuster, 2015), 211。

［31］见 "Female Friends Spend Raucous Night Validating the Living Shit

Out of Each Other," *Onion*, February 23, 2012。

［32］见 Alex Williams, "Why Is It Hard to Make Friends over 30?" *New York Times*, July 13, 2012。

［33］见 Rozette Rago, "Finding Female Friends over 50 Can Be Hard. These Women Figured It Out," *New York Times*, December 31, 2018 And: FindYourCru. com。

11 新的故事

［1］见 Kate Chopin, "The Story of an Hour" (New York: Holt, Rinehart and Winston, 1894)。2018 年 7 月 9 日检索于网络。

［2］见 Shai Davidai and Thomas Gilovich, "The Headwinds/Tailwinds Asymmetry: An Availability Bias in Assessments of Barriers and Blessings," *Journal of Personality and Social Psychology* 111, no. 6 (December 2016): 835−51。

［3］蒂姆·明钦 2013 年在西澳大利亚大学毕业典礼上的演讲。

［4］见 Eve Babitz, *Slow Days, Fast Company* (New York: New York Review of Books reprint edition, 2016), 54−55。

［5］见 Tonya Pinkins with Brad Simmons, "A Naughty and Nice Evening," *Green Room* 42 (December 16, 2018)。

［6］作者对珍妮弗·J. 迪尔博士的采访，2018 年 4 月 16 日。

［7］见 Taffy Brodesser-Akner, "The Big Business of Being Gwyneth Paltrow," *New York Times Magazine*, July 25, 2018。

［8］我们的态度不仅能让我们更容易忍受生活，还能潜在地改变我们的环境。一项研究表明，将自己的挣扎重新定义为成长机会的大学生

获得了更好的成绩。见 Tara Parker-Pope, "How to Build Resilience in Midlife," *New York Times*, July 25, 2017。

［9］见 Ann Voskamp, "When You're Struggling with Midlife and Another Year Older—Remember This," FoxNews.com, August 19, 2018。

［10］见 Marah Eakin, "'It Smelled Like Death': An Oral History of the *Double Dare* Obstacle Course," *AV Club*, November 12, 2016。

［11］见 Bruce Feiler, "The Stories That Bind Us," *New York Times*, March 15, 2013。

［12］见 Richard Fry and Kim Parker, "Early Benchmarks Show 'PostMillennials' on Track to Be Most Diverse, Best-Educated Generation Yet," Pew Research Center, November 15, 2018。

［13］这些对"传承"进行研究的人包括爱利克·埃里克森和伯特伦·科勒。无可争议,西北大学人格心理学家兼弗利生命研究中心(Foley Center for the Study of Lives)负责人的丹·麦克亚当斯开创了叙事心理学这一领域。见他的文章, "The Life Narrative at Midlife," *New Directions for Child and Adolescent Development* 145 (2014): 57-69。摘要部分写道:"当代研究表明,美国社会中,生成性最高的成年人倾向于将自己的生活解读为关于个人救赎的叙事。因此,生命故事可能是中年人宝贵的心理资源,即使它们反映或折射的是流行的文化主题。"

［14］见丹·麦克亚当斯在富兰克林与马歇尔学院爱与人类机构会议上的演讲"关爱生命,救赎生命的故事",2014 年 9 月 20 日。2018 年 3 月 29 日观看于 YouTube。他谈到个人自主意识与社会结构间的冲突。在他看来,"关爱"是中年的一大主题。为了避免停滞,你要关爱下一代,或者是孩子,或者是以其他方式关爱未来。另见 Dan P. McAdams, "'I

Am What Survives Me': Generativity and the Self," in J. A. Frey and C. Vogler, eds., *Self-Transcendence and Virtue: Perspectives from Philosophy, Psychology, and Theology* (London: Routledge, April 2018)。麦克亚当斯通过邮件向作者提供了文本。

［15］作者对丹·麦克亚当斯博士的采访，2018 年 4 月 9 日。

［16］见 Margaret Renkl, "The Gift of Menopause," *New York Times*, August 5, 2018。

［17］见 Anna Garlin Spencer, *Woman's Share in Social Culture* (New York and London: Mitchell Kennerley, 1913), 231。

［18］见 Mary Ruefle, "Pause," *Granta 131: The Map Is Not the Territory* (London: Granta Publications, June 1, 2015)。

［19］见 William Strauss and Neil Howe, *Generations* (New York: William Morrow and Co., 1991), 414–16。

［20］2006 年，研究人员想出了一种计算个人恢复能力分数的方法，"保护性因素"可以抵消"童年负面经历"的高分值。可在 acestoohigh. com 网站上计算自己的分数。

［21］"红鼻子！"1910 年，在一部讲述女性中年危机的丹麦小说中，埃尔希·林特纳（Elsie Lindtner）说道，"这是降临在一个美丽女人身上的最大灾难。我一直怀疑这是阿德莱德·斯万斯特罗姆服毒的原因。可怜的女人，可惜她服用的剂量不够！"见 Karin Michaëlis, *The Dangerous Age: Letters and Fragments from a Woman's Diary* (Evanston, IL: Northwestern University Press, 1991), 117–18。我时常想到阿德莱德·斯万斯特罗姆，我相信她会没事的。

参考资料

（编者注：以下书目和文章未在中国大陆地区出版，为保证准确性，故保留原文。）

1.Albertine, Viv. *To Throw Away Unopened: A Memoir.* London: Faber and Faber, 2018.

2.Allmen, Tara, MD. *Menopause Confidential: A Doctor Reveals the Secrets to Thriving Through Midlife.* New York: HarperOne, reprint edition, 2017.

3.Altonji, Joseph G., Lisa B. Kahn, and Jamin D. Speer. "Cashier or Consultant? Entry Labor Market Conditions, Field of Study, and Career Success." *Journal of Labor Economics* 34, no. S1 (2016): S361–401.

4.Apter, Terri. Secret Paths: *Women in the New Midlife.* New York: W. W. Norton and Co., 1995.

5.Barnes, Kim, and Claire Davis. *Kiss Tomorrow Hello: Notes from the Midlife Underground by Twenty-Five Women over Forty.* New York: Doubleday, 2006.

6.Beaudoin, Tom. *Virtual Faith: The Irreverent Spiritual Quest of Generation X.* San Francisco: Jossey-Bass, 1998.

7.Benjamin, Marina. *The Middlepause: On Life After Youth.* New York: Catapult,

2016.

8.Block, Jennifer. *Everything Below the Waist: Why Health Care Needs a Feminist Revolution.* New York: St. Martin's Press, 2019.

9.Boushey, Heather. *Finding Time: The Economics of Work-Life Conflict.* Cambridge, MA: Harvard University Press, 2016.

10.Chamberlain, Lisa. *Slackonomics: Generation X in the Age of Creative Destruction.* Cambridge, MA: Da Capo Press, 2008.

11.Cohen, Patricia. *In Our Prime: The Invention of Middle Age.* New York: Scribner, 2012.

12.Collins, Whitney. "Generation X's Journey from Jaded to Sated." Salon. com, October 1, 2013.

13.Conley, Dalton. *Elsewhere, U.S.A.: How We Got from the Company Man, Family Dinners, and the Affluent Society to the Home Office, BlackBerry Moms, and Economic Anxiety.* New York: Pantheon Books, 2009.

14.Conway, Jim. *Men in Midlife Crisis.* Colorado Springs, CO: Life Journey, 1997.Original publication: 1978.

15.Coontz, Stephanie. *Marriage, a History: How Love Conquered Marriage.* New York: Penguin, 2005.

16.Currier, Andrew F. *The Menopause; A Consideration of the Phenomena Which Occur to Women at the Close of the Child-Bearing Period.* New York: D. Appleton and Company, 1897.

17.Davis, Lisa Selin. "Opinion: Puberty for the Middle-Aged." *New York Times,* November 19, 2018.

18.de Marneffe, Daphne, PhD. *Maternal Desire: On Children, Love, and the Inner*

Life. New York: Back Bay Books, 2004.*The Rough Patch: Midlife and the Art of Living Together.* New York: Scribner, 2018.

19.Duffy, Brooke Erin. *(Not) Getting Paid to Do What You Love: Gender, Social Media, and Aspirational Work.* New Haven: Yale University Press, 2017.

20.Edelstein, Linda N. *The Art of Midlife: Courage and Creative Living for Women.* Westport, CT: Bergin and Garvey, 1999.

21.Epstein, Eve, and Leonora Epstein. *X vs. Y: A Culture War, a Love Story.* New York: Abrams Image, 2014.

22.Epstein, Randi Hutter, MD. *Aroused: The History of Hormones and How They Control Just About Everything.* New York: W. W. Norton, 2018.

23.Foster, Brooke Lea. "I Married a Millennial. I Married a Gen Xer. Now What?" *New York Times,* June 7, 2018.

24.Friedan, Betty. *The Fountain of Age.* New York: Simon and Schuster, 1993. Paperback edition, 2006.

25.Gibson, Jules Lewis. "Gen X Takeover." *Gravitas,* December 2015.

26.Gordinier, Jeff. *X Saves the World: How Generation X Got the Shaft but Can Still Keep Everything from Sucking.* New York: Viking Penguin, 2008.

27.Greer, Germaine. *The Change: Women, Aging and the Menopause.* London: Hamish Hamilton, 1991.

28.Gregg, Melissa. *Work's Intimacy.* Malden, MA: Polity Press, 2011.

29.Gurwitch, Annabelle. *I See You Made an Effort: Older, Wiser, and (Getting) Happier.* New York: Blue Rider Press, 2014.

30.Hanauer, Cathi, ed. *The Bitch Is Back.* New York: William Morrow, 2016.

31.Hari, Johann. *Lost Connections: Uncovering the Real Causes of Depression—and the Unexpected Solutions.* New York: Bloomsbury, 2018.

32.Heilbrun, Carolyn. *Writing a Woman's Life.* New York: Ballantine Books, 1988.

33.Hennessey, Matthew. *Zero Hour for Gen X: How the Last Adult Generation Can Save America from Millennials.* New York: Encounter Books, 2018.

34.Heti, Sheila. *Motherhood.* New York: Henry Holt and Co., 2018.

35.Hochschild, Arlie Russell, with Anne Machung. *The Second Shift: Working Families and the Revolution at Home.* New York: Penguin, 2012.Original publication: 1989.

36.Holland, Julie, MD. *Moody Bitches: The Truth About the Drugs You're Taking, the Sleep You're Missing, the Sex You're Not Having, and What's Really Making You Crazy.* New York: Penguin, 2015.

37.Hornblower, Margot. "Great Xpectations of So-Called Slackers." *Time,* June 9, 1997.

38.Houck, Judith A., PhD. *Hot and Bothered: Women, Medicine, and Menopause in Modern America.* Cambridge, MA: Harvard University Press, 2006.

39.Jaques, Elliott. *Creativity and Work.* Madison, CT: International Universities Press, Inc., Emotion and Behavior Monograph: Monograph No. 9, ed. George H. Pollock, 1990.

40.Jong, Erica. *Fear of Fifty: A Midlife Memoir.* New York: HarperCollins, 1994.

41.Kahn, Lisa B. "The Long-Term Market Consequences of Graduating from College in a Bad Economy." *Labour Economics* 17, no. 2 (2010): 303–16.

42.Katz, Donald. *Home Fires: An Intimate Portrait of One Middle-Class Family in*

Postwar America. Unabridged Audible audiobook. Narrated by Joe Barrett. Release date: May 27, 2014.

43.Kihn, Martin. "The Gen X Hucksters." *New York*, August 29, 1994.

44.Kramer, Peter D. *Should You Leave? A Psychiatrist Explores Intimacy and Autonomy—and the Nature of Advice*. New York: Scribner, 1997.

45.Levinson, Daniel J. *The Seasons of a Man's Life. New York: Knopf, 1978.The Seasons of a Woman's Life*. New York: Knopf, 1996.

46.Lipsky, David, and Alexander Abrams. *Late Bloomers: Coming of Age in Today's America: The Right Place at the Wrong Time*. New York: Crown, 1994.

47.Lock, Margaret. *Encounters with Aging: Mythologies of Menopause in Japan and North America*. Berkeley: University of California Press, 1993.

48.Luepnitz, Deborah Anna, PhD. *The Family Interpreted: Psychoanalysis, Feminism, and Family Therapy*. New York: Basic Books, 2002. *Schopenhauer's Porcupines: Intimacy and Its Dilemmas—Five Stories of Psychotherapy*. New York: Basic Books, 2003.

49.MacNicol, Glynnis. *No One Tells You This: A Memoir*. New York: Simon and Schuster, 2018.

50.Magai, Carol, and Susan H. McFadden, eds. *Handbook of Emotion, Adult Development, and Aging*. San Diego, CA: Academic Press, 1996.

51.Maran, Meredith. *The New Old Me: My Late-Life Reinvention*. New York: Blue Rider Press, 2017.

52.Miller, Marilyn Suzanne. *How to Be a Middle-Aged Babe*. New York: Scribner, 2007.

53.Moses, Barbara, PhD. *Women Confidential: Midlife Women Explode the Myths of Having It All.* New York: Marlowe and Company, 2006.

54.Oreopoulos, Philip, Till von Wachter, and Andrew Heisz. "The Short- and Long-Term Career Effects of Graduating in a Recession." *American Economic Journal: Applied Economics* 4, no. 1 (2012): 1–29.

55.Phillips, Adam. *Missing Out: In Praise of the Unlived Life.* New York: Farrar, Straus and Giroux, 2012.

56.Pitkin, Walter B. *Life Begins at Forty.* New York: McGraw-Hill, 1932.

57.Primis, Ashley, "Whatever Happened to Generation X?" *Philadelphia,* January 27, 2018.

58.Putnam, Robert D. *Our Kids: The American Dream in Crisis.* New York: Simon and Schuster, 2015.

59.Rauch, Jonathan. *The Happiness Curve: Why Life Gets Better After 50.* New York: Thomas Dunne Books, 2018.

60.Richards, Lyn, Carmel Seibold, and Nicole Davis, eds. *Intermission: Women's Experience of Menopause and Midlife.* Melbourne: Oxford University Press, 1997.

61.Robbins, Alexandra, and Abby Wilner. *Quarterlife Crisis: The Unique Challenges of Life in Your Twenties.* New York: Putnam/Tarcher, 2001.

62.Sawhill, Isabel V. *Generation Unbound: Drifting into Sex and Parenthood Without Marriage.* Washington, DC: Brookings Institution Press, 2014.

63.Schmidt, Susanne. "The Anti-Feminist Reconstruction of the Midlife Crisis: Popular Psychology, Journalism and Social Science in 1970s USA." *Gender and History* 30, no. 1 (March 2018):153–76.

64.Schwartz, Barry. *The Paradox of Choice: Why More Is Less.* New York: Ecco, 2004.

65.Scribner, Sara. "Generation X Gets Really Old: How Do Slackers Have a Midlife Crisis?" Salon.com, August 11, 2013.

66.Senior, Jennifer. *All Joy and No Fun: The Paradox of Modern Parenthood*. New York: HarperCollins, 2014.

67.Sheehy, Gail. *Passages: Predictable Crises of Adult Life*. New York: Ballantine, 2006.Original publication: 1974. *The Silent Passage: Menopause*. New York: Random House, 1992.

68.Shellenbarger, Sue. *The Breaking Point: How Female Midlife Crisis Is Transforming Today's Women*. New York: Henry Holt and Co., 2004.

69.Spencer, Anna Garlin. *Woman's Share in Social Culture*. New York and London: Mitchell Kennerley, 1913.

70.Steinke, Darcey. *Flash Count Diary: Menopause and the Vindication of Natural Life*. New York: Sarah Crichton Books, 2019.

71.Strauss, William, and Neil Howe. *Generations: The History of America's Future, 1584 to 2069*.New York: William Morrow and Co., 1991.

72.Thomas, Susan Gregory. *In Spite of Everything: A Memoir*. New York: Random House, 2011.

73.Traister, Rebecca. *All the Single Ladies: Unmarried Women and the Rise of an Independent Nation*. New York: Simon and Schuster, 2016.

74.Twenge, Jean M., PhD. *iGen: Why Today's Super-Connected Kids Are Growing Up Less Rebellious, More Tolerant, Less Happy—and Completely Unprepared for Adulthood*. New York: Atria, 2017.

75.Utian, Wulf, MD. *Change Your Menopause: Why One Size Does Not Fit All*. Beachwood, OH: Utian Press, 2011.

76.Watkins, Elizabeth Siegel. *The Estrogen Elixir: A History of Hormone Replacement Therapy in America.* Baltimore, MD: Johns Hopkins University Press, 2007.

77.Williams-Ellis, Amabel. *The Art of Being a Woman.* London: Bodley Head, 1951.

78.Wilk, Katarina. *Perimenopower: The Ultimate Guide Through the Change.* Jönköping, Sweden: Ehrlin Publishing, 2018.

79.Wilson, Robert A., MD. *Feminine Forever.* New York: Pocket Books, 1968.

80.Yarrow, Allison. *90s Bitch: Media, Culture, and the Failed Promise of Gender Equality.* New York: Harper Perennial, 2018.